Fantasy

Herausgegeben von Friedel Wahren

Das Schwarze Auge

1. Roman: Ulrich Kiesow, *Der Scharlatan* · 06/6001
2. Roman: Uschi Zietsch, *Túan der Wanderer* · 06/6002
3. Roman: Björn Jagnow, *Die Zeit der Gräber* · 06/6003
4. Roman: Ina Kramer, *Die Löwin von Neetha* · 06/6004
5. Roman: Ina Kramer, *Thalionmels Opfer* · 06/6005
6. Roman: Pamela Rumpel, *Feuerodem* · 06/6006
7. Roman: Christel Scheja, *Katzenspuren* · 06/6007
8. Roman: Uschi Zietsch, *Der Drachenkönig* · 06/6008 (in Vorb.)
9. Roman: Ulrich Kiesow (Hrsg.), *Der Göttergleiche* · 06/6009 (in Vorb.)
10. Roman: Jörg Raddatz, *Die Legende von Assarbad* · 06/6010 (in Vorb.)
11. Roman: Karl-Heinz Witzko, *Treibgut* · 06/6011 (in Vorb.)
12. Roman: Berhard Hennen, *Der Tanz der Rose* · 06/6012 (in Vorb.)
13. Roman: Berhard Hennen, *Die Ränke des Raben* · 06/6013 (in Vorb.)

Das Schwarze Auge

CHRISTEL SCHEJA

KATZENSPUREN

Siebter Roman
aus der
aventurischen Spielewelt

herausgegeben
von
ULRICH KIESOW

Originalausgabe

WILHELM HEYNE VERLAG
MÜNCHEN

HEYNE SCIENCE FICTION & FANTASY
Band 06/6007

Redaktion: Ralf Dürr

Printed in Germany 1995
Umschlagbild: Krzysztof Wlodkowski
Kartenentwurf (Seite 6/7 und 8 und 9): Ralf Hlawatsch
Umschlaggestaltung: Atelier Ingrid Schütz, München
Technische Betreuung: M. Spinola
Satz: Schaber Satz- und Datentechnik, Wels
Druck und Bindung: Presse-Druck, Augsburg

ISBN 3-453-08682-1

Für Jürgen und Stefan,
die mich immer wieder ermutigten
und tatkräftig unterstützten

Yeti-Land
Ifirns Ozean
Riva
Norburg
Bornland
Orkland
Festum
Thorwal
Lowangen
Baliho
Warunk
Mittelreich
Beilunk
Nostria
Havena

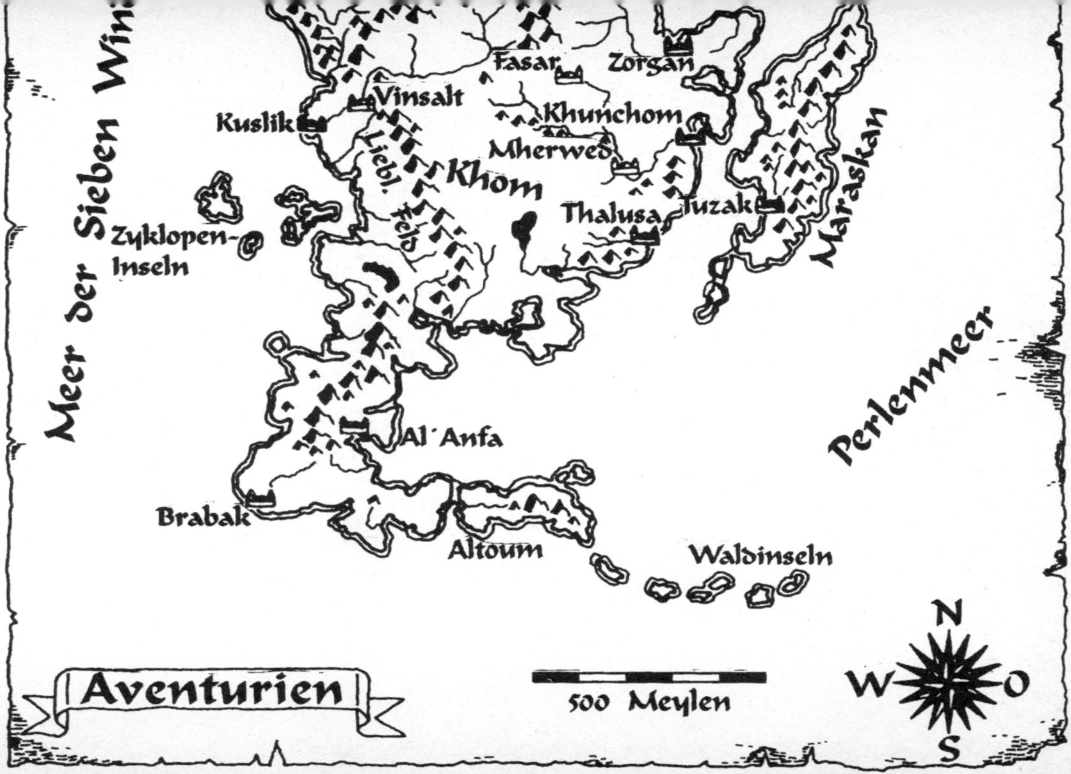
Meer der Sieben Win
Fasar
Zorgan
Vinsalt
Kuslik
Khunchom
Mherwed
Liebl. Feld
Khom
Thalusa
Tuzak
Maraskan
Zyklopen-
Inseln
Perlenmeer
Al'Anfa
Brabak
Altoum
Waldinseln
Aventurien
500 Meylen
N
W
O
S

Ifirns Ozean
Yeti-Land
Riva
Norburg
Bornland
Orkland
Festum
Thorwal
Lowangen
Baliho
Warunk
Mittelreich
Nostria
Beilunk
Havena
Gareth
Perricum
Meer der Sieben Winde
Fasar
Zorgan
Vinsalt
Kuslik
Khunchom
Liebl. Feld
Mherwed
Khom
Maraskan
Thalusa
Tuzak
Zyklopen-Inseln
Perlenmeer
Al´Anfa
Brabak
Altoum
Waldinseln
N
W
O
S
Aventurien
500 Meylen

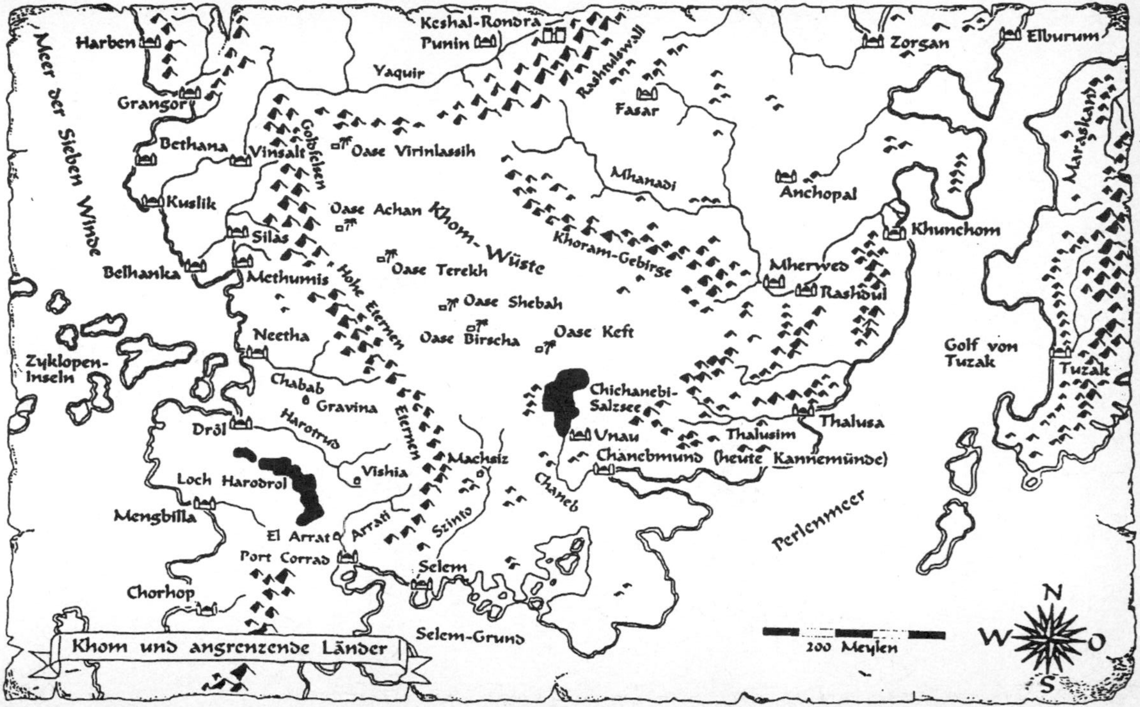
Khom und angrenzende Länder
Meer der Sieben Winde
Harben
Grangor
Bethana
Kuslik
Belhanka
Vinsalt
Goldfelsen
Silas
Methumis
Hohe Eternen
Neetha
Zyklopen-
Inseln
Chabab
Gravina
Harotrud
Dröl
Loch Harodrol
Mengbilla
El Arrat
Arrati
Port Corrad
Chorhop
Selem
Selem-Grund
Szinto
Machsiz
Vishia
Eternen
Keshal-Rondra
Punin
Yaquir
Rashtulswall
Fasar
Oase Virinlassih
Oase Achan
Khom-Wüste
Oase Terekh
Oase Shebah
Oase Birscha
Oase Keft
Mhanadi
Khoram-Gebirge
Chichanebi-
Salzsee
Unau
Chanebmund (heute Kannemünde)
Chaneb
Thalusim
Thalusa
Mherwed
Rashdul
Anchopal
Khunchom
Zorgan
Elburum
Maraskan
Golf von
Tuzak
Tuzak
Perlenmeer
200 Meylen
N
W
O
S

Prolog

Djamilla sprang blitzschnell in die Dunkelheit hinter einem Felsenvorsprung und zog ein kleines Wurfmesser aus dem Gürtel. Sie hielt den Atem an, lauschte angespannt. Doch wie sie erwartet hatte, vernahm sie keinen Laut.

Von den Zwölfen verdammt soll dieser Hund sein! fluchte sie innerlich. Ich war nicht ganz bei Sinnen, als ich Nadans Herausforderung annahm! Ich hätte bereits bei seinem Lachen mißtrauisch werden sollen. Ich hätte ahnen müssen, daß er alles vorbereitet hat und die Kechans besser kennt als ich! Schuld ist nur dieses verfluchte Amulett!

Sie biß sich auf die Lippen, um ein haßerfülltes Stöhnen zu unterdrücken. Sie durfte sich nicht ablenken lassen! Langsam beugte sie sich vor, um in den Gang zu spähen.

In dem Dämmerlicht, das durch die wenigen Spalten und Erdrisse fiel, hätte jede Bewegung auch eine Sinnestäuschung sein können.

In der Stille war ganz in der Nähe das Tröpfeln von Wasser zu hören. Djamilla fuhr zurück: In den tiefdunklen Schatten hatte sich etwas geregt. Sie warf das Messer.

Metall klirrte gegen den blanken Fels. Ein höhnisches Lachen erklang und hallte von den Wänden wider. »Heh, du kleine Katze! Streckst du deine Krallen aus, um den Fuchs damit zu kratzen?«

Djamilla nutzte diesen Augenblick, um ihren Standort zu wechseln, näherte sich dem anderen, mied die dämmrig hellen Stellen bedachtsam. Einen Wimpernschlag lang sah sie eine Gestalt vor sich. Die aber verschmolz sofort wieder mit der Dunkelheit. Ein blitzendes Ding flog auf sie zu.

Die geschmeidige Diebin wich ihm gedankenschnell aus, schleuderte selbst ein Messer. Um Haaresbreite entging sie dem Wurfstern, spürte dessen Lufthauch die linke Wange streifen. Djamilla grinste befriedigt, als ein zorniges Fluchen vor ihr erklang. Sie hatte getroffen! Und: Da war er!

In einem Kreis aus mattem Licht zog der drahtige schwarzhaarige Mann die Klinge aus seinem Arm, warf sie wütend beiseite.

Djamilla nutzte seine Unaufmerksamkeit und stürmte los. Sie schlug ihm mit einem gezielten Fußtritt den gebogenen Dolch aus der Linken, den er verborgen gehalten hatte.

Diesen hinterhältigen Trick des listigen Phexsohnes kannte die Diebin noch aus ihren Jugendtagen, war nur so der tödlichen Klinge entgangen. Ihr Rivale krallte seine Rechte in ihren Arm und versuchte, sie von den Beinen zu reißen.

Die Diebin wurde herumgeschleudert. Sie schlug gegen seinen Oberkörper, fühlte, wie sich ihre freie Hand mit einer fettigen Schmiere bedeckte.

Mit einem wilden Schrei verkrallte sich Djamilla in seinen kurzen, gelockten Haaren – und rutschte wiederum ab. Denn Nadan hatte Körper und Haare mit Öl eingerieben, war schlüpfrig wie ein Fisch aus den braunen Fluten des Mhanadi.

Ihre Hand glitt, fast einer Liebkosung gleich, über sein Gesicht, während sich Nadans Griff verstärkte. Erst jetzt bemerkte sie die angerauhten Lederriemen um seine Hände, die ihm Halt gaben.

Es gelang ihm, sie aus dem Gleichgewicht zu bringen, doch noch während sie stürzte, trat Djamilla gegen seine Beine.

Gemeinsam fielen sie zu Boden. Ungezählte Steinchen stachen schmerzhaft durch die Ledertunika in Djamillas Rücken.

Die Diebin fauchte. Es gelang ihr, Nadans Körper wegzudrücken, ehe er sie mit seinem Gewicht am Boden festnageln konnte. Sie wälzten sich über den unebenen Grund.

Für beide ging es um Leben oder Tod. Nadan wie Djamilla kannten die Gesetze der Unterstadt: Eine Herausforderung endete mit dem Tod eines Kämpfers – andernfalls verlor der Sieger sein Gesicht und hatte fortan einen unerbittlichen Gegner.

Nur einer von ihnen würde die Kechans lebendig verlassen, die vergessenen Grabstätten und uralten Abflußkanäle unterhalb der verkommenen Häuser und Elendshütten der Unterstadt. Kechans – diesen Namen hatten die Bewohner Rashduls geprägt.

Djamilla kämpfte um ihr Leben. Sie hätte den Zweiten ihrer Gilde, der schon damals ein besonderer Liebling Mawuds gewesen war, nicht aus den Augen lassen sollen …

Jetzt war es zu spät! Der drahtige schwarzhaarige Mann im Alter von 25 Götterläufen war wesentlich kräftiger und größer als sie – Vorteile, die er nun ausnutzte.

Er stieß Djamilla mit voller Wucht von sich, so daß die junge Frau gegen die unbehauene Felswand prallte, noch bevor ihr Tritt seinen Unterleib erreichen konnte, der ihn sicher ausgeschaltet hätte.

Und schon kam er wieder auf sie zu, glaubte sie noch benommen und handlungsunfähig. »Hurenbalg!« zischte er. »Wage das nicht noch einmal!«

Djamilla lachte. Sie hatte seinen wunden Punkt getroffen, denn Nadan prahlte unter den Dieben Rashduls mit seiner Manneskraft, die sie schon einige Male genossen hatte.

Sie achtete nicht auf die protestierenden Muskeln und die brennenden Striemen im Rücken, als sie auf die

Beine sprang und mit einer Faust nach unten, mit der anderen in sein Gesicht zielte.

»Es wäre doch schade, wenn du mir keine andere Wahl mehr lassen würdest!« spottete sie, doch Nadan wich ihr aus. Sie sprang ihm nach, drängte ihn in einen der wenigen lichtdurchfluteten Räume.

Nur die Gerippe der vor langer Zeit von Golgaris Schwingen davongetragenen Toten sahen ihnen aus den Nischen zu. Staub wirbelte auf, als Nadan einen Herzschlag lang tänzelte, sich plötzlich vorbeugte und wie ein wilder Stier auf seinen kleineren Widerpart losging. Mit einem heftigen Stoß fegte er sie zu Boden, warf sich auf sie, um ihr keine Gelegenheit zu geben, sich auf den Rücken zu ihm zu drehen und zu treten.

Seine Rechte packte in die Flut kupferfarbener Haare und riß ihr den Kopf so weit in den Nacken, daß ihr die Tränen in die Augen schossen, während eines seiner Knie sich schmerzhaft in ihren Rücken bohrte. Er lachte über ihre Versuche, sich unter ihm hervorzuwinden und mit einem Arm nach ihm zu schlagen.

»Nun, Djamilla Azila, Shanja der Diebe?« stieß er höhnisch hervor und spuckte auf sie. »Wer ist jetzt der Sieger? Ich könnte dir ganz einfach das Genick brechen.«

»Warum tust du es dann nicht?« keuchte die Diebin unter Schmerzen und stöhnte leise auf. »Mach ein Ende!«

Sie zwang sich zur Ruhe, entspannte sich, so gut sie es in dieser Lage vermochte – noch hatte sie nicht mit ihrem Leben abgeschlossen. Sie suchte einen besseren Halt auf dem rauhen Boden und wartete. Noch gab es einen Ausweg!

Nadan schien dies zu ahnen und verstärkte den Druck in ihrem Rücken.

»Versuch nicht, mich wieder reinzulegen!« drohte er. »Sonst werde ich einen Weg finden, dich langsam zu töten. Wie würde es dir gefallen, zu sterben wie ...« Er verstummte, und sie konnte sein boshaftes Grinsen förmlich vor sich sehen. »Du bist eine Frau, und eine reizvolle noch dazu. Es wäre eine Belohnung für dich, mir ein wenig Lust zu bereiten! Du würdest wohl noch Vergnügen empfinden...«

Er machte erneut eine bedeutungsschwere Pause. »Ich denke, ich werde dich leben lassen, aber so, daß du mir nicht mehr zur Gefahr werden kannst, nicht einmal durch deinen Körper...«

Djamilla durchfuhr ein kalter Schauer. Er wollte sie verstümmeln und entstellen! Sie bäumte sich unwillkürlich auf und schrie vor Schmerz, als Nadan ihren Kopf wieder weiter nach hinten riß. Er löste eine Hand aus ihren Haaren.

»Ich werde gleich damit anfangen...« Er verlagerte sein Gewicht, drehte sie grob auf den Rücken. Dies sollte sich als Fehler erweisen. Nadans zweiter Dolch hatte sich in der Stiefelscheide verhakt, und er mußte Kraft aufwenden, um ihn herauszuziehen. Dabei lockerte sich sein Griff in Djamillas Haaren.

Djamilla krallte die Finger um Nadans Hand und trieb ihm die Nägel so tief ins Fleisch, daß er ihre Haare losließ.

Sie wand sich schlangengleich unter ihrem Gegner heraus, rollte sich von seinem zustechenden Messer fort. Dann schleuderte sie den Staub, den sie mit einer Hand zusammengekratzt hatte, in sein Gesicht.

Nadan hustete und fluchte, versuchte sich den Schmutz aus den Augen zu wischen, während Djamilla sein Messer mit geübtem Griff an sich brachte.

Sie umfaßte es entschlossen, um zuzustoßen, als der Bolzen einer Armbrust dicht an der rechten Schulter vorbeisirrte und sich tief in die Wand neben ihnen bohrte.

Rasch sich nähernde Schritte erklangen aus einem der pechschwarzen Gänge.

»Tötet sie!« brüllte Nadan und versuchte, Djamilla

das Messer aus der Hand zu reißen, während seine drei Kumpane in die kleine Halle stürzten. Die Diebeskönigin erkannte sofort die kräftige Gestalt Maliks, des Schlitzers. Nadan gelang es, die Frau von sich zu stoßen und aus ihrer Reichweite zu fliehen. Djamilla sah sich gehetzt um. Sie hatte anderes zu tun, als ihm nachzusetzen.

Zwei ihrer unerwarteten Gegner hielten gespannte Armbrüste in den Händen. Malik warf Nadan seinen Säbel zu und zog selbst sein gefürchtetes Messer mit der gezackten Schneide.

Sie kamen langsam auf Djamilla zu, die nur noch zurückweichen konnte...

1. Kapitel

Einen Monat zuvor: Grüne Augen blitzten aufmerksam hinter dem Rand eines Zeltes hervor. Sie folgten dem Mann, bis er im Menschengewühl des Basares verschwand. Djamilla richtete sich auf und grinste derart hinterlistig, daß der Tuchhändler, bei dessen Stand sie sich aufhielt, seine Börse fester packte und das zierliche, in eine bauchfreie Bluse und eine Pluderhose gekleidete Mädchen argwöhnisch musterte. Mit der freien Hand machte er eine Geste gegen Unheil.

Die Diebin schleuderte ihren roten, durch ein schmales Band am Hinterkopf gebändigten Zopf über die Schulter und strich über einen der zarten pfirsichfarbenen Schleier, woraufhin der Händler wütend das Gesicht verzog und auf sie zukam. Lachend drehte sie sich weg.

Wo bist du, mein schöner, mutiger und stattlicher Hauptmann?, dachte sie und zwinkerte fröhlich, was ein junger Novadi als Einladung zu nehmen schien. Er kam von dem Waffenstand auf der anderen Seite auf Djamilla zu, die aufreizend die Hüften bewegte, ehe sie mit einem geschmeidigen Sprung in einer Gruppe von schnatternden Dienerinnen und einer fremdländischen Schar blonder, hünenhafter Thorwaler verschwand.

Enttäuscht gab der Mann sein Vorhaben auf, wie Djamilla mit Erleichterung feststellte, als sie aus der Deckung eines Früchtestandes wieder auftauchte. Grinsend spielte sie mit einem goldgelben Pfirsich und biß herzhaft hinein. Zu einer anderen Zeit hätte sie diesen Wüstenprinzen in eine Falle gelockt und sich mit ihm auf verschiedenste Weise vergnügt, aber an diesem Tag war sie auf der Jagd nach wohlhabendem Wild. Sie leckte sich den Pfirsichsaft von den Lippen und warf den Rest einem streunenden Hund zu. Einen Moment erwog sie, dem alten Haimamud ibn Haimamud al Abras zu lauschen, aber der erzählte wieder einmal die Geschichte von Dashim und den Götterjuwelen, die sie schon oft gehört hatte. Ihre Augen suchten im Gewühl des Basars eine grün-gelb leuchtende Uniform.

O ja, es ist heute nicht ganz ungefährlich, hier zu sein, hat er doch seine Leute zur Bewachung auf den Markt geschickt, damit sie endlich ein paar von uns Dieben fangen, stellte sie fest und spielte mit den Schnüren der Bluse. Aber was wäre das Leben ohne ein bißchen Gefahr! – Deine Bluthunde sind nicht besonders aufmerksam in dieser Hitze ... Sie grinste, als einer der Stadtgardisten durch Nadan, ihren Stellvertreter in der Gilde, um seine Börse erleichtert wurde. Der drahtige, schwarzhaarige Dieb tändelte schon wieder unschuldig mit einer Sklavin, als der Mann den Verlust bemerkte und sich hastig, aber ohne Erfolg, nach allen Seiten umblickte.

Djamilla seufzte und blickte auf. Die Sonne brannte heiß von einem wolkenfreien blauen Himmel auf die Paläste, Häuser und Hütten und ließ die goldenen Kuppeldächer jenseits der Mauern leuchten. Eine Glocke aus Gestank schwebte über dem Basar der Unterstadt. Die Stadtmauern verschwammen in dem stinkenden Dunst.

Die Mittelländer, die nicht davon lassen konnten, in ihrer dicken, steifen Wollkleidung oder gar in Rüstungen durch die Stadt zu schlendern, wischten sich den Schweiß von der Stirn. Sie waren die besten Kunden der Wasserverkäufer und Weinhändler.

Eine blonde Frau öffnete sich stöhnend vor Hitze das Lederwams. Ein Brustbeutel kam zum Vorschein, Djamillas Rechte zuckte vor: Mit einem der scharfen, kleinen Wurfmesser, die sie in breiten Armbändern verborgen hielt, durchtrennte sie den Tragriemen der Börse.

Zufrieden summend schob sie das Beutelchen unter die Schärpe und steckte die Klinge fort. Vermutlich befand sich nicht viel darin – aber so viel Dummheit mußte einfach bestraft werden. Sie lehnte sich gegen einen Brunnen, um die Nordländerin zu beobachten, die jetzt mit einem Wasserverkäufer feilschte und entsetzt zusammenzuckte, als sie den Verlust ihres Geldes bemerkte. Hilfloses Suchen folgte… Djamilla konnte wegen des Marktlärms nicht verstehen, was sie sagte.

Schon nach kurzer Zeit ließ die Diebin den Blick wieder über den Basar streifen. Der Platz war nicht groß, so daß sie ihn von ihrem leicht erhöhten Standpunkt am östlichen Rand übersehen konnte. Ein lauer Wind umschmeichelte sie und brachte die vielfältigsten Gerüche mit sich: den Duft von gebratenem Fleisch von den Ständen der Essensverkäufer, Gewürze, die Ausdünstungen der Menschen und Tiere. Auf der gegenüberliegenden Seite des Markts drängten sich Bauern aus dem Umland um Ziegen, Schafe und laut protestierende Mherwatis, die sogar die Rufe der eifrigsten und lautesten Händler übertönten. Sie beobachtete grinsend, wie Rhamun al Khar, der wie ein Ziegenbock stinkende alte Straßenhändler, um einen dunkelhaarigen Mann herumwieselte und ihm mit quäkender Stimme seine Waren anbot, die er in einer Lade vor der Brust trug.

»Hört mich an, edelster aller Herren! Bitte gewährt Eurem unterwürfigen Diener ein bescheidenes Wort. Ich will Euch…«, schwatzte er drauflos und ließ sein Opfer nicht zu Wort kommen.

Djamilla verließ den Brunnen, um sich unauffällig zu nähern. Als sie Rhamuns Kunden zu Gesicht bekam, verstand sie, warum sich der Alte gerade ihn ausgesucht hatte. Mit den Narben im Gesicht, die sich quer über die Wangen zogen und die Oberlippe wulstig enden ließen, und der gebrochenen Nase fand er wohl nicht leicht eine Frau, die bereit gewesen wäre, mit ihm das Bett zu teilen, obgleich er früher stattlich gewesen sein mußte. Kein Wunder, daß der alte Ziegenbock gerade ihm seine geheimnisvollen Mittelchen anpries, die die Mädchen gefügig und sinnlich machten.

»Sohn der Tapferkeit, höre mich, deinen armseligen Diener an! Soll deine Manneskraft – denn bei Ras'Raghs Hörnern, ich sehe sie in dir – nicht auch die schönen, wilden Blüten Rashduls erfreuen? Seht, Bruder des Schwertes und des wilden Stiers, dieses Pulver. In Wein aufgelöst, wird es sie willig in deine Arme sinken lassen!«

»Geh weg, du stinkender Bock!« Der Mann stieß den alten Händler ärgerlich beiseite und eilte mit weit ausholenden Schritten an Djamilla vorbei, während Rhamun mit den Händen wütend herumfuchtelte, rot anlief und zeternd Flüche hinter dem »undankbaren Sohn einer Distelpflanze und eines Mherwati« herschrie.

Die Diebin folgte ihm, hatte sie doch, als sein Mantel aufklaffte, bemerkenswerte Dinge an seinem Gürtel gesehen. Nicht nur einen vielversprechenden Beutel, sondern auch einen juwelenbesetzten Dolch und das abgenutzte Heft eines Kunchomers. Der Fremde war ein erfahrener Kämpfer, und das machte es noch spannender, ihm den Beutel zu entreißen.

Djamilla wartete geduldig, bis sich der Mann einem Pfannkuchenverkäufer zuwandte. Sie tat, als betrachte sie die Seidentücher an einem der anderen Stände und beobachtete das Feilschen, bis sie den richtigen Augenblick gekommen sah. Geschmeidig wie ein Katze glitt sie durch die Menschenmenge.

Der Schall von Posaunen ließ den Mann aufhorchen. Er blickte wie viele der anderen zum Madamaltor, das von den Wächtern geöffnet wurde. Dabei schob er den Mantel unwillkürlich zurück. Als er sich reckte, um die verschleierte, in einer Sänfte sitzende Gestalt besser sehen zu können, die eben durch das Tor getragen wurde, stolperte Djamilla. Für die Diebin war es nichts Neues, daß die Shanja den Basar besuchte. Sie hielt den Atem an, als sie das Leder ertastete, und zückte den kleinen Dolch. Kaum hatte sie den schweren Beutel in ihrer Hand, umschloß eine eisenharte Faust ihr Gelenk, und der Bestohlene riß sie mit einem wütenden Schrei herum.

Djamilla war nicht bereit, sich gefangen zu geben. Sie zielte mit dem Messer auf seine Augen und trat gegen seine Beine. Wie ein getroffener Löwe brüllte er auf und ließ sie los, um der Klinge auszuweichen, die fast seine Haut berührte. Die Diebin wirbelte herum und bahnte sich mit den Ellbogen einen Weg durch die Menge. Die Menschen waren noch immer von dem Schauspiel am Madamaltor abgelenkt und stolperten gestoßen nur verwirrt zur Seite.

Erst als der Ruf »Haltet die Diebin!« über den Basar gellte, griffen einige Mutige nach ihr, doch Djamilla teilte Tritte und Schläge aus, sprang auf eine niedrige Mauer und hieb auf das Hinterteil eines Mherwati, der laut schreiend auskeilte und die Menge zurückweichen ließ. Nur der Bestohlene ließ sich davon nicht beeindrucken.

Auch einige Wachen, die durch den Tumult aufmerksam geworden waren, bahnten sich einen Weg durch die gaffende Menge.

Djamilla lachte und klemmte sich dann die Bänder des Beutels zwischen die Zähne. Die Vorsprünge einer Steinwand ausnutzend, kletterte sie geschickt wie ein Äffchen auf die Trennmauer zwischen zwei Häusern und sprang von dort zu einem Balkon hinüber. Sie landete zwischen zum Trocknen ausgelegten Kräutern und nieste heftig. Lachend winkte sie einer kreischenden Matrone zu, während sie an einem Holzgerüst, an dem ein schweres Tuch befestigt war, nach oben kletterte und über das Dach lief. Hastig sah sie sich um. Nur mit einem gewagten Sprung hätte sie es schaffen können, auf ein anderes Dach zu gelangen, um in das Labyrinth der Unterstadt einzutauchen. Hinter ihr ging es hinab zu einem ummauerten Innenhof. Wenn man sie dorthin triebe, wäre sie gefangen, selbst wenn sie den Sprung unbeschadet überstand.

Einer der Gardisten schob sich gerade auf das flache Dach und rappelte sich auf, ein anderer hastete durch das Innere des Hauses über eine Treppe nach oben. Krachend flog eine Holzluke auf, und sie sah sich dem Hauptmann der Stadtwache gegenüber. Sie erkannte ihn an seinem dunkelbraunen Haar und bartlosen Gesicht. Ilnamar ay Shorn überragte sie um mehr als Haupteslänge. Seine grauen Augen blitzten wütend und entschlossen.

»Du von Ratten gezeugte Ausgeburt der Dämonen!« zischte er. »Bleib, wo du bist!«

Djamilla tänzelte über den heißen Stein.

Ich darf nicht stehenbleiben! dachte sie.

Ilnamar ay Shorn stieg gänzlich auf das Dach und versuchte, Djamilla zwischen sich und die anderen Verfolger zu drängen. »Gib auf, du elende Schlange! Du kannst von hier aus nicht entkommen, es sei denn, du vermagst auf den Schwingen des Windes zu reiten!«

Die Diebin nahm die Bänder des Beutels aus dem Mund und streckte die Arme aus. »Du weißt, daß ich nicht aufgebe! Ich habe einen Ruf zu verlieren!«

»So!« spie er aus. »Welchen hast du schon zu verlieren, Diebin?«

Djamilla spürte, daß er versuchte, sie zu reizen. Sie lachte und spielte sein Spiel mit. »Ich bin die Shanja der Diebe, Ilnamar, mein stattlicher Hauptmann. Mich fängt man nicht! Mich besiegt man!«

Sie holte tief Luft, als sie einen zweiten Soldaten auf das Dach kommen sah.

»Und dazu gehört mehr als die Tolpatschigkeit eines Kriegers!« rief Djamilla, ehe Ilnamar antworten konnte, und nahm Anlauf. Sie sah unter sich die Soldaten in der engen Gasse und hörte Ilnamar fluchen. Dann landete sie katzengleich auf dem nächsten Dach und lief, ohne sich noch einmal umzublicken. Über eine Stiege kletterte sie zu einem Balkon hinab, hangelte sich über ein zwischen den Häusern gespanntes Seil auf den gegenüberliegenden zu und ließ sich dann aus zwei Schritt Höhe in die Tiefe fallen, zwischen Unrat und einen Wasserabfluß, in dem knöcheltief fettig schillerndes Wasser stand. Wasser spritzte, und sie verschwand in der Dunkelheit des Kanals.

Nur einmal sah sie sich um und entdeckte Ilnamar ay Shorn bereits an der Kanalmündung, sah ihn fluchend innehalten. Er stand ihr an Geschmeidigkeit kaum nach, doch in die Abflüsse, die in die Kanäle Rashduls herabführten, konnte er ihr wegen seiner Größe und der Breite seiner Schultern nicht folgen. Er war ihr schon einmal gefolgt, dann aber in einem der schmalen Löcher steckengeblieben.

Sie war – für heute – entkommen.

Ilnamar ay Shorn verfluchte die Diebin und starrte in das dunkle Loch, in das das Abwasser floß. Dort hinein wagte selbst er ihr nicht zu folgen, denn der Tunnel war so schmal, daß es für ihn kaum ein Durchkommen gab. Zudem war ihm diese streunende Hündin in dem Labyrinth weit überlegen, weil sie es wie alle Diebe Rashduls bestens kannte. Er ballte die Faust und murmelte einen Fluch. Er steckte den Kunchomer wieder zurück und musterte einen Straßenjungen, vermutlich einen Dieb, so scharf, daß dieser mit einem Schrei Reißaus nahm. Wie nah war er der Ergreifung dieser Gaunerin wieder gewesen: Djamilla Azila, die sich selbst ›Shanja der Diebe‹ nannte, die ihm in den fast drei Jahren ihrer Regentschaft mehr Ärger gemacht hatte als ihr Vorgänger Mawud!

Nicht nur, daß sie sehr gerissen war und List vor Gewalt setzte, sie schien es zudem darauf abgesehen zu haben, ihn zu verführen. Fast war es dem Kommandanten, als stecke in dem Leib dieses lüsternen und verworfenen Weibs eine böse Dschinni, die gekommen war, um ihn zu vernichten.

Er blickte nach oben und gab seinen Männern das Zeichen, die Jagd abzubrechen. Manchmal wünschte er sich, die Verantwortung als Kommandant der Stadtwache von Rashdul nie angenommen zu haben. Schon Achan ibn Rahmud al Kashid, sein Va'thim und Onkel hatte ihm davon abgeraten. Aber damals, vor fast vier Jahren war es ihm sehr wichtig gewesen, eine solch schwere Aufgabe zu übernehmen...

Er ertastete die Lederschnur, die er unter dem Hemd verborgen trug, und den Anhänger, den ihm sein Onkel zum Abschied gegeben hatte. In eine Fassung aus Golddraht war ein blutroter fünfeckiger Edelstein eingesetzt. Ilnamar atmete tief ein und erinnerte sich, wie er diesen noch vor wenigen Jahren am Hals seines Onkels Achan gesehen hatte – besonders als sein Onkel ihn aus dem Haus seines Vaters mit sich genommen hatte.

Damals hatte er Ilnamar erzählt, daß der Stein immer dann an den Nächsten seiner Linie weitergegeben wurde, wenn es für diesen an der Zeit war, einen Neffen aus den Zelten oder Palästen seiner eigenen Brüder zu holen und zum Novizen zu machen.

Ilnamar erinnerte sich, daß dieser Brauch erst von dem Onkel Achans eingeführt worden war. Der Anhänger unter seinen Fingern mahnte ihn, daß es an der Zeit war, einen Nachfolger zu finden.

Er steckte das Amulett fort und vertrieb die Gedanken an seine Familie, die er seit seiner Zugehörigkeit zu den Hadjiinim nicht mehr gesehen hatte. Es gab Wichtigeres zu tun.

2. Kapitel

Die weiß gekalkten Häuser des Dorfes Narjeh hoben sich deutlich vom bräunlich gefärbten Grün der Reisfelder ab, die sich an den Ufern des nahen Schuboch erstreckten. Mit gebeugten Rücken, bis zur Wade im schlammigen Wasser stehend, schnitten die Bauern die langen Halme mit den dünnen Ähren und brachten sie, sobald sie die Bündel nicht mehr umfassen konnten, an die festen Lehmumrandungen. Leiser, eintöniger Gesang erklang, unterbrochen nur durch das Brüllen der Gandangstiere und die Rufe der Treiber, die ein bereits abgeerntetes Feld umpflügten. Wenige der sonnengebräunten, dunklen Gestalten richteten sich auf und musterten neugierig den Reiter, der auf dem Lehmpfad zielstrebig auf das Dorf zuritt, setzten ihre Arbeit bald wieder fort. Fremde waren nichts Außergewöhnliches in Narjeh, führte durch die Stadt doch der Karawanenweg von Rashdul nach Al'Tamur. Reisende oder Karawanen zogen regelmäßig durch das Dorf.

»Seht, da kommt ein einsamer Krieger!« rief der Knabe, der zuvor eine blökende Schar von Ziegen in das Gehege getrieben hatte. Er warf seine Gerte beiseite und wedelte aufgeregt mit beiden Armen, als er auf den Dorfplatz eilte. Mehrere weiße flache Häuser gruppierten sich um den steinummauerten Brunnen im Schatten einiger Palmen. Durch den Lärm aufgeschreckt, stoben bunte Vögel auf und flatterten zeternd davon. Eine Wasserträgerin verschleierte sich hastig, und ein paar Kinder ließen die Matten liegen, an denen sie geflochten hatten. Eine Matrone in dunklen Gewändern winkte die Mädchen herein, die vor einem der

Häuser Kleidung flickten, während sich zwei Männer gemächlich von einer Bank erhoben, von der aus sie das Treiben im Dorf beobachtet hatten. Der ältere von ihnen stützte sich auf einen knorrigen Stock.

»Sie haben tatsächlich Wort gehalten, Sulim«, sagte er mit rauher Stimme. »Sie haben einen ihrer Meister gesandt!«

Der Jüngere nickte und rieb sich gedankenverloren den struppigen schwarzen Bart. »Ehrenwerter Haman, ich hoffe nur, daß Ihr mit Eurer Vermutung recht hattet, und ihn nicht vergebens habt rufen lassen! Ich ehre Eure Weisheit, aber ...«

»Ich irre mich nicht, du Sohn des Unglaubens«, erklärte der Weißbart tadelnd und hob nun grüßend eine Hand.

Der Reiter brachte sein Pferd zum Stehen. Obgleich ein Tuch sein Gesicht verhüllte und nur die blitzenden schwarzen Augen freiließ und der sandfarbene Umhang seine Waffen verdeckte, umgab ihn eine Aura der Macht. Mit erhobenem Haupt musterte er die beiden Männer und ließ den Blick über die großäugigen Kinder streifen, die ihn mit offenem Mund begafften.

»Rastullahs allsehendes Auge wache über Euch, edelster der Krieger!« sagte der Haman ernst. Sulim konnte die Ehrfurcht in der Stimme des Alten förmlich spüren und wich dem Blick des Hadjiin verlegen aus. Das letzte Mal, als er einen Angehörigen dieses glorreichsten aller Kriegerorden im Land der Ersten Sonne (bei Rastullah, es war der Traum vieler Jungen, ein Mitglied zu werden!) gesehen hatte, war er noch ein Knabe gewesen. »Und möge er Euch allzeit Kraft und Mut geben, das Böse zu bekämpfen, und die Klinge Eures Kunchomers schärfen.«

Stumm stieg der Mann vom Pferd. Auch jetzt überragte er den Alten noch um einen halben Kopf.

Dann löste er das Tuch vor dem Gesicht und musterte die Männer erneut. Sie konnten in den wettergegerbten Zügen nicht erkennen, wie alt der Mann wirklich war, zumal nur einige graue Strähnen seinen schwarzen, wohlgepflegten Bart durchzogen. Plötzlich schien ihn etwas zu verärgern, denn die dunklen Augenbrauen senkten sich drohend. Sulim drehte sich schnell und machte eine wütende Geste, die das junge, unverschleierte und neugierig aus dem Eingang lugende Mädchen, seine Tochter, schnell wieder im Innern des Hauses verschwinden ließ.

Er würde sie bestrafen müssen, denn wie allen anderen Mädchen hatte er ihr eingeschärft, im Haus zu bleiben, wenn der Hadjiin kam. War der Preis, den diese für ihre Tapferkeit und ihre Kraft bezahlten, doch der heilige Eid, allen Genüssen, ob nun der Völlerei, der Trunksucht oder der Fleischeslust, zu entsagen. Eine Frau war für diese ausgezeichneten Kämpfer eine Versuchung, vor allem, wenn sie sich unverschleiert zeigte. Sulim hatte das gewußt und ihn nicht verärgern wollen. Nun war es geschehen, und er blickte den Haman hilfesuchend an. Dieser zuckte nur mit den Schultern, während der Krieger fast unhörbar murmelte: »Möge der Allmächtige mir meine sündigen Gedanken vergeben!«

Noch bevor ihn der alte Mann besorgt ansprechen konnte, ergriff der Hadjiin wieder das Wort.

»Rastullah möge Eure Weisheit bewahren und Euch und die Euren segnen und mit Glück beschenken, Haman dieses Dorfes. Ihr wart es, der mich rufen ließ? Ich bin Achan ibn Rahmud.«

»Ja, so ist es. Bei dem Zorn des Allmächtigen, ich wußte mir keinen anderen Rat mehr, denn die Krieger des Sheik glaubten mir nicht und fürchteten sich vor den seltsamen Stimmen in der Ruine hinter den Felsen, und dann ...«

»Kommt zur Sache, alter Mann! Der Bote berichtete das alles bereits! Ich will sehen, was Ihr für mich aufbewahrt habt«, fiel ihm der Krieger ins Wort. Seine Hände verschwanden unter dem Burnus. Sulim war sich sicher, daß er sie auf die Griffe seiner Krummschwerter legte.

»Wir bewahren es in einem unserer kühlsten Keller auf, doch es wird kein erfreulicher Anblick sein, Meister der Schwerter.« Der Ältere verstummte verlegen. Dann hob er eine Hand und deutete auf eines der Gebäude. Der Hadjiin setzte sich in Bewegung, so daß sie ihm folgen mußten. Sie gingen durch einen spärlich möblierten Vorraum, stiegen eine steile Treppe hinab und gelangten in ein unterirdisches Gewölbe. Hier war es so kühl, daß Sulim den Burnus fester um sich zog. Auf einer Bahre lag etwas unter einem Tuch verborgen. Der Hadjiin deutete fragend darauf, wartete aber das Nicken des Dorfoberhaupts nicht ab. Mit einem energischen Ruck zog er die Decke fort und erstarrte. Keine Regung zeigte sich in seinem Gesicht, das nun einer steinernen Maske glich. Sulim hätte viel darum gegeben zu erfahren, was der Krieger dachte und fühlte, während er selber mit Übelkeit kämpfen mußte. Dort, auf der Bahre lag Shennya – oder was von ihr noch übrig geblieben war.

Das lebenslustige fröhliche Mädchen, die farbenprächtigste Rose unter den Blumen des Dorfes, war vor fast drei Monaten verschwunden. Obgleich alle jungen Männer unter der Führung des jungen Ariman ausgeschwärmt waren, um sie zu suchen – vermutete man doch Sklavenhändler oder Barbaren aus dem Norden als Urheber ihres Verschwindens – hatte keiner eine Spur von ihr gefunden. Vor einem Mond entdeckte der Ziegenhirte Hassim Shennya in einer kleinen Höhle in den Hängen, genauer: ihre mumifizierten Überreste. Auch jetzt noch war zu erkennen, daß sie durch Gewalt ihr Leben verloren hatte. Tiefe Schnitte, noch immer blutverkrustet, verunzierten den Oberkörper und das Gesicht, und die Kehle schien durch eine Tierkralle zerfetzt. Der wie zum Schreien geöffnete Mund zeugte davon, wie qualvoll das Mädchen gestorben war. Zuletzt hatte jemand Dornen in der Form einer Pranke in ihren Oberkörper gebohrt, um keinen Zweifel daran zu lassen, wer sie getötet hatte.

Sulim musterte den Hadjiin, der eine Hand ausstreckte und über das Dornenzeichen legte. Seine Augen waren zu schmalen Schlitzen geschlossen, als er den Kopf wieder seinen Begleitern zuwandte. »Vater der Weisheit, Ihr habt wohl getan, mich zu rufen, denn dies ist ein bedeutungsschweres Omen. Möge Rastullahs mächtiger Zorn diese Hyänen tausendfach zerschmettern und in die tiefsten Tiefen verdammen! Fluch über sie und ihre Samen, und Verdammnis ihren Seelen! Die Dashinim haben uns zum letzten Mal durch ihre Untaten herausgefordert!«

Die letzten Worte spie er förmlich aus.

Dann ballte er die Fäuste und schlug sie gegeneinander, machte das Zeichen gegen den bösen Blick, überkreuzte schließlich die Finger und hob sie zur Stirn. Sulim starrte ihn überrascht an, denn der Haß sprühte förmlich aus den Augen des Kriegers, so, als wisse er genau, was geschehen war.

Das war die einzige Gefühlsregung des Mannes vor ihm. »Ich habe genug gesehen«, erklärte der Hadjiin. »Wickelt die Leiche in eine Decke, verschnürt sie gut und bringt sie zu meinem Kamel! Ich werde euch bei Sonnenaufgang wieder verlassen.«

Der Nachthimmel über Rashdul war wolkenlos und doch dunkel, da das Madamal noch nicht aufgegangen war. Die schattenhafte Gestalt eines Mannes stand an einem der fünf Fenster des Turmzimmers und blickte hinaus auf die Stadt, ein zweiter Mann saß auf einem hochlehnigen Stuhl vor einem breiten Tisch. Feingliedrige Hände bar jeden Schmucks streichelten das buschige, silbergraue Fell einer edlen Al'Anfaner-Katze.

»Ich hatte recht mit meinen Vermutungen. Was unsere Spione schon lange beobachtet haben, tritt ein: Tar Honak streckt seine Hand nach der Khom aus. Nicht umsonst hat der Kalif den weisen Mullah ibn Hassan al Khamassan, seinen beredsamsten Gesandten, geschickt, um die erhabene Shanja« – die Stimme des Mannes bekam einen spöttischen Unterton – »und ihren Wesir, Sheik Almut, in Unruhe zu versetzen. Dank dir, alter Freund, weiß ich, wie sehr.«

Eine ganze Weile herrschte Schweigen in dem Raum, der bis auf einige seltsame Gerätschaften kärglich möbliert war. Nur das laute Schnurren des Tieres durchbrach die Stille. Die Katze befreite sich schließlich mit einem unwilligen Miauen aus den Händen des Sitzenden und sprang auf den Boden. Mit hochgerecktem Schwanz stolzierte sie auf die Wendeltreppe zu und sprang die Stufen hinab.

Der Mann erhob sich und trat auf den anderen zu. Erst jetzt blitzten die vier Juwelen seiner Halskette im schwachen Dämmerlicht. »Nicht mehr lange, und wir werden die Schmach reinwaschen, die uns vor über hundert Jahren angetan wurde. Der Schrei der Löwin wird wieder über Rashdul erklingen und die Neunundvierzig werden der Stadt treu dienen« sagte er leise. »Dann werden die Träume unserer Väter wahr! Das Katzenblut wird uns dazu verhelfen.«

»Deshalb laßt Ihr die Juwelen suchen?« antwortete der zweite Mann. »Jetzt erst verstehe ich Eure Befehle, Krallenherr! Aye – die schwarze Brut muß zurückgeschlagen werden!«

Eine Hand lag auf dem Widerrist des Pferdes, die andere ruhte auf seinem Schenkel, dicht neben dem Griff des Kunchomers. In zügigem Trab durchquerte der Hadjiin das schmale Felsental mit den zerklüfteten Hängen und dem kargen Pflanzenwuchs. Die Felswände boten etwaigen Angreifern mehr als genug Schutz, zumal die Sonne bereits lange Schatten warf.

Wachsam suchten die dunklen Augen die Gegend ab, achteten auf jede verdächtige Bewegung zwischen den rötlichen Felsspitzen. Das Zischen einer Speinatter auf einer Steinplatte in Augenhöhe ließ den Reiter zur Waffe greifen, doch zog er sie nicht.

Einmal tastete er nach dem fest hinter dem Sattel verschnürten Bündel und gab ein verächtliches Schnauben von sich.

Rastullahs allsehendes Auge! Diese Dashinim-Brut muß endgültig zerschlagen werden! durchfuhr es seinen Geist. Es scheint ein uns auferlegter Fluch zu sein, daß sie jedes Menschenalter einmal auftauchen und ihre grauenhaften Taten verüben, um unsere Aufmerksamkeit zu erwecken. Dieser Mord ist eine Kampfansage.

Er war noch ein junger Mann gewesen, ein Novize, als er zum ersten Mal von den Dashinim hörte. Kurz zuvor hatte der damalige Großmeister von Shalat ihren Schlupfwinkel aufgespürt und ihnen einen schweren Schlag versetzt.

»Der Kult der Krallenträger!« zischte er leise. »Sie verachten das Leben und alle Ideale des wahren Kriegertums. Was auch immer sie treibt, es muß der Shei'tan sein, dem sie sich verschrieben haben!«

Er verstummte. Wieder umschloß seine Rechte den Griff des Kunchomers, und diesmal zog er ihn aus der Scheide.

Seine Augen täuschten ihn nicht. Der obere Rand eines Turbans lugte hinter einem Felsen vor, und der unvorsichtige Träger ließ einen Teil seines Körpers sehen.

Wegelagerer! Rastullah vernichte sie mit einem Blitz aus deinem allsehenden Auge und gib mir Kraft! sandte der Hadjiin ein stummes Stoßgebet zum Himmel.

Der Hadjiin machte sich bereit, die Deckung durch sein Pferd auszunutzen, falls die Räuber Bogen oder andere Schußwaffen mit sich führten, denn diese Hunde hielten nichts von ehrhaftem Kampf. Seine Beinmuskeln spannten sich, doch ehe er aus dem Sattel gleiten konnte, vernahm er den harten Schlag einer gelösten Armbrustsehne. Unwillkürlich wandte er den Kopf: ein tödlicher Fehler.

Der Bolzen bohrte sich in das linke Auge und tauchte die Welt in ein Meer aus Blut und Schmerz. Er schrie auf, faßte sich mit der Hand an den Kopf und spürte den feuchten Lebenssaft über die Haut rinnen. Das zweite Geschoß durchschlug den Waffenrock. Nur noch schemenhaft konnte er die Schützen erkennen, die hinter einem Felsen auftauchten. Dann wurde es dunkel um ihn, und in den letzten Augenblicken seines Lebens kam die Einsicht, daß ein Armbrustbolzen keine Unterschiede zwischen Hadjiinim und gewöhnlichen Sterblichen macht...

Zufrieden mit ihrer Beute hatte sich Djamilla in ihr Versteck zurückgezogen und saß nun auf dem weichen Lager, das die Hälfte der Höhle ausfüllte. In den Händen wog sie den prall gefüllten Beutel, betastete das weiche Leder, das ebenfalls seinen Wert hatte. Die Börse der Nordländerin mit den wenigen Münzen darin hatte sie längst an einen zerlumpten Bettlerjungen verschenkt, der ihr auf dem Weg nach Hause mit ausgestreckter Hand entgegengekommen war.

»Mal sehen, was ich hier habe...«, murmelte Djamilla zufrieden, löste die Knoten, schüttete den Inhalt des Beutels auf die buntgewebte Decke und verteilte die Münzen und Edelsteine.

Plötzlich hielt sie in ihrem Tun inne und nahm eines der Metallplättchen. Zunächst hatte sie es für eine Münze gehalten, doch ein kleines Loch an der Seite deutete auf einen anderen Zweck hin.

Was mochte das sein? Ein Amulett? Ein Göttertalisman?

Djamilla drehte die Bronzescheibe und erstarrte.

Ihre Augen weiteten sich, als sie den Gegenstand näher ans Licht hielt, um die Erhebungen genauer zu betrachten. Es waren fünf flache Ovale, die an den Pfotenabdruck einer Katze erinnerten.

Die fröhliche Gelassenheit war aus Djamillas Gesicht verschwunden. Haß und Schmerz verzerrten die Züge, und ein lautes Stöhnen entfuhr ihrem Mund.

Sie kannte dieses Zeichen, und die Erinnerungen, die sich mit ihm verbanden, waren die eindringlichsten ihres jungen Lebens.

»Durnah!« wisperte die Diebin und umklammerte das Amulett, als wolle sie es zerdrücken. »Durnah, meine Schwester! Ihr, wer auch immer ihr seid, habt sie ermordet!«

Sie erinnerte sich an jene schreckliche Nacht vor mehr als vier Jahren, als wäre es erst gestern geschehen:

Man schrieb die namenlosen Tage. Nach einem heftigen Gewitter war Nebel im Tal des Mhanadi aufgekommen, und selbst in den Gassen Rashduls vermochten die wenigen Wanderer in der späten Nachtstunde kaum weiter als ein paar Schritt zu sehen. Es bedurfte einigen Mutes, sich hinauszuwagen, wenn man zuvor den Erzählungen der Haimamud gelauscht hatte, die von den rachsüchtigen Geistern jener Verstorbenen erzählten, die noch nicht in Borons Hallen eingegangen waren. Aber auch von den Dämonen und anderen übelgesonnenen Geschöpfen der Finsternis, die den dünnen Schleier zwischen ihren Reichen und der Menschenwelt nun leichter zu durchschreiten vermochten, um Leichtsinnige zu verführen und Unachtsame als Opfer zu verschlingen, berichteten die alten Märchenerzähler und schmückten ihre Geschichten mit grausigen Schilderungen aus. Deutete nicht auch das unnatürliche Wetter auf das Wirken des Bösen hin? War nicht auch diese Nacht wie geschaffen für schaurige

Opferriten und das Beschwören von entsetzlichen Dämonen?

Nur wenigen wurde es bei den Worten der Haimamud nicht bang ums Herz; kaum einer schlug ihre Warnungen aus.

Ein Schrei gellte durch die unbeleuchteten engen Gassen der Unterstadt – lähmende Stille folgte. Läden schlossen sich knarrend, zugerissen von erschreckten Bewohnern, als eine schemenhafte Gestalt durch den Nebel rannte und vor einem großen, bunt bemalten und rankenbewachsenen Haus in der Straße der rahjagefälligen Freuden haltmachte. Kleine Fäuste hämmerten gegen die schlichte Seitentür des dreistöckigen Gebäudes. »Öffnet! So öffnet doch!« flehte eine helle Stimme, und der herabgleitende Schleier enthüllte das zarte Gesicht einer Kindfrau, von zerzausten kupferfarbenen Haaren umrahmt. Weit aufgerissene Augen starrten die Frau nun verzweifelt an, die mit einem energischen Ruck die Tür geöffnet hatte. »Ashil…! Kind… Wo wart ihr so lange? Wo ist Durnah?«

Das Mädchen drängte sich an sie, hielt sich an ihr fest. »Es ist meine Schuld«, schluchzte sie und begann zu weinen. »Ich war es, die nach dem Unwetter durch die Unterstadt laufen wollte, um nach Hause zu kommen, Abrizah, obgleich Sherimee uns warnte und Durnah Angst hatte… Aber… Aber ich lachte nur über sie und zog sie mit hinaus…« Der Rest ging in ein unverständliches Gemurmel über, so daß die Ältere das Mädchen in das Haus hineinschob und zu beruhigen versuchte.

Abrizah wies einen Diener an, heißen Tee zu bringen, führte das Mädchen in einen kleinen, wohnlichen Raum des Erdgeschosses und drückte sie auf einen der Divane nieder.

»Ashil… Nun berichte mir in Ruhe, was geschehen ist«, sagte sie mit ruhiger Stimme. Sie setzte sich neben das rothaarige Mädchen und begann, deren Haar sanft zu ordnen. Das Kind, das ihr wie eine eigene Tochter ans Herz gewachsen war, beruhigte sich zusehends. Dank dieses wortlosen Trostes hörte Ashil auf zu zittern und atmete langsamer.

Aber noch immer lag ein gehetzter Blick in den Augen, als sie schluchzend ihre Erzählung fortsetzte: »Und dann liefen wir durch die Straßen. Ich hatte keine Angst vor den Nebelschwaden, aber Durnah jammerte, und um ihr zu zeigen, daß es doch gar nicht so schlimm war, ließ ich sie los und huschte um eine Ecke. Durnah schrie nach mir, begann zu weinen... und plötzlich war sie still. Ich glaubte, sie würde mich narren, aber als ich nach ihr sah, war sie weg. Ich bekam Angst... rief nach ihr, suchte sie, während es immer dunkler und schließlich Nacht wurde. Aber ich fand keine Spur von ihr, bis... bis...« Ashil begann zu zittern und sprang auf. »Bis ich sie fand!« schrie sie fast heraus. »Wir müssen sie holen!« Flehend blickte sie auf die ältere Tulamidin, deren jettschwarzen Haare mit Schmuckkämmen hochgesteckt waren und die ein blaues Seidengewand mit silbernen Verzierungen trug. Sorge erfüllte Abrizahs Gesicht. »Lebt sie noch? Warum hast du das nicht gleich gesagt!«

»Nein... nein... sie ist tot! A-aber...« Ashil wurde bleich. »Sie wurde ermordet!«

Abrizah erhob sich vom Divan und schlug gegen einen kleinen Gong. Während sie einen Umhang ergriff, sagte sie zu dem Mädchen: »Führ mich hin! Wir werden sie holen! Ich kann meine Adoptivtochter doch nicht dort liegen lassen!« Sie verbarg nur mit Mühe ihr Entsetzen, wobei ihr die Erfahrung als Besitzerin und erste Dame des »Hauses der tausend Freuden« half. Innerlich verspürte sie den Wunsch, laut loszuschreien. Boron, warum trifft dein Wort nur immer die, die ich am meisten liebe? dachte sie. Erst Delhena und nun ihre Tochter! Was haben sie nur getan, um von Golgari so früh in dein Reich getragen zu werden?

Sie erklärte dem eintretenden Mohasklaven knapp, worum es ging. Sie folgte mit Ashil dem schlanken bronzefarbenen Mann, der eine Fackel in der Hand hielt, aus dem Haus. Erst jetzt erlaubte sie sich, ihrem Schmerz durch Tränen Ausdruck zu geben, da weder der Sklave noch das Mädchen sie in der Dunkelheit sehen konnten. Abrizah ballte eine Faust und spürte, wie sich die langen Nägel in den Handballen drückten. Sie flehte Rahja an, nicht noch mehr geschehen zu lassen: Und wenn ich alles dafür geben müßte, was ich je in meinem Leben errungen habe, ich würde es tun. Du, Delhena, hast mir geholfen, mein Haus zu dem zu machen, was es heute ist, denn nur für deine Töchter habe ich um seinen Erhalt gekämpft...

Dicht vor ihr eilte Ashil voraus, die den Weg überraschend sicher durch die Schwaden fand, so daß sich Abrizah wieder etwas beruhigte – bis das Mädchen in einer dunklen Seitengasse, unweit der Straße der rahjagefälligen Freuden plötzlich stehenblieb und neben einem zusammengekrümmten Körper auf die Knie sank.

Auf einen Wink der Älteren beleuchtete der Moha die liegende Gestalt, und Abrizah konnte einen leisen Schrei des Entsetzens nicht zurückhalten, denn selbst für jemanden wie sie, die so manche Grausamkeit der Menschen am eigenen Leib erfahren hatte, war der Anblick kaum zu ertragen:

Halb von einem Tuch verdeckt lag das Mädchen in einer Lache aus Blut und Schlamm. Gebrochene Augen in einem schmerzverzerrten Gesicht glitzerten schwach im Fackelschein und schienen noch immer um Hilfe zu flehen. Eine Hand war in den lockeren Boden gekrallt, als steckte noch Leben in ihr. Überall waren dunkle, blutverkrustete Schnitte und Kratzer zu sehen, der größte und tiefste hatte die Halsschlagader durchtrennt. Abrizah beugte sich tiefer und würgte, als sie das Glitzern in den Wunden genauer in Augenschein nahm. Nun wußte sie, warum Durnah so gelitten hatte – ihre grausamen Mörder hatten ihr Sand oder Salz in die Wunden gestreut, um die Qual zu erhöhen, um sie mit kaltem Feuer zu verbrennen.

Ashil schob das Tuch beiseite, als habe sie etwas entdeckt, und deutete mit den Fingern auf ein Mal oberhalb der rechten Brust. Fünf ovale Steine waren dort in Form einer Katzenpfote in die Haut eingesetzt.

Fünf Ovale wie auf diesem Amulett. Djamilla vertrieb die Erinnerungen an den grausamen Mord an ihrer Zwillingsschwester. Warum hatte es gerade Durnah treffen müssen, ihre liebliche, stille und so zarte Schwester? Wer waren ihre Mörder? Selbst die lebenserfahrene Abrizah hatte keine Antwort gewußt und nur vermutet, daß ein skrupelloser Beschwörer oder die Anhänger einer fanatischen Sekte Durnah getötet hatten, weil sie sich Macht aus ihrer Lebenskraft erhofften.

Sie hatte dafür gesorgt, daß der Körper des Mädchens von der Straße geholt und in einer der Kechans unterhalb des ›Palastes der tausend Freuden‹ begraben wurde. Djamilla erinnerte sich an den Schwur, den sie am Grab ihrer Schwester getan hatte, und hob das Amulett vor ihre Augen: Ich werde deine Mörder finden und dich rächen! Und sollte es Jahre dauern, vielleicht auch mein ganzes Leben! Das bin ich dir schuldig!

Damals hatte sie noch nicht die Gelegenheit gehabt, so zielstrebig zu suchen wie heute. Sie war die wohlbehütete Adoptivtochter der Besitzerin des ›Palastes der tausend Freuden‹ gewesen, die nur gelegentlich auf den Straßen Rashduls umherstreunte und Abenteuer suchte, nicht Djamilla Azila, die Anführerin der Diebesgilde.

»Ich muß den Vernarbten finden!« sagte sie leise und versuchte sich wieder zu beruhigen. Sie durfte jetzt nicht die Selbstbeherrschung verlieren und unüberlegt handeln, auch wenn sie darauf brannte, aufzuspringen und die Stadt nach ihm abzusuchen. Sie legte das Amulett wieder beiseite und widmete sich der anderen Beute, doch sie fand keine Freude daran. Schließlich fegte sie Piaster, Dukaten und die anderen Münzen auf den Boden und sprang auf, um wie eine gefangene Löwin in dem kleinen Raum hin und her zu gehen, ehe sie mit den Schultern zuckte und durch die schmale Öffnung im Boden verschwand.

3. Kapitel

Ruhig, mein Kleiner!« sagte der dunkel gekleidete Mann und strich dem gefesselten Jungen über den Kopf. Sanft drückte er ihn auf den flachen Stein zurück und zog auch das letzte Stück des fleckigen Kaftans von dem mageren Körper des Jungen, der vor Schreck erstarrte. In der Rechten des Mannes blitzte der Krummdolch, mit dem er das Kleidungsstück aufgeschnitten hatte.

Mit schreckgeweiteten Augen sah der Junge, der vielleicht sieben Sommer zählte, seinen Peiniger an und wimmerte kläglich.

»Du bist gleich von deinen Leiden erlöst«, wisperte der Mann und machte mit der anderen Hand eine weitausholende Geste. Sechs andere Schatten tauchten aus der Dunkelheit auf und scharten sich um den Jungen, der reglos liegenblieb. In seinen Augen spiegelte sich panische Angst wider, aber der Saft einer Pflanze hatte seine Stimmbänder gelähmt.

Ein kühler Wind kam auf und blähte die Kleidung der Männer, als sich zwei von ihnen blitzschnell vorbeugten und Arme und Beine des Jungen festhielten. Ein Röcheln kam aus seiner Kehle, die Überreste eines verzweifelten Schreis. Der Dunkle hob das Messer, das schwach im Sternenlicht schimmerte, und lächelte. »A'ch hakbeth nech D'sha!« zischte er.

In der anderen Hand hielt er plötzlich einen fünfeckigen Kristall von der Größe einer Kinderfaust. In dem farblosen Juwel glühte eine winzige Flamme von dunkelroter Farbe, die immer heller wurde, bis sie fast weiß war.

»A'ch Nabeth D'chrar!«

Ein Glitzern löste sich von dem Stein und schwebte durch die Luft, schien magisch von dem Metall der Klinge angezogen zu werden.

Die Augen des Mannes schlossen sich zu schmalen Schlitzen, während die anderen einen eintönigen Singsang anstimmten, der sich mit dem Heulen des Winselgrases auf den Hängen vergleichen ließ.

Das Messer stieß wie der Stachel eines Skorpions herab und hinterließ eine blutige Spur auf der Haut des Jungen. Der bäumte sich auf und riß den Mund auf, doch wieder kam nur ein hilfloses Krächzen aus seiner Kehle. Die Männer hielten ihn unerbittlich fest, so heftig er sich auf der Steinplatte auch winden mochte.

Wieder und wieder schlug der Mann zu und hieb blutige, tiefe Schnitte in den Körper, in denen weißliche Kristalle zurückblieben. Der Junge warf den Kopf weit in den Nacken. Die Augen verdrehten sich so weit, daß das Weiße in ihnen zu sehen war, dann blieb er schlaff liegen.

Das schien dem grausamen Folterer zu genügen. Er senkte die Hand mit dem Juwel und streifte dicht über die Schnitte, aus denen Blut hervorquoll. Der Edelstein begann sich zu verändern. Das Licht in ihm verlosch langsam und machte einem roten Glimmen Platz.

Zufrieden trat der Mann zurück, nachdem er seine Klinge an einem Stoffetzen abgewischt und fortgesteckt hatte. »So war es, so ist es und so wird es sein. Der Pakt ist erfüllt, und wir besitzen Lautlosigkeit und Geschicklichkeit für einen Tag«, sagte er ruhig. »Schneidet dem Jungen die Kehle durch und schafft ihn beiseite, damit ihn die Khomgeier nicht vorzeitig finden und unser Tun verraten!« Er umklammerte das Juwel. »Beeilt Euch! Die Nacht ist noch jung und dunkel genug für unser Werk ...«

Mouhmad wandte sich ab und ließ die Männer den Rest des blutigen Werkes tun. Das Juwel pulsierte dunkelrot, und er hob es noch einmal, um es zu betrachten. Dabei zeichnete sich Zufriedenheit in seinen Zügen ab. Es war ein leichtes gewesen, den unvorsichtigen Jungen, der in seinem Übermut in den Felsen herumgeklettert war, in einem geeigneten Augenblick zu packen und mit sich zu schleppen. So einfach waren sie noch nie an ein Opfer gelangt. Das letzte, ein Bauernmädchen, hatten sie aus ihrem Dorf entführen müssen. Er lächelte. Der Junge hatte eine starke Lebenskraft besessen, denn je dunkler der Kristall wurde, desto stärker war seine Macht, Lautlosigkeit und Geschmeidigkeit zu verleihen, solange er und seine Männer in einem Kreis von sieben Schritt beieinander blieben. Und doch war der Juwel nur ein erbärmlicher Ersatz für die Macht, die sie einmal besessen hatten!

Mouhmad war einer der Meister der Dashinim. Er gebot über sechs erfahrene Männer. Über ihm stand nur noch der Krallenherr, in dessen Auftrag er handelte. Seit Tagen hielten sie sich in Hayabeth auf und erkundeten einen bestimmten Ort.

Mouhmads Augen richteten sich auf die Oase, die sich an die Felsen jenseits der sand- und geröllbedeckten Ebene schmiegte. Deutlich waren die Feuer der Nomaden zu erkennen, die in ihren Zelten in der fruchtbaren Insel am Rande der Khom nächtigten. Auch die Lichter einiger Häuser schimmerten durch die Blätter der Bäume.

Rechts davon lag ein kleiner Palast, durch eine weiße Mauer von der weiträumigen Karawanserei getrennt. Sein Besitzer hatte sich der Sitte des Landes angepaßt und auf allzu hohe Türme verzichtet. Die Mauern waren über fünf Schritt hoch und mit Eisenzähnen gespickt. Nur das Kuppeldach und die beiden Türme des Haupthauses ragten über sie hinaus.

Das war ihr Ziel. Das Haus des Julik ibn Surkan, der durch die Karawanserei von Hayabeth unumschränkte Macht in dieser Oase besaß und großen Reichtum angehäuft hatte. In gewisser Weise war er mit Sheik Omjaid ben Malut von den Beni Avad zu vergleichen, den sie zuletzt aufgesucht hatten. Auch hier suchten sie nach etwas, das ihre Macht stärken und die Blutopfer beenden würde.

Mouhmad drehte sich um, als er die Anwesenheit eines seiner Männer spürte. »Wir sind bereit«, meldete dieser.

»Gut!« antwortete Mouhmad und folgte seinem Untergebenen, während er an den Narr von Kaufherrn dachte, der gleich erfahren würde, was es bedeutete, von ihnen überfallen zu werden. Fanden sie das Katzenblut nicht sofort, würden sie den alten Mann wohl entführen und foltern müssen, aber so weit würde es nicht kommen!

Als der Dashinim-Meister an den Ort der Opferung zurückkehrte, deuteten nur noch Blutflecken auf dem Stein auf das Geschehen hin. Den Jungen hatten seine Untergebenen mit dem Mal gezeichnet, wie es das Ritual bestimmte, und vergraben. Mouhmad nickte und gab den anderen ein Zeichen zum Aufbruch. In seiner Hand pulsierte noch immer das Juwel.

Duraman ibn Amid blickte zu den Mauern der Ordensburg, die aus dem roten Stein bestanden wie die Berge ringsum, und gab dem von außen unsichtbaren Wächter ein Zeichen. Das Pferd hinter ihm schnaubte unruhig und scharrte mit den Hufen den Staub auf. Er warf einen kurzen Blick zurück, während er darauf wartete, daß das schmiedeeiserne Tor geöffnet wurde.

Duraman war in keiner guten Stimmung, denn auf seinem Patrouillenritt hatte er ein scheinbar herrenloses Pferd aufgespürt. Er preßte seine Lippen aufeinander und umklammerte die Zügel fester. Herrenlos? O nein, bei Rastullahs Gerechtigkeit!

Er brachte einen Ordensbruder und Meister mit, Achan ibn Rahmud al Kashid. Er war tot, ermordet von heimtückischen Wegelagererern, die die Wachsamkeit eines Hadjiin überlistet hatten, und dazu gehörte viel.

Der junge Mann trieb sein Pferd an, als sich das Tor knarrend öffnete, und ritt in den Hof. Wie er erkennen konnte, hatte der Wächter mehr getan, als ihm Einlaß zu gewähren. Vielleicht hatte er das Pferd des Meisters erkannt. Aus dem Hauptgebäude traten der Großmeister dieser Festung, Sulejdad ibn Kohrim, und seine Berater.

Duraman schluckte. Dann erstattete er ohne Zögern Bericht: »Ich habe das Pferd hinter den Anhöhen bei dem alten Brunnen gefunden. Es trabte dort umher, und ich erkannte erst nach einer Weile, daß es einen Reiter trug. Ich bin mir allerdings auch sicher, daß es den Weg nicht allein zurückgefunden haben kann. Im Sand waren noch andere, halb zugewehte Hufspuren.«

Einer der Ordensbrüder kümmerte sich mittlerweile um den Toten und hatte ihn mit Hilfe anderer aus dem Sattel gezogen. Dunkel klebte das geronnene Blut auf der bleichen Haut, und ein Fliegenschwarm flog brummend auf.

»Armbrustbolzen? Bei der Ehre meiner Ahnen, wer wagt es, eine solch feige, hinterhältige Waffe einzusetzen?« grollte der Großmeister. »Was ist das für ein Bündel?«

Der ältere Mann deutete auf ein dunkles Tuch, das hinter dem Sattel befestigt war. Die Hadjiinim lösten es und befreiten den Inhalt vom Stoff.

Dann breitete sich Schweigen in dem Innenhof der Burg aus, und nur einige Krähen ließen sich krächzend auf dem flachen Dach des dreistöckigen Haupthauses nieder. Die Handwerker legten ihre Arbeit nieder, als die bereits herumstehenden Brüder sie heranwinkten.

Bald hatte sich ein Kreis um die Toten gebildet, denn in dem Tuch hatte sich der mumifizierte Körper eines Mädchens befunden. Das Zeichen, das es trug, war ihnen allen wohlbekannt, selbst dem jungen Duraman, der erst vor einem Jahr vom Novizen zum Krieger aufgestiegen war.

»Die Krallenträger!« sprach der Ordensmeister es aus. »Sie zeigen sich wieder und fordern uns heraus! Das ist eine bedenkliche Sache, die wir ohne Verzögerung beraten müssen. Untersucht Bruder Achan, bevor ihr ihn für die Totenwache vorbereitet, und auch dieses ... dieses Ding.«

Vier Brüder nahmen die Leichen auf und verschwanden in einem flachen Gebäude nahe der Mauer, während der Großmeister die älteren Krieger zu sich winkte.

Sulejdad ibn Kohrim blickte auf seine Ratgeber. »Das ist eine Kampfansage«, wiederholte er noch einmal. »Vierzig Jahre haben die Dashinim uns glauben lassen, daß wir sie genügend geschwächt haben, aber das war ein fataler Irrtum. Die Krallenträger scheinen stärker geworden zu sein, als wir vermuteten. Rastullah möge uns die Weisheit geben, klüger zu handeln als unsere Vorgänger.«

Ein anderer Meister ergriff zornig das Wort: »Die Dashinim haben immer schon wider die kriegerischen Tugenden gehandelt. Denkt an die Morde an unseren Brüdern! Oder an die Opferriten, denen sie sich seit fünfzig Jahren verschrieben haben. Offensichtlich verleiht ihnen der Dämon, dem sie die Kinder darbringen, besondere Kräfte. Und wozu benutzen sie sie? Sie töten feige aus dem Hinterhalt wie Attentäter! Ich weiß, daß der Mord an Sheik Uman in Rashdul vor gut fünf Jahren von ihnen verübt wurde. Denkt an die seltsamen Umstände dieses Verbrechens: Die Schurken kamen lautlos und schnell wie Schatten, und sie hinterließen ihr Zeichen! Sie sind Diener des Bösen, grausam und verrucht! Wir dürfen nicht weiter untätig zusehen, wie sie morden!«

Ein dritter warf ein: »Was sollen wir tun? Wie sollen

wir sie finden und endgültig ausräuchern? Hassim al Khalid war vor vierzig Jahren nahe an diesem Ziel, und er rief alle Brüder zusammen, um ihren geheimen Treffpunkt in den Tirat-Felsen im südlichen Balash auszuräuchern, doch außer ein paar Wächtern fanden sie niemanden vor!«

»Die Dashinim sind eine geheime Gemeinschaft, das wißt ihr, Murat. Sie verdecken sogar voreinander ihre Gesichter, um sich nicht gegenseitig verraten zu können, sollte man sie gefangennehmen und foltern. Denn kann man von ihnen Standhaftigkeit erwarten?«

»Nein! Sie sind feige wie Khomgeier! Aber wir haben sie dennoch nicht zerschlagen können!« entgegnete Murat. Er blickte in die Runde. »Was sollen wir tun? Das Unerwartete, schlage ich vor, und nicht so zu handeln, wie man es von uns erwartet! Die Dashinim glauben, daß wir nur den geraden Weg gehen. Täuschen wir sie diesmal!«

»Ja!« mischte sich einer der Ältesten ein. »Ich war ein junger Ordenskrieger, als ich mit Hassim zog, und unsere Brüder keine Ehre erwarben. Sie kamen an einen verlassenen Ort und metzelten nur ein paar alte Männer nieder, die mit ihrem Leben schon abgeschlossen hatten! Bei meinem Barte, schon damals war deutlich, daß sie den Rückzug der anderen deckten. Wir waren zu viele, als daß wir diesen Ort unentdeckt hätten erreichen können. Nein, diesmal müssen wir klüger sein und nur wenige Brüder senden. Vielleicht auch nur einen, der das Versteck der Dashinim findet und mit einer kleinen Schar zurückkehrt, um sie auszuräuchern.«

Der Großmeister nickte verstehend. »Ich erkenne, daß in dir ein Plan reift. Welchen von unseren Brüdern würdest du senden, alter Mann?«

Der Greis räusperte sich und blickte sich in dem Rund um. Die Männer saßen auf Steinbänken in dem bis auf wenige Truhen leeren Raum und sahen ihn gespannt an. »Bruder Achan ist tot, und die Ehre gebietet, daß sein nächster Verwandter Rache übt. Ich denke an Ilnamar ibn Julik, seinen Neffen, der für sich einen schweren Weg gewählt hat. Es ist an der Zeit, ihn zu ermahnen, sich an die alten Überlieferungen und Regeln zu erinnern.«

Die anderen murmelten zustimmend. »Bruder Ilnamar hat sich noch keiner besonderen Aufgabe gestellt, das ist richtig!«

»Aber ist er dafür geeignet? Ich erinnere mich, daß er als Novize den Beinamen ›al Maluk‹ trug – der Zweifler!« entgegnete Murat.

»Jetzt gibt es andere Gerüchte über Bruder Ilnamar. Er sei in seinem Verhalten schwankend geworden und habe die Schwüre gebrochen, die ihn zu einem von uns machten«, fügte der Ordensmeister hinzu. »Ein Weib, das einen Dschinni im Leib zu tragen scheint, versucht, ihn zu verführen. Vielleicht gelang es ihr schon! Aber ich stimme dem Vorschlag zu. So vermag sich Bruder Ilnamar von den Zweifeln reinzuwaschen, und dem Gesetz der Blutrache ist genüge getan. Zudem hat er als Kommandant der Stadtwache viel über List und Tücke des menschlichen Verstandes gelernt. Ich werde Bruder Duraman mit einer Botschaft zu ihm senden.«

Keiner der anderen widersprach ihm, es erklang nur zustimmendes Gemurmel, das der Ordensmeister zufrieden zur Kenntnis nahm.

Der Narbengesichtige wartete unruhig in der durch magische Leuchtgloben erhellten Versammlungshalle. Mit düsteren Erwartungen hatte er sich in das Versteck inmitten der roten Felsen nahe Rashdul begeben. Es war bis vor einem Menschenalter ein Grabmal gewesen, das die Leiber einer reichen Familie beherbergt hatte. Noch heute standen die Sarkophage in einem verschlossenen Raum. Die Grabbeigaben waren von dem Krallenherren, der diesen Schlupfwinkel gewählt hatte, einem anderen Zweck zugeführt worden: Er hatte sie zu Geld gemacht und damit die Anlage geheimer Zugänge zu diesem Versteck bezahlt. Von den Kechans der Unterstadt aus gab es einen Gang, den er benutzt hatte. Plötzlich zuckte er zusammen. Ein Mann trat aus einer vorher kaum erkennbaren Tür in der Seitenwand. Das Gesicht war bis auf die Augen von einem Schleier verhüllt, und den Kopf zierte ein weißer Turban mit einem großen gelben Stein über der Stirn.

Der Mund des vernarbten Mannes öffnete sich vor Erstaunen, denn zum ersten Mal sah er den Krallenherrn ohne den alles verhüllenden Kaftan. Wohl war er hochgewachsen und wirkte kräftig, aber die Muskeln waren nicht so ausgeprägt wie die eines Kriegers, und er schien es gewohnt zu sein, Seidengewänder zu tragen.

»So, Koshul«, erklang die ruhige, kalte Stimme des Krallenherrn, den noch nie einer des geheimen Bundes mit Ausnahme der sechs Meister unverschleiert gesehen hatte. Allein sie wußten, wer er war, und bestätigten ihn durch ihr Wort, wann immer es nötig war. Dem einfachen Dashinim mußte genügen, daß der Herr als Zeichen seiner Legitimation den Löwenring trug, der silbern schimmernd an seiner Rechten prangte. Das Schmuckstück hatte anderen Dashinim – auch Meistern, die ihn unrechtmäßig an sich genommen hatten – einen qualvollen Tod gebracht. Ob durch Gift oder Zauberkunst, wußte Koshul nicht.

Er folgte dem Krallenherrn, der ihn in einen kleinen, der Halle angegliederten Raum winkte. »Das Medaillon, unser Zeichen, ist also in die Hände einer Diebin der Unterstadt gelangt. Ich hätte einen solchen Leichtsinn nicht von dir erwartet. Nun, daran ist nichts zu ändern. Hättest du nicht eine wichtige Aufgabe zu erfüllen, wärst du bereits tot.«

Koshul ibn Marud nickte und senkte den Kopf. Der Krallenherr wußte also bereits von seinem Versagen. Es stimmte, er hätte wachsamer sein müssen, aber er war aus der Übung. Seit vier Jahren war er nicht mehr in Rashdul gewesen, weil man ihn dort nicht gebraucht hatte.

Sein Leben war durch einen Eid an die Dashinim gebunden. Er war als Knabe von seinem Vater an einen verborgenen Ort gebracht worden, wo sechs Lehrmeister ihn und andere Jünglinge ausgebildet und in die Bedeutung des Ordens eingeweiht hatten. Damals hatte er an die Ziele der Krallenträger geglaubt.

»Ich weiß, Krallenherr, und ich hätte jede Strafe auf mich genommen. Es war ein unverzeihlicher Fehler«, stieß Koshul hervor. Er hätte weit in den Norden fliehen und seine Familie mitnehmen müssen, um vor der Rache seiner Krallengefährten sicher zu sein. Der Narbengesichtige schloß eine Hand zur Faust. Zu den auserwählten Neunundvierzig gehörte man bis zu seinem Tod.

Unvermittelt flammte das geisterhafte Licht einer magischen Lampe auf. Koshul zuckte zusammen und sah zunächst nur einen karg ausgestatteten Raum mit halbvollen Regalen, weißgekalkten Wänden und einem steinernen Tisch in der Mitte, hinter dem ein wuchtiger Stuhl stand. Dort hatte sich der Krallenherr niedergelassen.

Jetzt erst fiel Koshul die schlichte Silberkette mit vier fünfeckigen Rubinen auf, die um den Hals des Herren hing. Ihn erstaunte nicht die seltsame Form, sondern das fast lebendig zu nennende Glühen der Steine. Der Krallenherr gab ein leises Lachen von sich, bevor er weitersprach.

»Sie sind lebendig«, erriet er die Gedanken des Narbengesichtigen und legte eine Hand auf die walnußgroßen Steine. »Es sind vier der sieben magischen Steine des Katzenblutes. – Höre mir nun genau zu …«

Die Stimme des Krallenherren klang eindringlich, fast hypnotisch. Koshul beugte sich vor, um die Worte besser zu verstehen.

»Sie sind die Macht, die uns unterstützen wird, wieder zu dem zu werden, was unsere Ahnen waren. Diese Steine sind das Vermächtnis Rondras und Phexens, denn sie entstanden aus dem Blut der Sturmherrin und dem Willen des Fuchses. Sie haben besondere Kräfte. Es ist keine Schande für uns, sie einzusetzen, weil sie nur unsere natürlichen Fähigkeiten im Kampf unterstützen: die katzenhafte Geschmeidigkeit unserer Gliedmaßen, die Unauffälligkeit unserer Bewegungen. Du kennst die Erzählungen der Haimamud: Diese Juwelen sind in der Hand eines Kundigen die Schlüssel zu göttlicher Macht!«

Der Verschleierte schwieg und nahm die Hand wieder herunter.

»Aber ich sehe nur vier Steine«, sagte Koshul verwirrt. »Wo sind die anderen drei?«

»Deshalb habe ich dich rufen lassen. Man hat mir zugetragen, daß du ein guter Bote und Kundschafter sein sollst. Du wirst die fehlenden Tropfen des Katzenblutes suchen. Die Sterne verheißen eine düstere Zeit für den falschen Gott Rastullah und seine Gläubigen! Sie sprechen von dem Schatten eines Raben, der aus der Verworfenheit des Südens kommen wird, und das ist auch die richtige Stunde für uns, um zu handeln.

Einige von uns sind schon auf der Suche nach einem der Juwelen, der noch in der Hand von Lebenden ist. Du sollst die beiden anderen finden, doch die Zeit drängt. In spätestens einem Mond mußt du sie mir bringen. – Dir soll dann verziehen sein«, setzte der Krallenherr hinzu und reichte Koshul eine Schriftrolle sowie einen Beutel. »Hier in Rashdul gibt es einen alten und weisen Mann, der nicht nur in den Sternen liest, sondern auch alte Sprachen und fast vergessene Legenden kennt. Er vermag dir zu helfen, wenn du ihm diese Schriftrolle gibst. Sie enthält Wissen, das er schon lange sucht. Stelle dich ihm als Qushran-el Hadat vor.«

Koshul nickte und schluckte, als er das nach Moder

riechende Schriftstück an sich nahm und behutsam in einem seiner weiten Mantelärmel verstaute. »Ich werde mich sogleich darum kümmern, Krallenherr. Nur sagt mir, wo finde ich ihn?«

Der Vermummte beschrieb ihm den Weg mit knappen Worten.

Koshul lauschte aufmerksam. Schon machte er die Abschiedsgeste und wollte gehen, da hielt ihn ein Wink des Krallenherren zurück.

»Wenn du alles weißt, dann töte ihn. Wir brauchen keinen unnötigen Mitwisser.«

»Ja, so soll es geschehen!« murmelte Koshul dumpf. Ein kalter Schauer lief über seinen Rücken. Wann nur hat das Töten ein Ende? Ich ertrage das Blut an meinen Händen nicht mehr, dachte er.

4. Kapitel

In einen alten Umhang gehüllt, das rote Haar unter einem fleckigen Turban verborgen, schlich Djamilla an einer Hauswand entlang und blickte von der kleinen Seitengasse auf eine Straße hinaus, die vom Basar zu den Tavernen führte. In den unteren Stockwerken der weißgekalkten Häuser hatten Handwerker und Händler ihre Läden. Fremde und Einheimische eilten vorüber oder verweilten prüfend vor dem einen oder anderen Gegenstand.

Ein lauer Wind wehte eine Wolke aus Gestank vor sich her. Djamilla verscheuchte eine in Abfällen herumwühlende Ratte, ehe sie auf einen Steinblock sprang, um von dort eine bessere Sicht zu haben.

Ihre Augen suchten unentwegt nach einer bestimmten Person, die sie leicht wiedererkennen würde. Vorsichtig tastete sie nach der Metallscheibe, die an einem Lederband um den Hals hing. Das Amulett ließ ihr keine Ruhe. Seit Tagen schon suchte sie nach dem Mann, dem es gehört hatte, und konnte nicht aufhören, darüber nachzugrübeln.

Sie haben meine Schwester umgebracht. Diese alte tiefe Wunde war wieder aufgebrochen, und die damit verbundene Pein nagte an ihr. Rachegefühle vermischten sich mit Wut und Schuld, und sie wußte, daß sie keine Ruhe geben würde, bis sie den Mann gestellt hatte und mehr erfahren konnte.

Deshalb hatte sie auch einige der anderen Diebe für ihren Zweck eingesetzt. Der scharfohrige und unauffällige Ormuhl hielt für sie auf dem Basar Ausschau, während er bettelte, Leika und Nesso horchten die

Straßenkinder aus, und die schöne Aisha-Lea hielt sich in den Tavernen auf und fragte ihre Kunden nach ihrem ›Bruder‹.

Doch keiner der vier hatte bisher mehr erfahren, als daß der Mann vor Tagen in der Stadt gesehen worden sei und ziemlich unruhig gewirkt habe. Vermutlich waren die Mörder ihrer Schwester vorsichtig geworden, weil sie bereits etwas ahnten. Vielleicht … Djamilla lehnte sich gegen die Hauswand. »Dann verfolgen mich eben ein paar Leute mehr«, murmelte sie. Sie drückte sich enger an die Mauer, als ein Stadtgardist prüfend in die Gasse blickte, und wartete, bis er verschwunden war.

Seufzend faltete sie die Hände. »Sie kommen immer wie gerufen. Wenigstens halten sie meine Leute nicht von der Arbeit ab.« Dann hörte sie hinter sich ein Geräusch und wandte sich um, die Hand auf den Dolchgriff gelegt.

»Nadan? Ich dachte, du wärst mit deinen Leuten am Hafen«, sprach sie den großen und drahtigen Mann an, der dunkelbraune Hosen, eine lockere Weste aus hellem Bausch und ein Stirnband in den schwarzen Haaren trug.

Er grinste sie an. »Da sind auch ein paar, aber es gibt nichts zu holen! Du weißt, daß kaum Schiffe den Mhanadi hinabsegeln, und die Altoum-Winde noch ein paar Tage verhindern, daß welche hinaufkommen – oder diese al'anfanischen Schakale! Reisende berichten, daß Unau kurz vor dem Fall steht, und es nicht mehr lange dauern kann, bis Tar Honaks Truppen auf das Mhanadital vorstoßen.«

»Nadan, ich habe dich nicht gezwungen, dort zu bleiben! Und komm mir jetzt nicht mit erschreckenden Nachrichten!« erwiderte sie schnippisch. Etwas sagte ihr, daß er nicht nur gekommen war, um ihr Bericht zu erstatten. Jetzt fiel ihr ein, daß er sie in den letzten Tagen besonders scharf beobachtet hatte. Ob ihm aufgefallen war, wie abgelenkt sie war? Bei Phex, sie witterte eine Falle! Nadan besaß die Augen, aber auch die Heimtücke einer Khomviper.

Er machte ein Zeichen, und drei weitere Diebe – angesehene und ältere Mitglieder der Gilde, tauchten aus Hauseingängen auf. »Ich hätte dich dreimal erdolchen können, und du hättest es nicht bemerkt«, sagte er bösartig. »Ich denke, es ist an der Zeit, daß du mir beweist, ob du noch immer fähig bist, die Gilde zu führen. Drei Jahre bist du unsere Shanja, und keiner hat dies bisher angefochten. Ich werde es heute tun!« Er machte eine weitausholende Geste. »Die drei können es bezeugen!«

Djamilla kniff die Augen zusammen. Sie hätte es wissen müssen. Schon seit sie Mawud von seinem Thron gestoßen hatte, spürte sie, daß Nadan nur auf eine Gelegenheit lauerte, sie zu entmachten. Aber die Erfolge in den ersten Monden ihrer Regentschaft hatten ihn erst einmal verstummen lassen. Anhänger hätte er kaum unter den Dieben gefunden. Jetzt schien es anders auszusehen, denn die drei nickten zustimmend. Er hatte sie für sich gewonnen, und Djamilla fragte sich, wie lange er im geheimen schon gegen sie arbeitete.

Sie blickte auf die Straße. Kein Passant schien sie zu bemerken. »Du forderst mich also heraus?« Sie versuchte ihrer Stimme einen verächtlichen Klang zu geben, obgleich sie innerlich bebte. Nadan war ein ernstzunehmender Gegner, schnell, geschmeidig und auf der Höhe seiner Kraft. Wenn er auch wie Mawud mehr auf Gewalt setzte, so besaß er einen klaren Verstand. Nur wenn man ihn zu sehr reizte, machte sein Jähzorn ihn verletzbar. Den zu erregen war leicht – Djamilla wußte, daß er sehr schnell in seiner Ehre zu verletzen war. Selbst bei den Spielen der Liebe …

»Ja. Willst du dich mir stellen?« fragte Nadan und stützte die Hände in die Hüften. »Oder mich lieber gleich als neuen König anerkennen?«

Sie lachte höhnisch und spuckte vor ihm aus, obgleich sie tatsächlich einen Augenblick lang erwogen hatte, freiwillig auf ihren Rang zu verzichten. Aber sie erinnerte sich an Mawud und ihren bitter errungenen Sieg, schüttelte dann den Kopf.

»Ich kämpfe gegen dich. Wann und wo?«

»In drei Tagen – in den Kanälen«, erklärte der Schwarzhaarige herablassend. »Bis dahin wissen es auch die anderen.« Dann drehte er sich um.

Djamilla sah ihm nach und biß sich auf die Lippen. Dieser verdammte Kerl! Er wußte, daß sie abgelenkt war und nutzte die Gunst der Stunde, um einen lange gehüteten Plan auszuführen. Was sollte sie nun tun? Ihre Suche fortsetzen oder sich auf das Duell vorbereiten? Was war wichtiger für sie?

Das Hauptquartier der Stadtwache lag an einer der beiden Hauptstraßen, die von den Stadttoren zum Basar und dem dahinterliegenden Madamaltor führten. Das dreistöckige Gebäude, hinter dem der berüchtigte Kerker Rashduls, der Mamertine, lag, besaß eine für die Stadt ungewöhnliche Dachform – die Schrägen waren mit glatten Metallplatten belegt, und man munkelte, daß die vor allem im Sommer überhitzte Dachkammer auch dazu genutzt wurde, störrische Gefangene geständig zu machen. Einige Rashduler behaupteten sogar, daß die Wachen die Gluthitze noch weiter durch Kohlebecken verstärkten.

Der Mann, der im Stockwerk unter dem Dachboden hinter einem mit Schriftrollen bedeckten Tisch saß, konnte über die Vermutungen der Stadtbewohner nur lächeln, da der Raum unter dem Dach als Waffenkammer diente.

Ilnamar ay Shorn beschäftigte sich mit einer Arbeit, die eigentlich nicht zu seinen Aufgaben gehörte. Er überprüfte die Aufzeichnungen über die Einnahmen von Strafgeldern, weil der letzte Schreiber ganz offensichtlich dabei betrogen hatte, und versuchte, die Fehler zu finden. Immer wieder legte sich seine Stirn in Falten, und der ärgerliche Ausdruck verließ sein Gesicht nicht. Da klopfte es. Ungehalten legte der Hauptmann der Stadtwache die Rolle nieder und knurrte: »Was ist?«

Einer seiner Soldaten öffnete und trat mit der üblichen Begrüßung ein. »Die Männer vom Basar sind zurück. Es gab keine besonderen Vorkommnisse, bis auf zwei Diebe, die bereits in den Mamertine gebracht wurden, und einen streitlustigen Händler, der unten wartet... Und da ist jemand, der Euch sprechen möchte.«

Ilnamar zog eine Augenbraue hoch. »Mich sprechen?« wunderte er sich. »Wer ist es?«

»Ein Angehöriger Eures Ordens. Duraman ibn...«

»Schon gut«, unterbrach ihn Ilnamar. »Führt ihn zu mir, und verhört den Händler. Ich werde gleich nachkommen.«

Während der Mann gehorchte, legte Ilnamar die störenden Schriftrollen beiseite und erhob sich, um aus dem Fenster zu blicken. Die untergehende Sonne tauchte die Dächer und Kuppeln der Oberstadtpaläste in ein rötliches Licht, und der Lärm vom nahen Basar ebbte langsam ab.

»Bruder Ilnamar!«

Auf den Klang der bekannten Stimme hin drehte er sich um und blickte auf den jungen Mann vor sich, der staubbedeckte Reisekleidung trug und erst jetzt den Gesichtsschleier ganz nach hinten schob. Er kannte den Mann, der einige Jahre jünger war als er und inzwischen auch ein vollwertiger Krieger sein mußte. Doch Duraman blickte ihn ernst an.

»Möge Rastullah dein Herz rein und deine Standhaftigkeit erhalten! Ich komme in Angelegenheiten des Ordens.«

Ilnamar horchte auf. Siedendheiß durchfuhr ihn, daß

ihn seine Ordensbrüder auch jetzt noch, wo er in der Ferne diente, beobachteten und durchaus Zweifel über seinen Lebenswandel bestehen konnten. Innerlich verfluchte er Djamilla Azila, diese lüsterne, verworfene Diebin, die ihn in diese Lage gebracht hatte, und versteifte sich. Duraman wartete auf seine Erwiderung.

»In Angelegenheiten des Ordens?«

Duraman blickte sich um. »Wie offen kann ich reden?«

»Ich habe meine Männer selbst ausgewählt. Sie lauschen nicht.«

»Gut, denn die Feinde unseres Ordens lauern überall. Sagt dir der Name Dashinim etwas?«

»Dashinim?« Ilnamar überlegte. In Rashdul war dieser Begriff nie zur Sprache gekommen, aber in seiner Jugend hatte sein Onkel ihm viel darüber berichtet. »Die Krallenträger. Eine geheime Sekte, die uns immer viel Ärger machte.«

»Diese Dashinim haben uns eine Herausforderung geschickt, Bruder Ilnamar«, betonte Duraman. »Sie brachten wieder einmal ein Opfer dar und töteten zudem deinen Onkel, deinen Va'thim.«

»Meister Achan ist tot?« Ilnamar ballte die Fäuste. Achan tot? Das konnte nicht sein! Mühsam zwang er seine Stimme zur Ruhe. »Wie konnte das geschehen?«

»Durch einen feigen Überfall! Der Orden ruft dich auf, Blutrache zu üben und in unserem Sinne zu handeln. Du sollst mich umgehend in die Ordensburg Shalat begleiten!«

Ilnamar preßte die Lippen zusammen. Er würde den Va'thim rächen, und wenn es sein Leben kostete! Außerdem mußte er dem Befehl des Ordens ohnehin Folge leisten, um sein Gesicht nicht zu verlieren und sich den Anklagen, die er ahnte, zu stellen. »Duraman, das ist nicht so einfach«, erklärte er seinem jüngeren Ordensbruder. »Auch hier bin ich durch mein Wort an eine Aufgabe gebunden. Ich muß im Palast um eine

Audienz bei Ihrer Hoheit, der erhabenen Shanja, ersuchen und meine Entlassung aus ihren Diensten erbitten. Das kann einige Tage dauern.«

Duraman nickte.

»Das billigen dir unsere Ordensbrüder zu. So kann ich dich in dieser Zeit einweisen. Gibt es ein angemessenes Quartier?«

»Ich kann dich in meinen Räumen unterbringen, Bruder Duraman.«

Der Jüngere lächelte. »Dann kann ich deine Tätigkeit ein wenig beobachten und die Herausforderungen abschätzen, die einen Hauptmann der Stadtwache erwarten.«

»Es ist keine angenehme Aufgabe.« Ilnamar blickte auf ein Pergamentbild, das Djamilla Azila darstellte und von Duraman eingehend gemustert wurde. »Mit vielen Prüfungen, die ein Hadjiin bestehen muß.«

»Und wie viele hast du bestanden?« fragte der Jüngere lauernd.

»Alle!« entgegnete Ilnamar kalt.

Das Haus des Weisen lag fernab der belebten Straßen des Basars in einer düsteren Seitengasse. Koshul schritt weit aus und blickte sich immer wieder um. Obgleich er sein Gesicht nach novadischer Tradition verhüllt hatte, glaubte er, verfolgt oder zumindest beobachtet zu werden.

Die zerlumpten Gestalten, die an den Hauswänden kauerten, wandten ihre Gesichter ab, wenn er an ihnen vorüber kam, aber er war sich sicher, daß sie ihm heimlich hinterherblickten, um dieses Wissen vielleicht später einmal verkaufen zu können. Er war jedoch keiner Stadtwache begegnet. Die Männer in den auffälligen grün-gelben Uniformen schienen in den belebteren Vierteln der Stadt versammelt zu sein, um die ehrlichen Bürger Rashduls vor dem Gesindel der Unterstadt zu schützen.

Dieser Umstand kam ihm zugute. Koshul hielt sich weiterhin im Schatten der Gebäude und blieb schließlich vor dem Haus stehen, das ihm der Krallenherr beschrieben hatte.

Der weiße Putz blätterte von den Steinen ab, und die schwere Holztür war rissig und zerkratzt. Koshul schlug mit der Faust dagegen und wartete, auf ein Geräusch aus dem Inneren lauschend. Jemand schlurfte über Steinboden heran, dann wurde ein Riegel zur Seite geschoben und die Tür einen Spalt geöffnet. »Was wollt ihr?« keifte ein gebückter alter Mann. »Ich erwarte niemanden!«

Der Dashinim starrte den heruntergekommenen Greis an. Sein Gewand war schmutzig und zerknittert, als habe er es schon lange nicht mehr gewechselt, und er stank wie ein Ziegenbock. Dazu paßt sein Bart! stellte Koshul für sich fest, beugte sich vor und flüsterte: »Ehrwürdiger Qushran el Hadat. Ich komme mit Fragen des Wissens zu Euch!«

Das Gesicht seines Gegenübers hellte sich auf. »Wissen! So ist das also. Nur herein mit dir, junger Mann!« brummelte er und trat zur Seite, um seinen Besucher einzulassen.

Er führte ihn ohne Umschweife in einen Raum, den man als Studierstube bezeichnen konnte. Koshul schluckte, als er sich umblickte. Mehr als die Hälfte des Raums wurde von zwei Tischen eingenommen, auf denen in hohen Stapeln Schriftrollen und Folianten, Stein- und Tontafeln lagen. Auf dem Boden waren, scheinbar unbeachtet und ungeordnet, Gerätschaften und Werkzeuge verstreut, deren Bedeutung man nur ahnen konnte.

Einzig die Regale an den Seitenwänden waren bemerkenswert aufgeräumt. Tiegelchen und Phiolen standen in Reih und Glied.

Der Greis lachte, als er Koshuls Blick bemerkte. »Das sind gefährliche Stoffe, die einer besonderen Sorgfalt bedürfen, sonst richten sie viel Unheil an. Ich hatte einmal einen Gehilfen ...«

Er blickte auf einen schwarzen Fleck auf dem Boden. »... der das nicht verstand, aber das ist, bei den Dschinnen, eine andere Geschichte. Nun aber zu dir, junger Freund, der du dich so sorgsam verhüllst. Was suchst du?«

»Vater der Weisheit.« Koshul wählte seine Worte sorgfältig. »Ich bin zu Euch gekommen, weil Ihr großes Wissen nicht nur über den Lauf der Sterne, sondern auch über die Vergangenheit habt.«

»Ja, das ist sehr wohl wahr.« Der Gelehrte ließ sich vorsichtig nieder und sah Koshul mit überraschend wachen, dunklen Augen an. »Das, was vergangen ist, kann in die Zukunft wirken. So ist es in der Sternenkunde, so aber auch in der Geschichte der Menschen. Was begehrt Ihr zu erfahren?«

»Es gab einmal, so berichtete mir ein weiser Hadjiin an den Feuern meiner Brüder, herrliche Steine, die ein Diadem schmückten. Ich hörte von ihnen, und ich schwor einen heiligen Eid, sie zu finden.«

Koshul hob die Hand zu einer Geste der Hadjiniim, um seine ehrlichen Absichten zu unterstützen. Der alte Mann zog eine Augenbraue hoch. »Einen heiligen Eid, Rastullah möge mich strafen, wenn ich die Unwahrheit spreche. Bei seinen allsehenden Augen! Und eines sagte mir der weise Mann noch: Er nannte ihren Namen – das Katzenblut!« Dabei beobachtete er sein Gegenüber genau.

Der alte Gelehrte zuckte zusammen. »Katzenblut!« brummte er nachdenklich. »Ja, davon habe auch ich vernommen, vor langer Zeit. Sie waren kostbar und weithin gerühmt, und doch gingen sie verloren.«

»Die Erzählung der Haimamud endete mit dem Verlust, Hüter der vielen Schriften und Erinnerungen, dessen Weisheit in aller Gerechten Munde gerühmt wird. Ich habe mir die Aufgabe erwählt, sie zu suchen. In dieser Sache erbitte ich Rat. Um Euch die Mühe zu lohnen, bringe ich Euch diese alte Schrift.« Koshul zog die Rolle aus seinem Burnus und hielt sie dem alten Mann entgegen. Dieser nahm sie vorsichtig an sich und öffnete die Verschnürung. Als er die ersten Zeilen überflog, lächelte er glücklich und murmelte fast unverständliche Worte. »Hm, Beschwörung … Macht über … Nein, das ist ja erstaunlich …«

Erst nach einer Weile nahm er seinen Gast wieder wahr. »Du machst mir ein großes Geschenk, Sohn der sonnendurchglühten Ebenen. Ja, und ich will dir helfen!«

Die Schriftrolle beiseite legend, griff er in einen der Türme aus Schriftstücken und zog ein gefaltetes Blatt hervor. Der Stapel schwankte bedenklich, fiel aber nicht. Rasch senkte Koshul die Arme, mit denen er das Papier und Pergament hatte auffangen wollen, und blickte erwartungsvoll auf den Greis.

Dieser brabbelte vor sich hin, als suche er etwas in den eng geschriebenen Zeilen. »Ah, ja, ich glaube, ich habe gefunden, was Ihr sucht: Es war in den Zeiten der Legenden, als die Götter noch auf dem Antlitz Deres wandelten und …«

Koshul unterbrach ihn grob: »Die Legende kenne ich bereits!«

Der alte Sterndeuter musterte ihn tadelnd und schien zu einer barschen Entgegnung ansetzen zu wollen. Koshul erkannte seinen Fehler. Er durfte den Greis nicht verärgern, denn durch einen raschen Blick hatte er festgestellt, daß er die Glyphen auf dem Pergament nicht entziffern konnte, obgleich er des Lesens kundig war. »Verzeiht meine Ungeduld, ehrwürdiger Vater der Weisheit«, entschuldigte er sich, woraufhin sich der andere entspannte.

»Ja, die Jugend ist oft ungestüm und lauscht nicht den Worten des Alters, wenn es darauf ankommt. Mein Sohn, merke dir diese meine Worte, die Wahrheit ist oft zwischen den Zeilen verborgen!«

Koshul machte eine entschuldigende Geste und atmete innerlich auf, als sich der alte Mann wieder zurücklehnte. Geduldig bemühte sich Koshul, der Legende aufmerksamer zu lauschen als zuvor.

»Es war in jenem Goldenen Zeitalter, als das Menschengeschlecht noch jung und unvollkommen war. Die Götter bestimmten ihr Schicksal und geleiteten sie auf ihren Wegen. Da geschah es, daß in dem fruchtbaren Tal des großen Stroms ein tapferer Mann mit Namen Dashim lebte, der nicht nur als Krieger Wohlgefallen in den Augen der Herrin Rondra fand.«

Der alte Mann unterbrach sich und erklärte dann verlegen: »Nun, edler Hadjiin, du mußt verstehen, daß dieses Pergament – Rastullah möge sie auf den rechten Weg führen! – leider von Nichtgläubigen verfaßt wurde. Dennoch will ich mit eurer Erlaubnis die Legende weiter so vortragen, wie sie hier geschrieben steht.«

Koshul nickte, und der Mann fuhr fort: »Sie schätzte und liebte ihn, doch als sie den Sterblichen in die alveranischen Hallen holen und erhöhen wollte, lehnte er ab.

Dreimal sprach sie zu ihm: ›Dein Name soll die Zeiten überdauern und Beispiel werden für die Kinder deiner Kinder. Du hast die List und Tücke geschlagen, ja selbst einen meiner mächtigen Brüder. Höre, ich will dich belohnen. Ich will dir Siebenstreich geben, mein mächtiges Schwert.‹

Dreimal aber lehnte Dashim diese Würde ab und widersprach der göttlichen Leuin: ›Wohl mag es sein, daß mein Arm und meine Kraft das ihre taten, den Kampf zu entscheiden, aber ich bin es nicht wert, allein erhöht zu werden.‹

War so viel von Phexens Eigensinn in ihm, daß er nicht sah, wie er die hohe Herrin erzürnte, als er weitersprach? ›Laß mich allein das sein, was ich bin, nicht mehr und nicht weniger, und ich will deinem Ruf folgen, so lange ich es vermag. Doch erhöhe mich nicht in deine Hallen, andere mögen das heilige Schwert besser führen und die Ehre schützen.‹

Kaum da er geendet, umfuhr ihn ein solch starker Sturmwind, daß er zurückgeschleudert wurde, und die Blitze des Zorns der göttlichen Herrin umzuckten ihn, als sie ihr Schwert zog. ›Höre!‹ befahl sie wütend. ›So soll ein Kampf entscheiden …‹«

Koshul gähnte verstohlen, denn bisher war ihm nichts Besonderes an der Geschichte aufgefallen. Der alte Gelehrte bemerkte dies mit einem mißmutigen Seitenblick und verkürzte so die bilderreiche Schilderung des Kampfes zwischen Göttin und Mensch, die einen großen Teil des Pergaments einnahm. Schließlich horchte der Dashinim wieder auf.

»… und so gelang es Dashim, die Herrin zu treffen und zu verwunden. Sieben Tropfen ihres Blutes fielen nieder auf Sumus Leib und tränkten ihn. Doch nicht für lange. Denn während Rondra zu einem letzten gewaltigen Schlag ausholte und Dashim in ihrer grenzenlosen Wut erschlug, nahm eine schattenhafte Gestalt die schimmernden Tropfen an sich und sprach laut: »Siehe, Löwin! In deinem Zorn hast du Unrecht getan und einem edlen Manne das kurze sterbliche Leben genommen, weil er deinem Werben widerstand. Nein, gib ihm sein derisches Dasein nicht zurück, denn schon kommt Golgar« – und wirklich landete ein schwarzer Vogel neben dem Entseelten – »und trägt seine Seele fort.«

»Er war ein Narr!« rief die göttliche Herrin, doch sie ließ den Schattenvogel gewähren. »Schattenbruder, gib mir mein Blut zurück.«

»Nein«, widersprach Phex und ließ das Blut erstarren. »Rubinrot und voller göttlicher Kraft sollen diese Steine sein, die einst dein Blut waren.«

Und lachend schleuderte er sie hinab in die Menschenwelt, nachdem er, listig wie er war, einen Teil seiner Eigenschaften in sie gelegt hatte.

Rondra versuchte, sie zu fangen, doch ihre Mühe war vergebens. »Und das soll deine Strafe sein«, rief Phexen frech.

»Wag es nicht, du tückischer Fuchs!« In eine Leuin verwandelte sich die kriegerische Herrin und sprang ihn an, doch fuchsesschnell entwich ihr der schattenhafte Bruder in die Nebel.

»Mich findest du nimmermehr, aber höre! Sieben Steine sind es, die die Macht der Katze, die selbst eine kleine Leuin ist, bergen: Die Lautlosigkeit ihres Ganges, die scharfen Sinne von Aug, Nase und Ohr, die Geschmeidigkeit ihrer Glieder, ihr Eigensinn und ihre Willensstärke, die mir das liebste sind, und die Schärfe ihrer Krallen. Zusammen aber sollen sie einmal neun Leben geben und sieben mal sieben Sterblichen diese Kräfte verleihen ...« Dann entschwand er.

Und so geschah es.

Die göttliche Herrin konnte nicht verhindern, daß die Menschen die Steine fanden und ihre Geheimnisse enträtselten. Sie spürte, wann immer sie sie einsetzen, und wahrlich, nicht immer im ehrenhaften Sinn, denn zu viel von Phexens schattenhaftem Eigensinn war in ihnen.

Doch unstet wie der Katzen Sinn blieben die Juwelen nicht auf ewig in den Händen der Träger. Sie wurden verstreut, und Menschenalter blieben sie verschwunden. So ist es auch heute.«

Koshul kniff die Augen zusammen. Das wußte auch er. Aber der Greis grinste und klopfte auf das Pergament. »Ja, das ist die Legende, aber das ist nicht alles, wie du wohl weißt. Und darum kamst du zu mir, so ist es doch?«

Koshul nickte. »Ja, Meister der Schriften, so ist es. Ich sehe Euch an, daß Ihr mehr wißt.«

»Das Katzenblut«, murmelte der Alte weiter, »befand sich zuletzt in den Händen des Dashon, des Herrn der Löwengarde von Rashdul, jener letzten Getreuen der kriegerischen Göttin, als Rastullah die Herzen der Krieger gewann. Von alters her waren sie nur sieben mal sieben. Die Männer waren weithin gefürchtet ob ihrer Kampfeskunst, ihrer Gewandtheit und ihrer übrigen Fähigkeiten – allein hatten sie mächtige Reiterscharen besiegt. Selbst die Hadjiinim erkannten sie als gleichwertige Kämpfer an, denn ihre Ehre zählte auch für die Löwenkrieger mehr als das eigene Leben.

Doch sie wählten kein Leben in Enthaltsamkeit. Und so geschah es, daß auch ihre Tage einmal gezählt waren. Als der letzte Fürst aus altem tulamidischen Blut – sein Name war, so glaube ich, Yaffar – den Thron bestieg, war auch der Verrat bereits in den Reihen der Neunundvierzig gewachsen. Einer der Krieger war dem Liebreiz eines schönen Weibes verfallen, doch er ahnte nicht, daß diese hinterhältige Schlange ihn nur aus einem Grund verführte: Sie brachte ihn dazu, ihr das Geheimnis des Katzenblutes anzuvertrauen. Die Diebin raubte dem Dashon die göttlichen Juwelen. So verlor die Löwengarde ihre Kräfte, als die Reiterscharen der Beni Avad die Uralte stürmten. Viele starben mit ihrem Herren Yaffar, aber es heißt, daß einige entkamen. Seitdem hörte niemand mehr von ihnen oder ihren Nachfahren.

Die Juwelen aber, so heißt es, wurden von dem Verräter und der Phexentochter geteilt und hinaus in das Balash getragen und sind seither verloren. Vier von ihnen, jene, die das diebische Weib an sich nahm, sind verschollen, und die Sterne mögen wissen, wo sie sich befinden. Von den restlichen dreien aber gibt es eine Spur, auf die ich durch Zufall stieß: Der Verräter konnte sich nicht von ihnen trennen, und so wurden sie mit ihm begraben.«

»Sind sie noch dort?« Koshul wurde unruhig. Noch immer hatte sein Besuch bei dem Alten nichts erbracht. Hatte der Krallenherr eine falsche Spur gefunden und ihn darauf angesetzt?

»Nein, denn Räuber nahmen sie an sich, als sie seine Grabkammer und seinen Leib plünderten. Ich traf als junger Bursche einen Greis, der sie gekannt hatte, und erfuhr, was geschehen war. Drei Brüder hatten sich die Steine geteilt und waren getrennte Wege gegangen. Der eine sei auf der Suche nach einem großen Schatz in den Rashduler Bergen verschwunden, der zweite sei mit dem Juwel, das ihm nur Unglück gebracht hatte, begraben worden, und der dritte habe eine Händlerstochter zur Frau genommen und sein Glück gemacht. Damals war ich jedoch noch meinem Lehrmeister verpflichtet und vergaß diese Geschichte für lange Zeit.«

Der Dashinim verbarg seine Anspannung und entgegnete ruhig: »Und wo finde ich die Orte, an denen sich die Brüder zuletzt aufhielten?«

Der Gelehrte zog eine Karte hervor, auf der Koshul sogleich die Landschaft erkannte. Dunkel zog sich der Lauf des Mhanadi von Mherwed bis zu seiner Mündung über das Pergament. Die großen Städte waren rote Punkte, und die Finger des alten Mannes deuteten nun auf drei Punkte zugleich, die fast ein gleichschenkliges Dreieck bildeten, dessen Spitze auf die Khom deutete.

Mit dem Daumen tippte er auf die Rashduler Berge. »Hier verschwand der erste Bruder. Das Grab des zweiten Bruders befindet sich in einem Dorf im Hügelland vor der Gorischen Wüste, und der letzte von ihnen ist verschollen.«

Koshul prägte sich die beiden Orte genau ein, bevor der Greis seine Hand zurückzog und beide Pergamente zusammenlegte.

»Mein Herz ist voller Dank für Eure Hilfe«, sagte er bedächtig. »Warum habt ihr Euch nicht selbst auf die Suche nach diesen Kleinodien gemacht?«

»Ich war schon ein alter Mann, als ich mich wieder der Juwelen entsann«, murmelte der Greis und lächelte wehmütig, »sonst hätte ich es wohl getan. So habe ich nur das Wissen bewahrt, um es an einen würdigen Mann wie dich weiterzugeben.«

»Ihr ehrt mich, Vater der Klugheit, und ich bedauere sehr, daß ich nicht länger verweilen kann, um mit Euch zu sprechen. Die Pflicht ruft mich, das Wissen meinen Brüdern zu überbringen.«

»Ja«, seufzte der alte Mann und erhob sich mit einem Stöhnen. »Zögere nicht, denn ihr edlen Krieger seid nicht die einzigen, die auf der Suche nach diesen Juwelen sind. Auch jene, die sich Dashinim nennen, forschen nach den Steinen.«

Koshul zuckte zusammen. Nun verstand er den Befehl des Krallenherren und wußte, warum er den Gelehrten töten sollte.

Langsam stand nun auch er auf und wartete, bis der alte Mann an ihm vorüberging. »Komm, ich will dich noch hinausgeleiten«, brummte dieser.

»Dies ist sehr freundlich von Euch.«

Der Klang seiner Stimme überdeckte das leise metallische Schaben, als Koshul die Klinge aus der Scheide zog. Dann stieß er zu.

Vielleicht hatte der Greis den Widerschein des Lichts auf der schmalen Klinge gesehen, vielleicht aber auch mit geschärften Sinnen die Gefahr gespürt: Er drehte sich um, so daß der Dashinim ihm das Messer nicht, wie es seine Absicht gewesen war, in den Rücken, sondern in den Brustkorb stieß. Unverständliche Worte kamen über die Lippen des alten Mannes, der zwei Schritte zurücktaumelte und Koshul mit großen, verwirrten und zugleich verstehenden Augen ansah. Blut quoll aus den Mundwinkeln und lief über das Kinn, als er langsam gegen ein Regal wankte.

Koshul trat an ihn heran umschloß mit der Rechten den Dolchgriff. Mit letzten Kräften legte der Greis seine Hand auf die des Dashinim, und Koshul spürte ein schmerzhaftes Beben. Er keuchte auf und stieß noch einmal zu, spürte, wie sich die Spitze des Messers tiefer in das Fleisch grub und daraufhin dieses sonderbare Gefühl wich. Der Alte sackte wie eine leere Hülle zusammen.

Koshul wich zwei Schritte zurück. Er fühlte sich elend und zitterte noch immer. Furcht stieg in ihm auf. Wenn der alte Mann ein Meister der Beschwörung und arkaner Kräfte gewesen war, war er verflucht!

Er beschloß, das Haus so schnell wie möglich zu verlassen und raffte nur noch die für ihn wichtigen Pergamente zusammen, ehe er hinausstürzte und erst in den belebteren Gegenden einen ruhigeren Schritt einschlug.

5. Kapitel

Djamilla keuchte wütend und bewegte sich geduckt zur Seite.

Sie erkannte, daß Nadan, Malik und die beiden anderen Männer versuchten, sie einzukreisen und gegen die rauhe Felswand der kleinen unterirdischen Halle zu drängen. Djamillas schwarzhaariger Rivale lachte und schien nun entschlossen zu sein, sie zu töten.

Der Kampf hatte eine unerwartete Wendung genommen – ihr Stellvertreter Nadan, der sie herausgefordert hatte, um die Führung der Diebesgilde zu kämpfen, hatte ein falsches Spiel mit ihr getrieben – und seine Kumpane angewiesen, ihr in den Kechans, dem alten unterirdischen Gang- und Hallensystem der Unterstadt von Rashdul, aufzulauern.

Djamilla wich katzengleich aus, als der Armbrustbolzen ihren rechten Arm streifte und eine blutige Schramme hinterließ. Voller Zorn dachte sie an die einzige Regel dieses Kampfes: Alle Mittel waren erlaubt, bis auf die Hilfe anderer – aber es zählte letztendlich nur, daß einer von ihnen die unterirdischen Gänge wieder lebend verließ. Später würde niemand mehr nach Nadans Hinterlist fragen.

Sie erkannte ihre Chance, als die beiden Schützen die Armbrüste zur Seite warfen und nach den Messern in ihren Gürteln griffen. Diesen winzigen Augenblick nutzte sie aus, um auf sie zuzuspringen.

Djamilla schlug nach ihnen und hoffte, sie so zum Ausweichen zu zwingen – tatsächlich traf eine ihrer Fäuste ihr Ziel und ließ den Mann zu ihrer Rechten zurücktaumeln, der andere riß zur Abwehr die Arme hoch. Behende schlüpfte Djamilla durch die schmale Lücke zwischen ihren Gegnern.

Nadan sprang vor. Sein Säbel fuhr durch die Luft und riß Djamillas Schulter auf. Dann war sie außer Reichweite und stürmte los. Die Schnittwunde auf ihrer Schulter brannte dämonisch, aber Djamilla tauchte in einen der Gänge, die aus der Halle führten, und rannte, so schnell sie in dem Dämmerlicht vermochte.

Die Verfolger waren ihr dicht auf den Fersen.

Die Diebeskönigin hörte das Fluchen, als Malik gegen einen niedrigen Stein stolperte. Aber noch immer war Nadan hinter ihr. Laute dröhnten in ihren Ohren. War es ihr heftiges Atmen, das Pochen des Herzens, oder kam ihr Rivale näher? Djamilla warf nur selten einen Blick zurück, weil sie den knappen Vorsprung nicht durch Stolpern oder einen Sturz verlieren wollte. Sie wußte, es ging um Leben und Tod, und wenn sie einen Fehler machte, war sie verloren.

Gerade noch rechtzeitig hielt sie in ihrem Lauf vor einem Schutthaufen inne, fing sich geschickt ab und stürzte in einen nach rechts abzweigenden Gang.

Auch Nadan erkannte das Hindernis früh genug und blieb ihr dicht auf den Fersen.

Djamilla spürte, daß ihre Kräfte sie allmählich verließen. Ihre Muskeln waren es eher gewohnt, akrobatische Kunststücke auszuführen, als einen Langlauf durchzustehen.

Als hätte Phex sie erhört, sah sie plötzlich einen lichtdurchfluteten Gangabschnitt vor sich. Durch einen Schacht fiel Sonnenlicht in die Kechans. Djamilla handelte kurz entschlossen, von katzenhaftem Überlebenswillen getrieben: Sie stieß sich ab und sprang in die Höhe, umklammerte die unterste Sprosse eines Aufstieges mit beiden Händen.

Hinter ihr sauste die Klinge ihres Gegners durch die Luft. Verzweifelt mit den Beinen strampelnd zog Djamilla sich Stück um Stück höher, während unter ihr Nadans Säbelklinge gegen Stein und Eisen klirrte. Einmal griff sie an brüchiges Mauerwerk. Ein Stein löste sich aus der Wand und polterte den Schacht hinab. Djamilla verlor für einen Augenblick den Halt, griff verzweifelt nach oben, umklammerte die nächste rettende Sprosse. Und die nächste …

Nur noch zwei, und sie konnte auch mit den Füßen Halt finden. Nadan hatte kostbare Zeit verloren, als er dem Stein ausweichen mußte. »Elende Gassenratte« und andere Flüche gellten von unten herauf, als er den Säbel beiseite warf und seinerseits zu klettern begann. Von wildem Zorn getrieben, kam er näher.

Djamilla schrie auf, als sich ein Messer tief in ihr linkes Bein grub. Sie trat blindlings nach unten. Ihr rechter Fuß traf Nadan mitten ins Gesicht. Der Dieb verlor den Halt, stürzte mit einem dumpfen Schlag zu Boden und blieb einen Augenblick reglos liegen.

Djamilla stieß einen Jubelschrei aus, kostete ihren Triumph aber nicht aus, denn schon nahten Nadans Kumpane, und ihr verletztes Bein schmerzte heftig. Sie hangelte sich weiter hinauf, kletterte die Sprossen mit zusammengebissenen Zähnen weiter entlang, bis sie ein Gitter erreichte und den Lärm der Straße über sich vernahm.

Vorsichtig blickte sie nach unten, um festzustellen, ob sie noch immer im Vorteil war, und wandte sich dann dem Gitter zu. Es saß vielleicht nicht sonderlich fest, aber sie würde Aufsehen erregen, wenn sie am hellichten Tag aus dem Schacht kletterte. Andererseits war sie unter den Menschen vor Nadan und seinen Freunden einige Zeit in Sicherheit – und diese Zeit brauchte sie, um ihre Wunden zu verarzten und neue Kräfte zu schöpfen.

Als der erste Kopf unter ihr auftauchte und ein Messer blinkte, drückte Djamilla mit einer Hand gegen das Gitter und hielt den Atem an, als es sich nicht bewegte. Sie biß sich auf die Lippen und rüttelte heftig an den

Metallstäben, während sie mit einem Fuß lockeres Mauerwerk lostrat, um Nadan von sich fernzuhalten. »Ich krieg dich schon noch, du falsche Schlange!« brüllte er von unten herauf. Djamilla lachte hell auf, als sich das Gitter beiseite schieben ließ. So schnell sie konnte, kletterte sie höher und blickte in das schmutzige Gesicht eines Straßenjungen, der sie breit angrinste und dann davonrannte.

»He!« Djamilla winkte einigen Frauen zu, die erstaunt stehengeblieben waren, und stemmte sich mit einem befreiten Lachen vollends aus dem Schacht. Sie warf einen Blick auf die üble Beinwunde, doch sie konnte sie jetzt nicht genauer untersuchen. Hinkend eilte sie zwischen einer Schar spielender Kinder hindurch und duckte sich, als Nadan aus dem Abfluß auftauchte und sich nach allen Seiten umsah. Die Kinder verstanden ihre flehenden Blicke und stürmten kreischend auf ihn zu, so daß Djamilla in einer düsteren Seitengasse Zuflucht suchen konnte, die zu zerfalleneren und verwinkelteren Teilen der Unterstadt führte. Sie kauerte sich in einen tiefen, dunklen Hauseingang und hielt den Atem an, als sie schnell aufeinanderfolgende Schritte hörte: Nadan und seine Kumpane kamen in ihr Blickfeld, blieben stehen und sahen sich um.

»Sie ist hier irgendwo, das spüre ich! Bei Phexens List, ich werde diese räudige Katze lebendig häuten!«

»Hier sind die Gassen ein Labyrinth. Sie kann uns immer wieder ausweichen!« gab einer der anderen zu bedenken und zuckte zurück, als Nadan sein Messer auf ihn richtete. »Du magst recht haben, aber ich muß sie finden! Du untersuchst das untere Ende der Gasse, wir sehen uns hier um!«

Die vier Männer trennten sich. Djamilla erhob sich zaghaft und preßte sich flach gegen das Holz, verschwand fast gänzlich im Schatten der Nische. Nadan trat vor den Hauseingang, in den sich die Diebin schmiegte. Mit gezücktem Messer spähte der Mann die Gasse hinauf und hinab – dann eilte er weiter.

Djamilla lehnte den Kopf gegen das Holz und zitterte vor Erleichterung. Vorsichtig stieß sie die Haustür auf und schlüpfte ins Dunkel. Ein Schwarm von Fliegen und süßlicher Verwesungsgeruch strömten auf sie ein, doch sie scherte sich nicht darum. Jetzt wußte sie, wo sie sich verstecken konnte. Dort mußte sie ausharren, bis es ruhiger wurde, um dann ihre weiteren Schritte zu planen. Denn eines war sicher: Nadan würde weiterhin nach ihr suchen lassen. Sie konnte ihm noch immer seinen neuen Rang streitig machen!

Ilnamar warf einen Blick auf den Palast der Shanja von Rashdul, der sich vor ihm an der höchsten Stelle der Stadt erhob. Im Licht der untergehenden Sonne schimmerten die weißen Mauern rötlich, und die Felswand hinter dem mächtigen Gebäude wirkte noch zerfurchter und schroffer als sonst, wohingegen der kleine Wasserfall, der aus ihr hervorbrach, in allen Regenbogenfarben glitzerte. Die Messingkuppel schien von innen her zu glühen, wie auch die unzähligen Verzierungen an den Türmen und Fenstern ein eigenes Leben zu besitzen schienen.

Doch Ilnamar ließ sich weder von den farbenprächtigen, verschnörkelten Ornamenten noch von der märchenhaften Schönheit des Gartens in ihren Bann ziehen. Er sah nur die gute und geschützte Lage des Palastes, die von seinen Erbauern klug gewählt war.

Sein Pferd trabte langsam auf der gepflasterten Prachtstraße entlang. Diese wurde auf der einen Seite von einer zwei Schritt hohen Mauer mit Eisengittern und auf der anderen von hohen, leise im Wind rauschenden Zypressen begrenzt. Hier in der Oberstadt fehlte das geschäftige Treiben, das die Gassen und Plätze des unteren Teiles von Rashdul noch immer erfüllte. Ein Rashduler Reiter, erkennbar an dem regenbogenfarbenen Turban, kam ihm entgegen, dann ein Bote in den Farben eines Adligen. Diener und Sklaven kreuzten seinen Weg.

Ilnamar erreichte schließlich das große Tor, dessen Flügel von zwei aufrechtstehenden Löwen flankiert wurden, ein Überbleibsel aus alten Zeiten, in denen der Fürst noch von rein tulamidischem Blute gewesen war. Die Wächter musterten ihn aufmerksam und salutierten.

»Ich erbat eine Audienz bei der erhabenen Shanja, dem Licht von Rashdul, und sie bewilligte sie mir«, sagte Ilnamar. Dabei reichte er einem der Wächter ein Schreiben, das ein Bote am Morgen gebracht hatte. »Führt mich zu ihr!«

Während zwei der Männer einen Flügel des Tores öffneten, winkte ihn einer der Hauptleute, Kohrim ai Hazat, zu sich und forderte ihn auf, vom Pferd zu steigen. Ein junger Mann nahm die Zügel entgegen, als Ilnamar zu dem Gleichrangigen trat. »Ich grüße dich«, sagte er zu dem untersetzten Mann, der seine mohischen Vorfahren nicht verleugnen konnte. Seine Haut war dunkler als üblich, und die schwarzen Haare hatten einen blauschwarzen Schimmer.

»Ich freue mich, dich zu sehen, Ilnamar ay Shorn. Du bist ein seltener Gast im Palast, wenn wir uns auch oft in anderen Belangen treffen. Ich weiß, daß du eine Audienz bei der Shanja erbeten hast, doch aus welchem Grund?«

Ilnamar musterte den um einen halben Kopf kleineren Mann und sagte knapp: »Ich werde um meine Entlassung bitten. Mein Orden ruft mich zurück.«

»Das ist sehr bedauerlich, denn ich muß eingestehen, daß du der fähigste Stadtwachenhauptmann bist, den Rashdul je sah. Bei Rastullahs gerechter Hand, wer sonst hat das Gesindel so in seine Schranken verweisen können? Du hast den wahrhaftigen und ehernen Gesetzen wieder Sinn verliehen!«

»Es war meine Pflicht!« wich Ilnamar aus. Er verabscheute Lob dieser Art, denn noch lag einiges in der Unterstadt im argen. Flüchtig kam ihm das Bild einer rothaarigen Diebin in den Sinn, doch er vertrieb es rasch wieder.

Die Schönheit des Palastes nahm er nicht wahr. Die Wände der Gänge, durch die Ilnamar und sein Begleiter gingen, waren mit feingeädertem Marmor verkleidet und von Säulen unterbrochen. Bis ins kleinste verästelte Ornamente zierten die Decken. Der Boden war mit Platten aus dunklem Stein ausgelegt. Die wenigen Öffnungen, an denen sie vorüberkamen, waren mit Vorhängen aus kostbaren Stoffen verhängt. Nur einmal während ihres Weges wurde einer der schweren Stoffe beiseite geschoben, und ein hochgewachsener Mann erschien.

Wie Kohrim grüßte auch Ilnamar den in ein mitternachtblaues Seidengewand gekleideten Adligen. Der Stadtwachenkommandant wich dem durchdringenden Blick des Entgegenkommenden aus. Sie hatten Tarsul ibn Machmeid vor sich, einen Vertrauten der Shanja. Ilnamar traf nur selten auf den Weisen. Dieser konnte nicht mehr als fünfunddreißig Sommer gesehen haben, denn sein Gesicht war nur von wenigen Falten gezeichnet und sein Haupt- und Barthaar war rabenschwarz. Tarsul sprach sie nicht an und bog in einen anderen Gang ab.

»Er ist sehr beschäftigt«, erzählte der Hauptmann der fürstlichen Reiter schließlich. »Er ist der Berater der Shanja und ihr hochgeschätzter Astrologe, und sie erwartet seine Deutungen noch heute abend, da die Nachrichten aus dem Süden beunruhigend werden. Bei den Göttern und den mächtigen Dschinnen, ich wünschte, er würde diesmal nicht recht behalten!«

Ilnamar nickte nur. Er vertraute lieber seinem eigenen Verstand als den Voraussagen eines Astrologen. Aber wenn Kohrim, der ohnehin sehr abergläubisch war, sich auf die Weissagungen der Sterne verließ, wollte er ihm diesen Glauben nicht nehmen.

Sie hatten mittlerweile eine Halle erreicht, die in bläulichen Tönen gehalten war. Wandbehänge mit Darstellungen aus der ruhmreichen Vergangenheit Rashduls schimmerten in dem diffusen Licht, das einzig durch Deckenfenster fiel. An den Wänden standen Divane und andere Sitzgelegenheiten, gruppiert um kleine Tischchen mit Früchten und Wasserkaraffen.

Drei Stufen führten zu einem Tor hinauf.

Hinter dem reich verzierten Eingang lag der Thronsaal, in dem die Shanja ihren Gast erwartete. Kohrim gab den Wächtern ein Zeichen und trat kurz darauf mit Ilnamar ein. Er führte ihn bis zu der Stirnwand und flüsterte einem der Leibwächter etwas zu, ehe er im Hintergrund verschwand und durch einen Seitengang wieder zu seiner Aufgabe zurückkehrte.

Der Saal war kleiner als von Ilnamar erwartet. Tänzerinnen unterhielten die Fürstin von Rashdul und ihre Gäste, während Diener und Dienerinnen den Anwesenden kleine Erfrischungen reichten. Der Boden war mit Mosaiken bedeckt, die Wände farbenprächtig bemalt. Ilnamar hatte jedoch nur Augen für die Shanja Eshila, die halb aufgerichtet auf einem Divan lag. Ein Gewand aus pastellfarbener Seide, die im rosigen Ton eines Sommermorgens schimmerte und mit Perlen bestickt war, umschmeichelte die schlanke Gestalt. Ein filigranes Diadem mit Opalen und Amethysten schmückte ihr Haar, Edelsteinarmbänder die unverhüllten Handgelenke. Ein weißer Schleier verdeckte die untere Hälfte ihres Gesichts und betonte zugleich die großen dunklen Augen, die jeden Betrachter in ihren Bann zogen.

Der Divan stand unter einem Baldachin auf einer Plattform, zu der acht Stufen hinaufführten. Um sich hatte die Shanja den engsten Kreis ihrer Verwandten und Berater versammelt: ihren Wesir und Onkel Sheik

Almut ben Sajiid, dessen Sohn und Hofmagus Qushran, den Weisen Bachad und den Obersten der Reiterei, Fasul ibn Rachman.

Der Stadtwachenkommandant grüßte jeden auf angemessene Weise und blickte dann auf die verschleierte Frau, in deren Haar feine Funken zu tanzen schienen. Doch es war Sheik Almut, der ihn ansprach: »Du hast um eine Audienz gebeten, Ilnamar ay Shorn. Was ist dein Begehr?«

»Erhabene Shanja, die Ihr das Licht Rashduls seid, und edler Wesir, ich trete mit einer bescheidenen Bitte vor Euch«, entgegnete Ilnamar ruhig und bemerkte in seinen Augenwinkeln eine Bewegung. Er erkannte ein dunkelblaues Gewand. Offensichtlich war der Hofastrologe zurückgekehrt und hatte seinen Platz unter den Höflingen eingenommen.

»Ich erbitte meine Entlassung aus Eurem Dienst«, fügte er dann hinzu.

»Deine Entlassung aus unserem Dienst?« fragte Sheik Almut mit unbewegter Stimme. »Warum kommt das so überraschend? Und ...«

Die Shanja mischte sich mit einer angenehm klingenden Stimme ein: »Es ist mein Wunsch, daß er frei heraus spricht, Onkel. Ilnamar ay Shorn hat uns immer getreulich und wahrhaftig gedient, wie es seinem Gelöbnis entspricht, wenngleich es uns verwundert, daß er uns in diesen düsteren Zeiten verlassen will!«

Ilnamar sah sie fragend an. Wußte die Shanja bereits mehr über den Verlauf der Belagerung von Unau und das weitere Vorrücken der al'anfanischen Truppen?

Er hatte selbst mit Besorgnis verfolgt, wie sich der Vorstoß Tar Honaks entwickelte und Einfluß auf das Leben in der Stadt nahm. Auf dem Schwarzen Platz hatte es am Vortag bereits Ausschreitungen gegen den Tempel und die Geweihten des südlichen Boron-Ritus gegeben. Aufgebrachte Novadis hatten ihren Zorn vor den fest verschlossenen Toren herausgeschrien und mit Steinen nach den Gläubigen geworfen, die sich zu zeigen wagten. In den Tempel waren sie nicht eingedrungen, aber damit mußte man jeden Tag rechnen.

Er wartete auf den Wink der Fürstin, ehe er antwortete: »Erhabene Shanja, ich würde Euch nicht verlassen, wenn es nicht meine Pflicht gegenüber den Hadjiinim verlangen würde. Ihr Ruf, in die Ordensburg Shalat zurückzukehren, hat mich vor wenigen Tagen erreicht. Meine Ehre gebietet es, ihm zu folgen, wenn Ihr mich aus Euren Diensten entlaßt.«

Sheik Almut runzelte die Stirn. »Warum rufen die Hadjiinim in dieser Zeit ihre Männer zurück?« mischte er sich ein. »Unau ist gefallen, und die Gerüchte mehren sich, daß Tar Honak nun gierig auf den südlichen Balash blickt. Bei Rastullahs allsehendem Auge, bald wird uns sicherlich der Ruf des Kalifen erreichen, zu den Waffen zu greifen!«

»So mag es wohl sein, Onkel, aber die Sterne haben nicht vom Verrat der Hadjiin gesprochen. Ihr und der Oberste meiner Reiter« – dabei blickte sie auf den ruhig dastehenden Reiterführer, der einer alten rashdulischen Familie entstammte – »wißt sicherlich, welche Vorbereitungen notwendig sind. Doch glaube ich nicht, daß gerade die für ihre Aufrichtigkeit bekannten Hadjiinim Verrat begehen werden.« Ihre dunklen Augen blitzten, als sie wieder auf Ilnamar blickte. »Wißt Ihr mehr, junger Mann?«

»Nein, ich weiß nicht, warum ich zurückgerufen wurde, sonst hätte ich Euch den Grund nicht verschwiegen, erhabene Shanja. Ich werde es erst dort erfahren. Aber ich schwöre bei meinem Leben und meiner Ehre, daß keiner meiner Brüder sich den Südländern anschließen wird. Bei Rastullah, wenn die Gerüchte von einem Kriegszug gegen das Kalifat wirklich wahr sind und der Al'Anfaner Rabe sich über die Khom ausbreiten will, werden wir dem Banner des Kalifen folgen!« setzte er entschlossen hinzu und hob die geballte Faust.

Das Gesicht Sheik Almuts blieb unbewegt, während Eshila zu lächeln schien. Fasul ibn Rachman nickte, und seine dunkelgrauen Augen blitzten. Er zupfte an seinem grauen Kinnbart.

»Wohl gesprochen, junger Mann! Ihr macht Eurem Orden alle Ehre. Wir werden sehen, ob uns das Schicksal bald zusammenführen wird. Ich würde es als Auszeichnung betrachten, an Eurer Seite kämpfen zu dürfen.«

»Und ich an Eurer«, entgegnete Ilnamar. »Selbst meine Brüder rühmen Eure Tapferkeit.«

Fasul ibn Rachman war einer der wenigen Männer, die Ilnamar wirklich bewunderte. Der Anführer der Rashduler Reiter hatte dieses Amt schon mehr als drei Jahrzehnte inne und wirkte trotz seiner sechzig Sommer noch immer kräftig. Schon als junger Mann hatte er sich als tapfer und unerschrocken gegenüber Angreifern erwiesen und sich auch einer drei- oder vierfachen Übermacht gestellt. Selbst den erfahrenen Truppen des Kalifen Chamallah al-Gathar, der zweimal versucht hatte, die Unabhängigkeit Rashduls vom nahem Mherwed zu beenden, hatte er Niederlagen beigebracht. Noch Fürst Kasim hatte ihn mit der höchsten Auszeichnung Rashduls bedacht.

Dabei war Fasul ibn Rachman niemals überheblich in seinem Handeln. Auch jetzt trug er bescheidene, fast unpassende Kleidung und erlaubte sich als Schmuck einzig eine Kette aus Rubinen und einen in seinen Turban eingesetzten Diamanten.

»So gebe ich Euch frei, Ilnamar ay Shorn von den Hadjiinim.

Ihr seid, wenn Eure Aufgabe erfüllt ist oder wenn Ihr von Euren Brüdern zurückkehrt, jederzeit wieder willkommen«, schreckte Fürstin Eshila den Hauptmann aus seinen Gedanken auf.

Ärgerlich auf sich selbst, schwieg er einen Moment und antwortete dann mit einer leichten Verbeugung: »Mein Leben und mein tiefster Dank für Euch, erhabenste Shanja.«

Er drehte sich erst um, als die Fürstin ihn mit einem Wink entließ.

Die Anwesenden schienen nur zum Teil seiner Unterhaltung mit der Shanja gefolgt zu sein, viele schauten noch immer einer jungen Sharizad zu, die einen Schleiertanz aufführte. Ilnamars Augen trafen kurz die des Beraters und Sterndeuters der Shanja, der sich erhoben hatte und seinen Weg kreuzte. Offensichtlich war der Astrologe gekommen, um der Fürstin seine neuesten Erkenntnisse vorzutragen. Das Gesicht Tarsul ibn Machmeids wirkte angespannt. Ilnamar verließ den Audienzsaal und schritt durch die Gänge nach draußen.

Bei Rastullah – vielleicht war es gut, daß er Rashdul hinter sich ließ, um den Reizen zu entkommen, die hier immer wieder auf ihn einströmten. Die kommenden Aufgaben verlangten Ernst und Aufmerksamkeit!

Der Tote hatte bereits mehrere Wochen hinter der Tür gelegen. Noch immer war der tiefe, inzwischen schwarz verfärbte Schnitt am Hals der verwesten Leiche zu erkennen, aus dem die eingetrocknete Blutlache am Boden stammen mußte. Djamilla hatte einen weiten Bogen um die von Fliegen und Maden zersetzte Leiche geschlagen und sich Mund und Nase zugehalten, aber sie mußte trotzdem würgen und husten – und die Fliegen vertreiben, die durch ihre Wunden angelockt wurden.

Sie floh über eine Stiege in die oberen Räume, in denen es nur noch ein wenig süßlich roch, und schloß die Bodenluke. Ein halb offenstehendes Fenster ließ Licht in das karg möblierte Zimmer fallen und brachte frische Luft. Djamilla humpelte vorsichtig zu der Öffnung und lugte hinaus. Nadan schlich auf einem der Dächer herum. Noch immer fühlte sie die Anspannung – ihr ganzer Körper kribbelte, brannte, nicht nur die Wunden.

Ihre Verletzungen! Wenn sie ihren Rivalen richtig einschätzte, konnte er sehr hartnäckig sein – vielleicht gab er aber auch auf, um sich der Gilde als neuer Anführer zu zeigen, ehe sie diese erreichen konnte. Trotz allem waren ihre Wunden jetzt das wichtigste.

Djamilla sah sich um, musterte das zerwühlte Bett und die beiden Truhen. Sie war erleichtert, in einer der beiden saubere weiße Leinenlaken zu finden, und staunte nicht schlecht, als sie im Nebenzimmer ein Regal mit Tiegelchen, Töpfen und Fläschchen entdeckte, die verführerisch dufteten. Ein anderes Regal enthielt getrocknete Kräuter und Blüten, während auf dem Boden reine Behälter aus Ton und Glas mit Essenzen standen.

Sie lächelte und dankte im stillen Rahja und Phex, die ihre Hände schützend über sie zu halten schienen. Nun kam ihr das Wissen um Salben, Pulver und Tinkturen zugute, das sie von Abrizah im Verlauf ihrer Ausbildung zur Sharizad erlernt hatte. Djamilla kauerte sich auf den Boden und entsann sich, daß einige der vorhandenen Schönheitspflegemittel oder deren Zutaten, auch anders genutzt werden konnten. Wenigstens vermochte sie ihre Wunden so zu reinigen, daß sie sich nicht entzündeten, und hoffte, sie gut genug verbinden zu können. Sie seufzte erleichtert und grinste. »Du wirst dich noch wundern, Nadan!«

Dann verdüsterte sich jedoch ihr Gesicht, als sie an das Amulett dachte, das gut verborgen mit anderen Dingen in ihrem Versteck lag. Ob Nadan oder ein anderer – so lange die Erinnerung auf ihrer Seele lastete, würde sie immer abgelenkt sein. War es jetzt vielleicht nicht besser, sich der Suche nach dem zernarbten Mann zu widmen und endlich herauszufinden, wer er war?

Und warum ihre ermordete Schwester mit diesem Symbol gezeichnet worden war? Djamilla fühlte wieder Zorn und Haß in sich aufsteigen und suchte nach der klaren Flüssigkeit, die sie brauchte, um ihre Wunden zu säubern.

Dann riß sie Verbände zurecht und setzte sich auf das Bett im Nebenraum.

Die Tinktur brannte dämonisch in Djamillas offenen Wunden und ließ sie heftig nach Luft schnappen. Tränen schossen ihr in die Augen und rannen über die schmutzigen Wangen, aber sie behandelte die Wunden trotzig weiter und vertrieb so die störenden Gedanken.

6. Kapitel

Das Madamal hatte sich hinter Wolken verborgen, als ein vermummter Reiter sein Pferd in einem Zypressenhain anhielt und die Hände auf den Sattel stützte, während er die erhellten Fenster der Paläste betrachtete.

Er rührte sich nicht, als sich zwei Schatten aus der Deckung eines Baumes lösten und neben ihn traten.

»Ihr seid also meinem Ruf gefolgt«, sagte er.

»Wir fanden das Zeichen an der üblichen Stelle, Krallenherr. Wir können Euch melden, daß Koshul die Stadt nach Sonnenuntergang verlassen hat. Er hinterließ eine Nachricht in der verborgenen Nische.«

Einer der Männer überreichte ein zusammengefaltetes Pergament.

»Und was gibt es sonst Ungewöhnliches?«

»Straßenkinder haben einen ermordeten Gelehrten in seinem Haus in der Gasse der schwarzen Sichel gefunden, als sie bei ihm durch ein offenes Fenster einstiegen. Sie machten Lärm und wurden von den Stadtwachen ergriffen. Aber das ist doch nicht der Grund, warum Ihr uns habt rufen lassen?«

»Nein. Ich habe einen Auftrag für euch. Im Morgengrauen werden zwei Hadjiinim die Stadt verlassen. Einen von ihnen werdet ihr leicht erkennen. Es ist Ilnamar ay Shorn, und er trägt ein ganz bestimmtes Juwel bei sich. Fangt die beiden an einer günstigen Stelle ab, ehe sie im Balash verschwinden. Tötet sie und bringt mir das Juwel!«

»Wir werden gehorchen, Krallenherr!«

Die Männer verschmolzen wieder mit den Schatten, während der Reiter sein Pferd mit einem Schnalzen antrieb und davonritt.

Nachdem sie ihre Wunden verarztet und auch die Kratzer gereinigt hatte, streckte sich Djamilla auf dem Bett aus und beschloß, ein wenig zu dösen. Doch als sie wieder zu sich kam, erkannte sie, daß sie tief und fest geschlafen hatte. Mittlerweile war es stockdunkel geworden. Halbwach taumelte sie zum Fenster und spähte hinaus, betrachtete die Sterne und die Lichter der Stadt und stellte fest, daß die Gasse bis auf einen torkelnden Betrunkenen leer war.

Sie wagte nicht, ein Licht zu entzünden. Vielleicht lauerten Nadan oder seine Kumpane noch in der Nähe.

Sobald es hell wurde, mußte sie das Haus erkunden, um Kleidungsstücke zu finden, mit denen sie sich verkleiden konnte. Die Zeit bis dahin konnte sie nutzen, um ihre weiteren Schritte zu planen.

Wie sollte sie vorgehen? Auf eigene Faust die Stadt durchstöbern und dabei Gefahr laufen, von Nadan und seinen Anhängern aufgespürt zu werden, oder sollte sie sich erst einmal bei Abizah im ›Palast der tausend Freuden‹ verstecken und in die Rolle der Sharizad Tashina, in ihr zweites Ich, schlüpfen, um so getarnt Nachforschungen zu betreiben? Djamilla verwarf den letzten Gedanken rasch wieder, denn der Vernarbte gehörte sicherlich nicht zu den Reichen und Mächtigen der Stadt oder deren Gästen, vor denen eine Sharizad tanzte. Außerdem erregte sie als bekannte Tänzerin zu sehr die Aufmerksamkeit der Menschen.

Die Diebin lächelte – und wie hätte sie ihre Wunden erklären sollen? Nein, das war kein guter Plan!

Schließlich blieb noch die Möglichkeit, sich in der Karawanserei und an den Stadttoren umzuhören, ob jemandem der Vernarbte aufgefallen war. Sie dachte an die schwatzhaften Kameltreiber und Reisenden, die sich gerne mit Einheimischen unterhielten und ihnen von ihren aufregenden Erlebnissen berichteten.

Ja, das war eine gute Idee. Sie würde ihre Nachforschungen dort beginnen…

Die Diebin merkte, daß sie wieder müde wurde, und beschloß, den Wünschen ihres Körpers nachzugeben. Im Halbschlaf zogen die Geschehnisse des Tages noch einmal an ihr vorüber: die ziemlich nachlässigen Vorbereitungen, die sie getroffen hatte, um sich Nadan zu stellen, weil ihr das Amulett und sein Träger noch immer im Kopf herumspukten, der Kampf in den Kechans, die Flucht aus der Falle…

Sie schreckte nur einmal auf, als sie sich fragte, warum Nadan sie nicht im Hauseingang entdeckt hatte. Sie war ihm zum Greifen nahe gewesen… Ähnliche Vorfälle kamen ihr in den Sinn. Schon mehrere Male war sie nicht entdeckt worden, obgleich sie sich nur notdürftig verborgen hatte! Sie verstand das nicht. Aber sie war zu müde, um sich weiter darüber den Kopf zu zerbrechen.

Koshul zügelte seinen Rappen und blickte von der Kuppe eines Hügels über das karge zerklüftete Land. Dürres Gras ragte wadenhoch über den sandigen Boden. Wo immer Wasser an die Oberfläche zu steigen schien, befanden sich kleine Wälder, durchmischt mit Dorngehölzen. Er hatte die Straße nach Mherwed schon vor einem Tag verlassen und am Morgen dem fruchtbaren Mhanadital einen letzten Blick gegönnt.

Er hatte diese fast menschenleere Gegend schon des öfteren fernab der Karawanenwege durchstreift und wußte, daß er höchstens einigen Hirten begegnen würde.

Mit einem unbewußten Griff überprüfte er seine Vorräte und nickte zufrieden. Irgendwo in diesen Hügeln mußte die letzte Ruhestätte des ersten Grabräubers liegen. Er entfaltete die Karte, um sich einen Überblick zu verschaffen.

Das verlassene Dorf, bei dem es sich befand, war noch von den Felsformationen am Horizont verdeckt, aber bis zum Abend würde er es erreicht haben.

Trotzdem fühlte sich Koshul unwohl in seiner Haut. Trockener Wind von Norden ließ ihn schaudern. Es war der Atem der Gorischen Wüste, der ihn aufschreckte und ein Zeichen gegen die bösen Geister machen ließ. Doch die Wüste war noch weit entfernt – das Finstere, das dort lauerte, konnte ihn nicht erreichen. Obgleich er sonst ein furchtloser Krieger war, wirkten noch immer die Erzählungen aus seiner Kindheit über die Magierkriege nach. Koshul stieß einen leisen Fluch aus und trieb seinem Pferd die Fersen in die Flanken.

Er wollte vor Einbruch der Dunkelheit das Dorf erreichen, und tatsächlich entdeckte er kurz nach Sonnenuntergang die von Sand verwehten und mit dürren Gräsern überwachsenen Ziegelvierecke – denn mehr hatte sich von der kläglichen Hirtensiedlung nicht erhalten. Die Ummauerung des kleinen Brunnens war eingebrochen, aber Koshul hatte ohnehin nicht erwartet, dort Wasser zu finden.

Er sah sich statt dessen um und überlegte, wo die Dorfbewohner ihre Toten bestattet haben mochten. Sicherlich nicht im sandigen Boden, den Tiere jederzeit wieder aufscharren konnten. Der Hügel, der das Dorf geschützt hatte, endete auf der ihm zugewandten Seite ziemlich schroff, und als Koshul die Augen zusammenkniff, entdeckte er einige Schritt über dem Boden eine dunkle Öffnung.

Vielleicht dort? Es war einen Versuch wert nachzusehen. Koshul blickte zum Himmel und überlegte, ob er dies heute noch tun sollte. Er entschied sich dafür, war doch jeder Tag kostbar, da er nicht wußte, wie lange er sich an den anderen Orten aufhalten würde. So näherte er sich dem Felsen, versorgte eilig sein Pferd und verbarg seine Habseligkeiten an einer geschützten Stelle, um wenig später nach einem sicheren Aufstieg in die ungefähr drei Mannslängen über dem Boden liegende Höhle zu suchen.

Seine Augen entdeckten bald die brüchigen Reste in die Wand gehauener Stufen und die Überbleibsel eines Flaschenzugs im kniehohen Steppengras. Der Dashinim kletterte die alten Stiegen hinauf und fluchte leise, als eine unter ihm wegbrach und er sich gerade noch festhalten konnte.

Ohne weitere Verzögerung erreichte er die natürliche Plattform vor der Höhle und wurde für seine Neugier belohnt.

Die Dorfbewohner hatten sich verrechnet, was die Sicherheit ihrer Toten anging – auch hier waren wilde Tiere hergekommen und hatten Knochen, ja sogar einen Schädel nach draußen gezerrt. Koshul verzog das Gesicht und beeilte sich, eine Fackel zu entzünden, denn er konnte nicht sehr weit in die Höhle hineinsehen und das Tageslicht draußen begann langsam zu schwinden. Nicht mehr lange, und es würde stockdunkel sein. Die Wolken am Himmel würden auch das Madamal und die Sterne verdecken.

Nachdem seine Fackel Feuer gefangen hatte, betrat er die Höhle und sah sich mit zusammengekniffenen Augen um. Sein Körper spannte sich, als er den Fels genauer betrachtete. Er mußte sehr achtsam sein, denn ganze Platten standen kurz davor herabzustürzen: Breite Spalten klafften an der Decke. Etwas mußte vor langer Zeit diesen Felsen oder diese Höhle erschüttert haben. Der Dashinim bewegte sich, so lautlos er konnte, tiefer in die Höhle hinein. Nur sein Atmen war in der Stille zu hören. Gezielt leuchtete er den Boden aus, der von einem Chaos aus Mumien und Knochen, aus Grabbeigaben und zerfallenden Stoffen bedeckt war. Bei den Krallen der Göttin – wie sollte er hier den Juwel finden? Voller Zorn und Verzweiflung ballte Koshul eine Faust und versuchte, eine Ordnung in dem Durcheinander zu erkennen. Er wußte nicht, woran er die Überreste des Diebes erkennen sollte!

Das leise Geräusch rieselnden Sandes schreckte ihn auf. An einer Stelle begann sich verwittertes Gestein zu lösen. Koshul hielt die Luft an und fluchte innerlich. Die Erschütterung durch seine Schritte sollte ausgereicht haben, das auszulösen?

Ihm war nicht wohl bei dem Gedanken, sich länger hier umzusehen. Die Höhle erschien ihm bereits so einsturzgefährdet, daß er keine andere Wahl hatte: Wenn sie erst zusammengestürzt war, würde er den Stein niemals finden!

Er seufzte leise und beugte sich hinunter, um im Schutt auf dem Boden einige blitzende Dinge genauer zu untersuchen: einen verkrusteten Messingbecher, ein Halsband, dessen Juwelen sich aber als gefärbtes Glas herausstellten. Er wühlte weiter in dem Unrat und hob dann und wann einen Stein auf, der annähernd die Form des Katzenblutes hatte – aber die meisten waren Kiesel oder Halbedelsteine.

Der Mann wurde immer unruhiger, blickte öfters zu der Stelle, aus der es rieselte, und schreckte zurück, als er eine Bewegung neben sich spürte.

Seine Augen weiteten sich aus Furcht, die Ruhe eines Toten gestört und einen Wiedergänger aufgeschreckt zu haben, aber es waren nur die Perlenaugen eines kleinen Nagers, die ihn aus der Rachenhöhle eines Schädels ansahen.

Koshul beruhigte seine zitternde Hand und verscheuchte die Maus, ehe er die Fackel senkte. Wieder hatte er etwas blitzen sehen – der mittlerweile skelettierte Tote umklammerte in seiner Rechten einen Stein, der ihm immer noch nicht aus den Knochenfingern geglitten war.

Das Katzenblut! Matt, fast lebendig schimmerte das Juwel zwischen den bleichen Fingern hindurch. Koshul streckte bebend die Hand aus und griff danach, zögerte und sah auf den Schädel, der ihn tückisch angrinste. Ärgerlich verzog er das Gesicht.

Ich lasse mich von Knochen schrecken! Bei dem Mute der Herrin, was ist nur mit mir los? dachte er und zog das Katzenblut aus der Krallenhand. Dann hielt er die Luft an und wartete.

Nichts geschah.

Erleichtert drehte er sich um und stieg über den Unrat hinweg, um nach draußen zu gelangen. Fest hielt er den Stein umklammert und frohlockte in seinem Innern, war doch ein Teil des Auftrages erfüllt.

Ein Knirschen ließ ihn noch einmal über die Schulter zurückblicken. Täuschte er sich – oder hatte sich das Skelett halb aufgesetzt? War es daran, sich zu erheben?

Ein Vorhang aus Sand, Geröll und herabpolternden Steinbrocken versperrten den Blick in die Höhle. Eine dichte Staubwolke hüllte Koshul ein. Hustend und keuchend stieg er die Felsstufen hinab und machte sich davon, so schnell er konnte.

7. Kapitel

Eine seltsame Anspannung erfaßte Ilnamar, als er die festen Mauern der Ordensburg vor sich liegen sah. Wie lange war es nun her, da er sie verlassen hatte? Fünf Jahre oder eine Ewigkeit? Er zügelte sein Pferd und setzte sich im Sattel auf. Duraman hielt ebenfalls an und sah sich zu ihm um.

»Es ist nicht mehr weit, und die Meister erwarten voller Ungeduld unsere Ankunft! Der Umweg über das Dorf und die Schlucht hat uns schon einiges an Zeit gekostet, die wir ...«

»Ich werde ihnen erklären, warum ich so gehandelt habe«, unterbrach ihn Ilnamar und blickte weiter auf die vor den Felswänden unscheinbar wirkende Festung, die in seiner Jugend zu seiner Heimat geworden war. Doch jetzt erschien sie ihm plötzlich fremd.

Natürlich würde er den Meistern einiges zu erklären haben, aber ihm machten weniger seine von Duraman angemahnten Eigenmächtigkeiten als die kommenden Vorwürfe Sorgen.

Seine in Rashdul gesammelten Erfahrungen hatten ihm gezeigt, daß es sinnvoll war, Spuren so schnell wie möglich nachzugehen. Durch das Katz-und-Maus-Spiel mit unbekannten Verfolgern, den Umweg über das Dorf Narjeh und den mutmaßlichen Weg seines Onkels durch das Balash hatten sie mehrere Tage verloren. Diese waren nicht vergeudet, denn Ilnamar hatte einige wichtige Erkenntnisse gewonnen: Vor drei Monaten war ein Mädchen verschwunden und von den Dashinim ermordet worden, wie ihm der Haman, der Dorfälteste noch einmal bestätigt hatte. Allerdings schien er der einzige zu sein, der etwas von den Dashinim wußte. Oder auch nicht, denn Ilnamar hatte das Gefühl gehabt, beobachtet zu werden.

Ein junger Söldner, der bei seiner Familie zu Besuch weilte hatte einen wichtigen Hinweis geliefert. Genau zu der Zeit, als das Mädchen ermordet wurde, hatten Unbekannte den Palast des Orchad ibn Malut überfallen, eines Handelsherrn und Gelehrten, der drei Meilen mhanadiaufwärts lebte. Duraman und Ilnamar hatten den Mann aufgesucht. Dort erfuhren sie von dem Verzweifelten, daß nur wenige Gegenstände gestohlen worden waren. Sie seien sehr wertvoll und von großer Bedeutung für die Beobachtung der Sterne, hatte er betont und die Hadjiin gebeten, sie wiederzubringen.

Die Männer die den Palast gestürmt hatten, waren katzengleich und völlig unbemerkt eingedrungen – und das war ein Hinweis auf die Dashinim. Denn die Ritualmorde hatten nur einen Sinn: den Krallenträgern auf irgendeine geheime Weise Fähigkeiten zu verleihen, die sie unangreifbar machten.

Auch in Rashdul hatte es vor fast fünf Jahren einen ähnlichen Fall gegeben. Der Mord an einem Sheik der Beni Avad hatte die Handschrift der Dashinim getragen, aber soweit Ilnamar sich erinnerte, war niemals die Rede von einem Ritualopfer gewesen. Vielleicht hatten sie es damals gut genug verbergen können.

Ilnamar war nahe daran gewesen, noch einmal in das Dorf zurückzukehren und seine Nachforschungen dort fortzusetzen, um seinen Verdacht zu bestätigt zu bekommen, aber Duraman hatte ihm schließlich keine Ruhe mehr gelassen und immer wieder gedrängt, endlich nach Shalat zu reiten.

In der Schlucht hatten sie sich nicht lange aufgehalten; Duraman hatte sie bereits auf dem Weg nach Rashdul aufgesucht, und entdeckt, daß der Hinterhalt vorbereitet gewesen war.

Ilnamar trieb sein Pferd mit einem leichten Schenkeldruck an und schloß zu dem jungen Hadjiin auf, der keine Geduld mehr zeigte und vorausgeritten war.

Die Männer auf den Mauern hatten sie bereits bemerkt und ihre Ankunft gemeldet. Der ehemalige Stadtwachenkommandant sah dem geöffneten Tor mit gemischten Gefühlen entgegen. Auf der einen Seite gab die Feste Sicherheit, auf der anderen würde man ihn dort zur Rede stellen. Die seltsamen Fragen Duramans über die Einhaltung seiner Eide deuteten schon darauf hin.

Und viele von den zu erwartenden Vorhaltungen habe ich dieser Dämonin in Menschengestalt zu verdanken! dachte er verbittert. Möge sie den Preis dafür zahlen müssen!

Djamilla griff nach einem herabhängenden Seil und schwang sich über die Gasse auf ein flaches Dach. Sie hatte die wichtigsten Habseligkeiten aus dem Versteck in den Kechans geholt. Die Kanäle waren dazu geeignet, denn niemand vermutete in diesem Dreck Juwelen, und seit ihrem Abenteuer im Hause des Kaufherrn Hamad hatte sie einen Teil der ›Unterwelt‹ Rashduls ausgiebig erforscht und gute Verstecke entdeckt. Nun baumelte auch das verfluchte Amulett zwischen ihren Brüsten, das sie erst in diese Lage gebracht hatte. Sie seufzte und schob die Lederschnur zurecht, ehe sie nach unten blickte.

Obgleich es schon dämmerte, achtete niemand auf sie, denn diesen Weg benutzten auch andere Männer und Frauen. Nachdem sie ihre Haarmähne geopfert und bis auf Schulterlänge gekürzt hatte, mußten zufällige Beobachter schon genauer hinsehen, um in ihr ein Mädchen zu erkennen.

Die Diebe würde das kurze, struppige, nun ins Bräunliche getönte Haar und die Kleidung, die sie in einer der Truhen des Toten gefunden hatte, nicht lange täuschen, vor allem Nadan nicht. Zwar konnte sie den

Kopf unter der Kapuze des sandfarbenen, längsgestreiften Burnus verstecken, aber sie hatte ihre Sandalen anbehalten und war sich sicher, daß sie nicht immer ihren Gang ändern konnte. Immerhin waren die weite Hose und das Hemd aus Seide angenehm zu tragen und rochen noch frisch. Ansonsten hatte sie dem Toten nichts genommen, weil ihr nichts weiter von Nutzen gewesen war.

Auch hatte sich Djamilla bisher nicht dazu durchgerungen, sich kurzfristig an den für sie einzig sicheren Ort in Rashdul zurückzuziehen: dem ›Palast der tausend Freuden‹. Selbst Nadan vermutete sie dort nicht – aber es würde sie in ein anderes Leben einbinden, aus dem sie nicht so schnell verschwinden konnte. Zur Zeit hielt sich ›Tashina‹ angeblich in Mherwed auf, um dort die Edlen zu unterhalten, und eine überraschende Rückkehr hätte Anlaß zu unnötigen Gerüchten gegeben.

Zwei Tage hatte Djamilla nun schon mit der Gefahr gespielt, entdeckt zu werden, und sich in der Karawanserei oder deren näheren Umgebung herumgetrieben. Dort hatte sie zwar interessante Dinge erfahren, wie die Nachricht, daß Ilnamar ay Shorn seinen Dienst aufgegeben und die Stadt mit einem Angehörigen seines Ordens verlassen hatte, aber keine direkte Spur des Narbigen ausfindig machen können. Einige der Händler hatten ihn gesehen, als er bei ihnen seinen Proviant aufstockte. Falls er die Stadt verlassen hatte, war er vermutlich alleine unterwegs und hatte sich keiner Karawane angeschlossen.

Wie sollte Djamilla ihn unter diesen Umständen finden? Sie zuckte mit den Schultern. In den knapp zwanzig Jahren ihres Lebens war sie ein paarmal auf dem Fluß zu einigen nahegelegenen Palästen gereist um dort als Tänzerin aufzutreten. Aber da war sie wohlbehütet unterwegs gewesen, und entweder auf einer Barke gesegelt oder in einer Sänfte getragen worden.

Was hinter den Bergen und auf der anderen Seite des Mhanadi lag, kannte sie einzig aus den Erzählungen der Reisenden, und die hatten nicht immer angenehm geklungen.

Ihre Grübeleien vertreibend, kletterte die junge Frau an einer Leiter hinunter, schlenderte die schmale Gasse entlang zu einer größeren Straße, die zum Basar führte und an der die Karawanserei lag. Bereits hier versuchten Händler, aufdringlich salbadernd, ihre Waren loszuwerden und hielten die Passanten mit weitausholenden Gesten und wildem Gefuchtel auf. Bettler streckten flehend die Hände aus und jammerten um Almosen. Djamilla drückte sich an ihnen vorsichtig vorbei. Sie vernahm das Blöken von Kamelen und sah einen Pulk dieser Tiere in der Karawanserei. Bedeutete das, daß eine neue Karawane angekommen war? Das war leicht herauszubekommen, wenn sie erst einmal in dem Gebäude war und sich umhören konnte.

Sie verlangsamte den Schritt und duckte sich schnell in den Schatten eines Hauseingangs, als ihr in einer Gruppe von Menschen ein Schwarzhaariger entgegenkam. Er hatte einen Arm um die Hüfte eines hübschen nordländischen Mädchens geschlungen und schien auf diese einzureden, während seine freie Hand mit einem kleinen Beutelchen spielte, ehe er dieses in seiner Schärpe verschwinden ließ. Djamilla beobachtete ihn aufmerksam und hielt die Luft an, als er an ihr vorüberging und sie die Schmeicheleien vernahm, die er der anderen zuflüsterte.

War es Nadan in Verkleidung?

Als die beiden hinter einer Straßenecke verschwanden, tauchte sie wieder aus der Deckung auf und setzte ihren Weg fort, als sei nichts geschehen.

Sie wich einem Händler, der besondere Duftwässerchen an die Leute zu verkaufen suchte, mit einem Grinsen aus. Plötzlich spürte sie eine Berührung auf ihrer Schulter und drehte sich langsam um, während sie die

Rechte unauffällig in den Schlitz des Burnus gleiten ließ, um ihr Messer zu greifen.

Zuerst sah sie nur die große, behaarte Hand, dann den eingerissenen Stoff eines ausgebleichten Hemds. Der ältere Mann trug es hochgeschlossen, um seine Narben zu verstecken. Djamilla kannte ihn gut.

»Was willst du von mir, Yassan?« wisperte sie leise, aber drohend, während er sie an den Rand der Gasse zu drängen versuchte, und fügte laut hinzu: »Was willst du von mir, du dreckiger Bettler? Laß mich los, du Schmutzfresser!«

Die neugierigen Blicke einiger Passanten genügten, um ihn einen Schritt zurücktreten zu lassen. Yassan mit dem graumelierten Gabelbart sah sie finster an und zischte: »Nadan hat einen hohen Preis auf deinen Kopf ausgesetzt, den ich mir holen möchte.«

Djamilla lachte schallend und lenkte damit den Blick einiger Menschen auf sich. Sie wedelte wild mit den Armen und deutete auf den Bettler. Yassan machte auf der Stelle kehrt und verschwand hinter einigen Händlern. Sie hatte ihn richtig eingeschätzt. Seit er einmal von der Stadtwache ergriffen worden war und nur durch einen Zufall entkam, war er überaus vorsichtig – oder besser ängstlich – geworden und vermied jedes Aufsehen.

So wanderte sie weiter und entging nur durch einen Sprung der heranschnellenden Hand einer Gestalt, die sie sonst in einer liebevoll scheinenden Geste an sich gerissen hätte.

Djamilla riß die Augen auf und schluckte, als sie ihr jetziges Gegenüber erkannte.

»Du?!«

Nadan stemmte die Hände in die Hüften, und nachdem er den zerschlissenen Mantel von seinen Schultern gestreift hatte, rief er theatralisch: »Komm her, meine Liebste und laß dich halten! Du Blume dieser schmutzigen Straßen, lange habe ich wie in einem Traum nach dir gesucht!« Er fügte leiser hinzu: »Glaubst du, daß nur du dich auf List und Verkleidung verstehst? Yassan hat herausgefunden, daß du dich schon einige Tage hier herumtreibst, und so konnte ich auf dich warten. Jetzt bist du dran!«

Djamilla biß sich auf die Lippen und überlegte fieberhaft. Verdammt, wie konnte sie ihn jetzt loswerden? Vielleicht half nur noch Dreistigkeit.

»Was sagst du da? Wo doch jedes deiner Worte Lüge ist, so gespalten wie deine Zunge, du Sohn eines trunksüchtigen Flötenspielers und einer sich im Dreck suhlenden Hure! Bei Rastullahs zornigem Blitz! Ich wünschte, er würde dich auf der Stelle hier strafen und dich mit ekelerregendem Aussatz schlagen! Laß mich in Ruhe und geh! Rahja möge deine Lenden verdorren lassen!« kreischte Djamilla hysterisch und hoffte, daß ihr Tun noch mehr Zuschauer anlocken würde. Mit einem raschen Blick hatte sie festgestellt, daß sie tatsächlich in eine Falle gelaufen war, die Nadan sehr geschickt ausgelegt hatte – trotz der Menschen, die nun stehenblieben und die Szene gespannt beobachteten, waren genug Diebe in der Nähe, um sie nicht entkommen zu lassen und für Ablenkung zu sorgen, wenn Nadan und andere sie packten und davonschleppten.

Nur wenn sie auffiel wie jetzt, konnte sie das eigentlich Unvermeidliche aufhalten und kostbare Zeit gewinnen. »Ich habe dich betrogen? Ich lüge? Dabei bist doch du es, die mich täuschte und meine Ehre beschmutzte – Schlange mit dem Gesicht einer lieblichen Blume, aber der schwarzen, pockennarbigen Seele einer Kröte!«

Nadan lachte höhnisch und spielte mit. In seiner Kleidung, die unter dem Mantel zum Vorschein gekommen war, wirkte er wie ein reicher Kaufmannssohn, auch wenn ihm dazu der Turban fehlte. »Du hast mich lächerlich gemacht, mich, den edlen Hassan ben

Yusef! Tochter eines doppelzüngigen Kameltreibers, der dich wohl mit einem seiner Lasttiere gezeugt hat!«

Drohend trat er auf sie zu und deutete anklagend auf sie, während Djamilla einige Schritte zurückwich und es vermied, gegen einen der Zuschauer zu prallen.

»Vergiß nicht, daß du mir gehörst, Schätzchen! Du trägst nicht umsonst mein Zeichen auf deiner Schulter, Sklavin!«

Djamilla schluckte ob dieser Behauptung, die das Blatt zu wenden schien, und wich den zupackenden Händen einiger bisher unbeteiligter Zuschauer aus, die ihm zu Hilfe kommen wollten. Denn warum sollten sie dem edel gekleideten stattlichen Mann nicht glauben?

Djamilla konnte die Gedanken der Männer förmlich spüren: So sehr die Schönheit einer Frau geschätzt und angebetet wurde, so wenig duldete man, daß sie einem Mann nicht gehorchte!

Blicke taxierten sie und schätzten sie als entlaufene Sklavin seines Harems ein, und Nadan brauchte nur noch eine Geste zu machen, um die Menge nach seinem Willen handeln zu lassen.

Ihm schien das zu gefallen, auch wenn einige Stadtwachen auf die Ansammlung zukamen.

Die Diebin sah sich gehetzt um und stieß plötzlich einen Händler, der in ihrer Nähe stand, in eine Gruppe von Schaulustigen, die in diesem Moment nichts anderes tun konnten, als den zeternden Mann und seine Waren aufzufangen, die klirrend aus seinem Holzkasten kippten und auf die Straße kullerten.

So schuf sie sich eine schmale Gasse, durch die sie wieselflink davonhuschte.

»Verdammt soll diese Gassenkatze sein! Fangt sie mir lebendig! Wehe, sie entkommt!« brüllte Nadan über die erstaunten Ausrufe der Zuschauer hinweg, während sich Djamilla schlagend und tretend einen Weg schuf und so schnell sie konnte Raum zwischen sich und ihre

Verfolger brachte. Irgendwie erinnerte sie das an die Flucht vor zwei Tagen, nur bestanden die Hindernisse hier aus Menschen!

Doch wieder schien das Glück mit ihr zu sein. In der Höhe der Karawanserei mußte sie mit einem akrobatischen Sprung dem erschreckten Tritt eines Kamels entgehen, das ihren Verfolgern dann aber den Weg versperrte. Sie sah sich plötzlich inmitten einer aufbrechenden Karawane – zwischen schwerbeladenen Kamelen und den fluchenden Treibern, die die Tiere zu beruhigen versuchten.

Ohne nachzudenken näherte sie sich einem der Tiere, kletterte an den Lasten hoch und versteckte sich in einer Lücke zwischen den schlecht verteilten Packen. Das Kamel bockte ob der zusätzlichen Last, der Treiber aber schaute nicht nach oben.

Djamilla machte sich ganz klein, zog eine muffige Decke über sich und lauschte den immer leiser werdenden Geräuschen. Sie würde gelassen abwarten, bis die Karawane aufgebrochen war, und hinter der Stadtmauer einfach aus dem Versteck klettern.

Aber sie hatte sich verrechnet: Das Kamel tat plötzlich einen mächtigen Bocksprung zur Seite. Hart prallte der Packsattel gegen einen hölzernen Pfosten. In ihrem Versteck spürte Djamilla einen dumpfen Schlag, dann wurde es dunkel um sie.

8. Kapitel

Ein Hadjiin mit dunkelbraunen Haaren war mit einem Begleiter in Narjeh«, sagte der wie ein Reisbauer gekleidete Mann. »Er fragte den Haman über die Nachforschungen seines Ordensbruders aus und wollte alles ganz genau wissen.

Zufällig war auch der junge Hussim im Dorf und berichtete von dem Überfall auf den Palast seines Herrn. Das erregte seine Neugier noch mehr. Ich mußte mich aber zurückziehen, weil er mich sonst bemerkt hätte.«

Abwartend blickte er auf die beiden Reisenden, die ihn aufgesucht hatten, um seine Hilfe als Schmied in Anspruch zu nehmen. Aber er wußte, daß sie Dashinim waren, junge Ordensbrüder, die mit einem Auftrag unterwegs waren.

»Wir könnten Vorbereitungen treffen, um ihn auszuschalten, wenn es nötig sein wird«, sagte einer der Fremden. »Der Krallenherr trug uns auf, dem Hadjiin zu folgen und ihn zu töten. Aber inzwischen hat sich einiges geändert. Er ist auf der Suche nach uns, den Mördern seines Mitbruders, und er scheint genau zu wissen, wen er vor sich hat. Wir müssen aufpassen, denn Ilnamar ay Shorn ist klug und gerissen. Das hat er in Rashdul oft genug bewiesen.«

»Ich erinnere mich, daß sein jüngerer Begleiter einmal etwas von Blutrache sagte, als sie sich unbeobachtet glaubten, und ihn drängte, sich zum Sitz seines Ordens zu begeben«, fügte der Dorfbewohner zu seinem Bericht hinzu.

Einer der Männer, ein dunkelhäutiger Tulamide, nickte: »Das sind Neuigkeiten, die der Krallenherr erfahren muß. Ich werde sofort zurückreiten und ihm Bericht erstatten. Wir mußten unsere Pläne bereits ändern, als uns Gesindel bemerkte und am Mhanadiufer aufhielt. So konnten wir sie nicht rechtzeitig einholen! Und in den Bergen sind uns die Hadjiin überlegen!«

»Und was ist meine Aufgabe?« fragte der andere.

»Du, Machreb, solltest ihn weiter verfolgen und feststellen, wann er Shalat verläßt. Ein einzelner Mann wird in den Bergen nicht auffallen, wenn er achtsam ist. Und gib mir Nachricht, sobald du Genaueres über sein Vorhaben weißt.«

Machreb nickte. »Ja! Notfalls schicke ich dir einen unserer alten Brüder, der als Hirte im Aschubim lebt.«

»Ich werde hier weiterhin die Augen offenhalten«, meldete sich der Dorfbewohner zu Wort. »Doch ihr solltet jetzt verschwinden, bevor mein Bruder, der Haman, mißtrauisch wird!«

»Nun, Bruder Ilnamar, was hast du zu den Vorwürfen zu sagen, die Bruder Aljid gegen dich erhebt?« fragte Sulejdad ibn Kohrim in die Stille hinein, die nach dem Bericht des Hadjiin entstanden war.

Unbewegt, vielleicht ein wenig bleich, hatte Ilnamar ay Shorn den Worten gelauscht, die ihn anklagten, weltlichen Genüssen und der Fleischeslust gefrönt zu haben. Innerlich bereitete er sich auf seine Verteidigungsrede vor. Er richtete den Blick auf den Rat der Meister.

»Ehrwürdiger Großmeister, ich habe die Worte meines Bruders gehört, doch nichts von dem, was er mir anlastet, ist wahr! Rashdul ist ein Ort, der einem Hadjiin viele Prüfungen des Geistes und des Körpers abverlangt, wie Ihr wohl wißt. Doch ich habe mich keines Bruchs meiner Eide schuldig gemacht, das schwöre ich bei meiner Ehre und der meines verstorbenen Va'thim Achan. Rastullah möge mich mit seinem Zorn strafen, wenn ich auf andere Weise gefehlt habe, aber ich habe bescheiden gelebt und keine Frau in verlangender Weise berührt. Die Geschichten, die man über mich erzählt, sind Lügen, verbreitet von den Menschen der Unterstadt, die mich fürchten, weil ich ihre Verbrechen ahnde.«

Ilnamar beendete seine Rede. Die Meister und auch Sulejdad betrachteten ihn prüfend, und er hielt ihrem Blick stand, während er innerlich immer angespannter wurde.

Er hatte einen Eid geschworen, aber in ihren Augen las er immer noch Ungewißheit und Mißtrauen. Sie wollten ihm nicht glauben, und dabei war er es, der in seinen Novizenjahren ›der Zweifler‹ genannt wurde.

Bitter erinnerte er sich daran, daß er nicht zum ersten Mal vor dem Tribunal der Meister stand. Als Schüler hatte er mehrfach Befehle hinterfragt, anstatt ihnen zu gehorchen, und seine endgültige Aufnahme in den Bund der Hadjiin war nur durch die Bürgschaft seines Onkels zustande gekommen. Wie damals, als sie ihn gefragt hatten, ob er ganz in die Gemeinschaft der Hadjiin aufgehen wollte, fühlte er sich nur geduldet. So war er nach Rashdul gegangen, um die Enge der Burg verlassen zu können. Sein Gefühl hatte ihn damals nicht getrogen. Er fühlte sich auch heute mehr wie ein Fremder.

»Bruder Ilnamar. Dein Eid und deine Worte bezeugen uns, daß du dem Kodex treu geblieben bist, wenn es auch nicht so erschien«, erklärte der Großmeister bedächtig. »Der junge Duraman berichtete uns bereits, daß du mit den Nachforschungen über den Tod deines Onkels begonnen hast. Das können wir gutheißen, auch wenn es dich aufgehalten hat. Es ist die Aufgabe, zu der wir dich aus Rashdul abberufen haben. Es ist deine heilige Pflicht, deinen Va'thim zu rächen und dafür zu kämpfen, die Dashinim ihrem verdienten Schicksal zuzuführen. Durch Meister Achan ibn Surkans Ermordung haben sie uns den Krieg erklärt –

auch wenn uns ein anderer, weit größerer zu den Waffen rufen wird.«

Seine Hand legte sich auf ein Pergament. »Doch es ist besser, erst den Feind in den eigenen Reihen zu bekämpfen, ehe er dem Feind vor den Mauern die Tore öffnet. Vielleicht haben sich die Dashinim schon mit Tar Honak verbündet. Es wäre ihnen zuzutrauen.«

Auch die Hadjiinim von Shalat hatten von der drohenden Gefahr aus Al'Anfa gehört und würden ihren Teil dazu tun, für das Kalifat zu kämpfen. Ilnamar war erleichtert, daß er sie richtig eingeschätzt hatte. Und die Gedanken des Großmeisters erschienen ihm schlüssig. Warum sollten die Dashinim nicht Verbündete suchen?

Er nickte. »Ich habe Eure Worte vernommen und nehme diesen Auftrag voller Dankbarkeit an. Möge Rastullah geben, daß ich Euch nicht enttäusche, Brüder.«

Djamilla stöhnte, als sie wieder erwachte und sich an den Kopf faßte. Durch das Haar spürte sie eine verkrustete Stelle. Der Körper schmerzte und die Beine waren taub, dazu bereitete ihr das ständige Schwanken eine stetig wachsende Übelkeit. Sie verlagerte ihr Gewicht, streckte sich in der engen Kuhle so gut es ging, als plötzlich ein Kamel ganz in ihrer Nähe losbrüllte und sie daran erinnerte, was eigentlich geschehen war.

»Nadan und seine Heimtücke. Sein Versuch, mich auf offener Straße bloßzustellen und in eine Falle zu treiben. Meine dumme Flucht«, murmelte sie und öffnete die Augen, tastete nach der Decke, unter der sie kauerte, und schob sie ein Stück beiseite.

Prompt blendete sie das schräg von oben einfallende Sonnenlicht, und die Geräusche, auf die sie bisher nicht geachtet hatte, wurden lauter und deutlicher.

Bei den Zwölfen! Sie hatte ihr Versteck hinter den Stadtmauern verlassen wollen, aber dann …

Djamilla stützte sich ab. Wieder schrie das Kamel und bockte. Das Fluchen eines Mannes erklang neben dem Tier, dann die Stimme eines weiteren.

»Wenn du dein Kamel nicht ruhig halten kannst, Abu, dann überprüfe seine Last, sobald wir lagern. Bei der brennenden Sonne, siehst du nicht, daß sie falsch verteilt ist?«

Djamilla duckte sich wieder.

»Nur nicht auffallen!« wisperte sie zu sich selbst. Sie stieß mit einer Schulter gegen einen harten Gegenstand und drückte ihn mit einem wütenden Knurren weg. Ihre Augen weiteten sich, als sie keinen Widerstand spürte. Quälend langsam rutschte der Packen weg und riß die Decke mit sich. Djamilla klammerte sich hilfesuchend an einem Riemen fest, doch das war ein weiterer Fehler, wie sie bemerken mußte, als sie den Gurt in der Hand hielt und mitsamt der restlichen Last von dem Kamel fiel, das erleichtert einige Schritte nach vorne ausbrach, ehe es festgehalten werden konnte. Mit einem Überschlag – Djamilla beschloß, die mehr oder minder verzweifelte Drehung so zu nennen – landete sie auf Händen und Knien auf dem Boden und schaute dann verlegen nach oben. Der Reiter vor ihr wußte nicht, ob er lachen oder fluchen sollte.

Djamilla setzte eine unschuldige Miene auf und blickte sich um. Sie schluckte, als sie durch die Beine der Kamele, Pferde und Menschen eine ihr völlig unbekannte Landschaft erblickte. Der Fluß zu ihrer Linken war im Vergleich zum Mhanadi ein Rinnsal, und die Felder zu beiden Seiten wirkten winzig. Bei Rahja, wie lange war sie bewußtlos gewesen?

Nirgends war Rashdul zu erspähen. Die gespielte Unschuld in ihrem Gesicht wich leichter Panik, als der Reiter sie mit bellender Stimme ansprach: »Du bist also an dem ganzen Durcheinander schuld, Junge! Wie kommst du zwischen die Lasten?«

»I-ich weiß nicht! Ich muß mich irgendwann zwischen ihnen verkrochen haben.«

»Ich weiß«, mischte sich der Treiber ein. »Wüstenröslein hat schon einmal gebockt, als wir die Karawanserei verließen, Meister Haref. Ich glaube, da war ein Aufruhr ...«

Djamilla grinste einen Augenblick schief, als sie den Namen des Kamels mit dem ihren verglich. Ashileh und Azila lagen dicht beieinander.

Aber du bist auch nicht klüger als das Kamel! dachte sie. Benutze deinen Verstand und versuche, dich möglichst geschickt herauszureden!

So kam sie dem Reiter zuvor, der, nach den Blicken der anderen zu urteilen, der Führer der Karawane sein mußte. »Ja, das stimmt. Ich hatte Ärger mit einer Bande, die mich verfolgte.«

»Weswegen?« fragte der Mann namens Haref. »Hast du sie bestohlen? Du siehst mir nämlich wie eine dieser dreckigen Unterstadt-Ratten aus, die es dort zuhauf gibt.«

»Ich?«

Djamilla blickte an sich hinunter. Vielleicht wirkten die Gewänder nicht ganz neu, aber immerhin hielt der Mann sie für einen Jungen. Entschuldigend hob sie die Hände. »Hört, guter Mann, ich bin von ihnen bestohlen worden und mußte das zusammensuchen, was mir blieb. Ich bin mit meinem Onkel aus ...« Sie überlegte fieberhaft, welchen Ort sie nennen konnte, den sie aus Erzählungen kannte. Mherwed? Nein. Kunchom? Das paßte besser zu ihr. »Aus Kunchom gekommen. Und er sucht mich jetzt sicherlich in Rashdul.«

Der Karawanenführer lachte.

»Aus Kunchom? Ich bin dort geboren«, erklärte er kalt, »und ich kenne den dortigen Dialekt. Du, mein Junge, sprichst wie ein Rashduler.« Seine Augen wurden schmal. »Außerdem habe ich keine Lust mehr, mir deine Lügen anzuhören. Du hast dich in die Karawane eingeschlichen und hältst sie nur auf. Wir haben noch einige Meilen zurückzulegen, ehe wir rasten.«

»Dann kann ich ja gehen. So halte ich Euch nicht weiter auf«, versuchte Djamilla es mit Frechheit und stand auf. Doch der Karawanenführer lenkte sein Pferd auf sie zu und packte sie am Kragen. Die Diebin spannte sich an, wehrte sich aber angesichts der gaffenden Treiber und Wächter nicht.

»Nein Bürschchen. So einfach kommst du mir nicht davon«, erklärte der Mann. »Du hast wertvolle Last beschädigt und kostbare Zeit vergeudet. Du wirst dafür arbeiten!«

»Arbeiten?« Djamilla drehte den Kopf, so gut sie konnte, und blickte den Karawanenführer verzweifelt an, dem die Szene eine diebische Freude machte. Es schien ihr, als würde er nur darauf warten, daß sie sich wehren würde.

Sie seufzte, blickte sich noch einmal in der Runde um und zuckte dann hilflos mit den Schultern. »Also gut«, murmelte sie gequält. »Wenn es sein muß, werde ich helfen. Aber dann laßt ihr mich doch bald gehen?«

Der Karawanenführer ließ sie los und entgegnete, ohne auf ihre Frage einzugehen: »Du wirst Abu zunächst helfen, das Kamel wieder zu beladen. Wie heißt du überhaupt, Junge?«

»Ich heiße Jamil«, antwortete sie in Ermangelung eines besseren Einfalls und überlegte sich bereits, wie und wann sie sich davonmachen konnte.

Haref lachte kurz auf und nickte dann. »Also gut, Jamil.«

Dann wandte er sich Abu zu: »Achte auf den Jungen, und halte ihn zur Arbeit an!«

Der Treiber grinste und entblößte dabei seine schadhaften Zähne, während er auf die verstreuten Bündel deutete. Djamilla hob einen der kleineren Packen auf und betrachtete ihn neugierig.

»Du sollst nicht herumschnüffeln, sondern arbeiten,

Kerl«, brummelte Abu, als sich der Karawanenführer bereits entfernte. »Aber hurtig, sonst mache ich dir Beine!«

Er wedelte mit seiner Gerte.

»Ja, Meister!« erwiderte die Diebin und machte eine Verbeugung. Edle Stoffe, die nach Gewürzen duften, dachte sie. Wohin die Karawane wohl zieht?

Der schattenhafte Mann berührte die Kette mit den vier Juwelen um seinen Hals, als er auf den Fürstenpalast jenseits der Gärten blickte. Der Raum, in dem er stand, war nicht beleuchtet. Dann ballte er eine Hand zur Faust und hob sie leicht. Bald ist es so weit, dachte er, und ich kann das beanspruchen, was rechtmäßig mir gehört. Diese novadische Dirne wird nicht länger den Thron des Fürsten von Rashdul entweihen! Nein, mein guter Freund, ich werde ihr nicht dienen, wie du glaubst! Mit dem Katzenblut werden wir unbesiegbar sein und die unwürdige Herrschaft der Beni Avad über Rashdul schnell beenden!

Er lächelte. Die Dashinim würden nicht länger auf die Blutopfer angewiesen sein. Die Machtsteine, die sein Großvater Aliman von einem Dschinni erschaffen ließ, hatten ihnen mehrere Dekaden gedient. Der Orden verdankte diesem großen Beschwörer, der ihm einen Hauch der alten Macht zurückgegeben hatte, auch das neue Versteck in den Felsengräbern Rashduls. Und der Krallenherr wollte seinen Namen in glühenden Lettern neben den seines Ahnen schreiben.

Er mußte nur noch auf den Boten warten, den er nach Süden geschickt hatte, und auf die Rückkehr seiner Krallenträger.

Seine Finger ertasteten einen der blutroten Steine. Er glaubte sich zu erinnern, daß es derjenige war, den sie mit dem Mord an einer Unterstadtgöre und eines Sheik der Beni Avad erkauft hatten. Er rieb das kühle Juwel und spürte ein leichtes Kribbeln, während seine Augen die Dämmerung plötzlich so empfanden, als sei sie heller Tag. Zwischen den Bäumen und Büschen eines Nachbargartens sah er wehende Schleier und sich aneinanderschmiegende Leiber. Er lächelte kalt.

Vielleicht lasse ich dieses Weib auch leben und mache sie zu einer meiner Frauen. Dann nimmt Eshila den Platz ein, der ihr eigentlich bestimmt ist! Aber ich werde dafür sorgen, daß sie mich nicht übertölpelt wie den alten Fürsten Kasim. Ich habe sie von Anfang an durchschaut und ihr doch gehorcht. Das war ein kluger Entschluß, denn damit kenne ich ihre Schliche und Schwächen.

»Koshul«, murmelte er dann laut, »beweise dich des Vertrauens würdig, das ich in dich gesetzt habe! Die Zeit ist günstig für dein Unterfangen, die Steine der Toten an dich zu bringen. Aber ein kluger Mann bereitet nicht nur einen Plan vor…«

Er verzog spöttisch die Mundwinkel, als er an den Besuch eines reichen Kaufherrn vor mehr als einem Jahr dachte. Das Zeichen des Kaufherrn Julik ibn Surkan aus Hayabeth beinhaltete einen fünfeckigen Stein. Durch geschicktes Nachfragen hatte er erfahren, daß der ›Glücksstein‹ durch einen Vorfahren in die Familie gekommen war. Er würde ihn nicht mehr lange besitzen. Eine Siebenerschaft der Dashinim befand sich bereits in Hayabeth.

Viel überraschender war es jedoch gewesen, vor einigen Tagen einen dem Katzenblut täuschend ähnlich sehenden Schmuck im Besitz Ilnamar ay Shorns zu entdecken.

Einer der Männer, die er ausgeschickt hatte, um den Stein zu holen, war bereits wieder zurückgekehrt und hatte interessante Neuigkeiten mit sich gebracht: Ilnamar ay Shorn suchte die Dashinim, da sie seinen Onkel ermordet hatten.

Der Krallenherr lachte leise. Ein neuer Plan reifte in seinen Gedanken…

»In der Oase Hayabeth, sagst du?« Mißtrauisch beäugte Ilnamar ay Shorn den Hadjiin. Der Mann war gerade erst von seiner Mission zurückgekehrt; er trug noch seine staubbedeckten Reisegewänder. Nun bereute Ilnamar es nicht mehr, sich einige Tage länger als geplant hier aufgehalten zu haben. Eigentlich hatte er gleich nach Narjeh zurückkehren wollen, um seine Nachforschungen fortzusetzen.

»Das müssen keine Dashinim gewesen sein.«

Wortlos zog der Mann ein bronzenes Amulett hervor und hielt es dem ehemaligen Stadtwachenkommandanten entgegen. Deutlich zeichnete sich das Krallensymbol auf der Scheibe ab.

»Berichte mir genauer, wie du an das Amulett gelangt bist.« Er starrte den anderen durchdringend an.

»Ich hielt mich in Hayabeth auf, nachdem ich einen heiligen Mann von Mherwed bis zu dieser Oase geleitet hatte. Eigentlich wollte ich sofort wieder umkehren, aber als ich in der Nacht mein Zelt aufschlug, wurde in der Nähe ein Palast überfallen. Ich tat meinen Teil, um die Männer zurückzuschlagen, die in das Haus des Kaufherrn Julik ibn Surkan eingedrungen waren – eines tapferen und aufrechten Mannes! Rastullah möge ihn segnen, denn er behandelte mich so, wie es angemessen war. Er focht trotz seines hohen Alters an meiner Seite und erschlug einen Dashinim. Es war ein schwerer Kampf, denn die Angreifer bewegten sich schnell und geschmeidig wie Geparden. Aber sie hatten nicht mit solcher Gegenwehr gerechnet und flohen schließlich. Zurück ließen sie einen Toten und einen Schwerverletzten, der sich selbst den Tod gab, als ich mich ihm näherte.«

Ilnamar zeigte keine Regung, er preßte nur stumm die Zähne zusammen, obwohl ihn die Worte zutiefst bewegt hatten: Julik ibn Surkan, hallte es durch seinen Geist.

Das war der Name seines Vaters, der ihn hatte fortgehen lassen, obgleich noch kein weiterer Sohn geboren worden war. Dem Kaufherrn war die Ehre wichtiger gewesen als der Fortbestand seines Hauses. Rastullah hatte es ihm mit der Geburt eines weiteren Sohnes gedankt.

Was hatten die Dashinim von ihm gewollt? Die Männer, die es Ilnamar hätten sagen können, waren tot oder geflohen! Er blickte auf, als der Hadjiin weitersprach. »Ich blieb noch einige Zeit in Hayabeth, um Hinweise zu finden, aber es war vergebens. Auch der Kaufherr konnte sich nicht erklären, warum man ihn angegriffen hatte. Er unterstützte mich nach Kräften, aber wir erfuhren nur, daß der Sohn eines Tavernenwirts verschwunden war und daß die Männer mit der letzten Karawane gekommen sein mußten. Mit diesem Wissen brach ich auf und kehrte auf dem schnellsten Wege zurück, wenn ich auch einen weiten Teil des Weges in Verkleidung reisen mußte, um diese Nachricht zu überbringen.«

»Das war ein weiser Entschluß, mein Bruder. Seltsam ist nur, daß die Dashinim dort waren. Das ist nicht ihr Gebiet!« murmelte Ilnamar, während er grübelte: Erst mein Onkel Achan, jetzt mein Vater. Man könnte fast meinen, die Dashinim hätten es auf meine Familie abgesehen. Oder das Schicksal spielt gerade mir übel mit! Vielleicht war es auch ein Wink desselben, in seinem Heimatort mit der Suche nach den Dashinim zu beginnen und nicht in Narjeh. Sein Verstand riet ihm, sich seine nächsten Schritte genau zu überlegen. Die Aussicht, in Hayabeth noch auf Krallenträger zu stoßen, war gering, die Gefahr, in dem Dorf am Mhanadi von Dashinim erwartet zu werden, um so größer.

»Ich danke dir, Bruder Hassan.«

Der andere erhob sich und machte einige Schritte zur Tür. »Da ist noch etwas«, sagte er. »Der ehrenwerte Kaufherr trug mir auf, seinem Sohn zu sagen, daß es ihm gut ginge.«

Ilnamar nickte nur stumm und entließ den Mann. Er drehte sich zum Fenster um und stützte die Hände auf den kühlen Stein der Bank. Nachdenklich blickte er auf den Hof hinunter. Er entschied sich, morgen früh aufzubrechen, in Rab El'dash auf die Straße zu stoßen und sich dort einer Karawane anzuschließen, um unauffällig nach Hayabeth zu kommen.

Koshul tastete nach dem Lederbeutel, der gut verborgen unter seinem Hemd steckte, und fühlte das Juwel. Er hatte das Tal des Mhanadi erreicht und ritt auf die Uferstraße zu, um an der nächsten Anlegestelle mit einer Fähre auf die Rashduler Seite des großen Flusses überzusetzen. In der Ferne erspähte er bereits die weißen Gipfel des Balash.

Hinter der nächsten Windung des Flusses lag Rashdul. Er trieb sein Pferd an, das in einen leichten Galopp verfiel. Geschickt wich er einem Ochsenfuhrwerk aus und überholte einen Wanderer, der sich auf seinen Stab stützte. Eine Schar von jungen Wüstensöhnen, die offensichtlich zum ersten Mal Rashdul besuchten, ließ er ebenfalls hinter sich.

Seine Gedanken schweiften ab.

Nachdem er dieses Juwel abgeliefert hatte, würde er in das Herz des Balash, die Rashduler Berge aufbrechen. Dort hoffte er das zweite Juwel zu finden; und wenn dieses Unterfangen genauso leicht war wie das erste, war er der Aufgabe bald ledig.

Er zuckte zusammen, als ihm eine Abteilung der Rashduler Reiter entgegenkam. Seine Augen weiteten sich, als er ihren Anführer, Fasul ibn Rachman, erkannte. Der Heerführer und legendäre Kämpfer saß aufrecht auf einem edlen Shadif-Rappen und hatte die Hand auf den Widerrist des Pferdes gelegt.

Koshul hatte bereits viel von ihm gehört und bewunderte den Krieger von altem Rashduler Blut seit seiner Jugend. Er wußte, daß Fasul den Mut und die Tapferkeit eines Hadjiin – er biß sich auf die Lippen –, eines Kämpfers der Löwengarde besaß.

Er musterte ihn aufmerksam und wurde seinerseits beobachtet, wie er feststellen mußte. Ein fast unmerkliches Lächeln umspielte die Lippen Fasul ibn Rachmans, dem ein Nicken folgte.

Koshul zügelte sein Pferd und ließ die Reiter an sich vorüberziehen. Er starrte der Abteilung nach. Bei der göttlichen Löwin! Konnte es sein, daß er soeben erfahren hatte, wer der Krallenherr war? Warum sonst hatte der Mann ihn gegrüßt? Der Dashinim ballte erregt eine Faust und verharrte auf der Stelle, bis die Reiter außer Sicht waren.

Ich kann mir nicht vorstellen, daß er nur einer der Meister ist, von denen ich auch nicht alle kenne. Bei Rondra, ich bin stolz, ihm zu folgen! dachte er, ehe er sich aus seiner Erstarrung riß und den Weg fortsetzte. Den Stein würde er in einem der Verstecke der Dashinim in Rashdul hinterlegen, um daraufhin die Stadt sofort wieder zu verlassen.

»Jamil!«

Djamilla grinste Abu an und fragte ihn unschuldig: »Ja, was ist?«

»Du bist dran«, mahnte sie der häßliche Treiber und deutete auf den Teppich mit den Steinen vor sich. Sie saßen in der Nähe des großen Lagerfeuers und beschäftigten sich damit, eine Partie Rote und Weiße Kamele zu spielen.

Djamilla blickte auf die Spielfläche. Sie war mit ihren Gedanken weit abgeschweift und brauchte nun eine ganze Weile, um den nächsten Zug auszuführen. Allerdings nutzte auch das nicht viel. Abu schüttelte den Kopf, sagte nichts und nutzte ihren Fehler aus. Mit einem tiefen Seufzen nahm er einen ihrer Spielsteine vom Brett und legte ihn zu den anderen, die er ihr schon abgenommen hatte.

Djamilla zuckte mit den Schultern, während ihr Blick wieder auf Haref ben Yussuf, den Karawanenführer, fiel. Dieser saß mit überkreuzten Beinen am Lagerfeuer, nippte ab und an an einer Tasse heißen Tee und lauschte der wortreichen Erzählung eines Haimamud, der eine Liebesgeschichte zum besten gab.

Inzwischen hatten sie Rab El'Dash hinter sich gebracht, und die Landschaft veränderte sich: Die vertraute Fruchtbarkeit des Mhanaditals begann immer mehr zu schwinden und machte einer Steppenlandschaft Platz, die die Ödnis der Khom erahnen ließ. Djamilla fühlte sich unwohl und fragte sich, warum sie nicht schon längst verschwunden war. Noch benutzten sie eine Straße, auf der sie auch allein zurück nach Rashdul finden konnte.

Aber der Karawanenführer war darauf bedacht, sie nicht gehen zu lassen. Wann immer sie versucht hatte, sich abzusetzen, war einer der Wächter zur Stelle gewesen. Chalid al Bekschr, wie ihn Abu genannt hatte, war ein Menschenjäger, der für die Sklavenjagd in den Regenwäldern der wilden Mohastämme zu alt geworden war. Die Diebin suchte den Krieger unter den Wächtern. Er überragte die meisten um eine Handbreit und war damit leicht zu erkennen. Aber er hatte Djamilla durchschaut und sie immer ertappt, wenn sie einen Fluchtversuch wagte.

Er und Haref ben Yussef waren nicht das, was sie zu sein vorgaben, das witterte Djamilla gegen den Wind. Vielleicht hielten sie sie für eine Spionin, die herausbekommen wollte, was sie vorhatten.

Sie blieb wachsam und nahm sich vor, einen weiteren Fluchtversuch zu unternehmen, auch wenn sie im Grunde froh war, nicht alleine zu sein. Zwar erwies sich das Land jenseits der Stadtmauern nicht als gar so schrecklich wie in den Erzählungen der Reisenden – bisher waren sie von Überfällen wilder Stämme und von Unfällen verschont geblieben – aber das konnte sich in den nicht mehr allzu fernen, sonnendurchglühten Ebenen der Khom ändern.

Abu hatte ihr erzählt, daß sie die große Wüste in ihrer Länge durchqueren wollten, um das ferne ›Liebliche Feld‹ zu erreichen. Dort würden ihre kostbaren Waren wesentlich mehr einbringen und dieses Wagnis wettmachen. In Hayabeth, einer Oase am Rande der Khom, würde sich der Zug von dreißig Kamelen mit einer weit größeren Karawane vereinen, um gegen Überfälle besser geschützt zu sein.

Der alte Treiber hatte diese Reise schon mehrere Male in seinem Leben gemacht und wußte viel von seinen Erlebnissen zu erzählen. Sie hörte ihm gerne zu, denn er pflegte nur wenig zu übertreiben und blieb trotz seiner blumigen Schilderungen nahe an der Wahrheit.

Mittlerweile mochte sie diesen einfachen Mann, der in ihr einen Lehrling oder sogar Sohn zu sehen schien. Er deckte sie immer wieder mit guten Ratschlägen ein, wenn sie arbeiteten:

»Schüttle deine Decke aus, bevor du dich schlafen legst, du Kind der Unvernunft, oder möchtest du den Biß des Skorpions spüren, der sich in ihr verborgen hat?« So rettete er ihr einmal das Leben.

»Hüte dich vor den Frauen, mein Sohn, sie sind zwar liebliche Blüten, von deren Duft man nie genug bekommen kann, aber genauso hinterlistig wie ein Fuchs und dornig wie eine Rose!« wußte er zu bemerken, wenn wieder einmal eine der mitreisenden Frauen ihre Dienerinnen zu geräuschvoll scheuchte oder unmögliche Dinge forderte.

Es gab viele Dinge, die Djamilla, der Sharizad und Diebin, neu waren. Sie lernte ein Kamel zu versorgen und zu erkennen, in welcher Stimmung es war, Lasten richtig aufzupacken und einen Tagesmarsch kräftesparend durchzustehen. Sie merkte sich das, was ihr sinnvoll und wichtig erschien. Inzwischen kümmerte sie sich mit Abu um zwei Kamele, nachdem einer der Treiber, der von einer giftigen Schlange gebissen worden war, in Rab El'dash zurückgelassen werden mußte. Zwar würden sie einen anderen erfahrenen Mann in Al Tamur suchen, aber bis dahin konnte sie sich bewähren. Abu hielt einiges von ihr, wenn er sie auch selten lobte.

Sie lächelte. Von der Shanja der Diebe zu einem Kameltreiber, wer hätte das gedacht! grübelte sie. Ein schöner Aufstieg! Aber vielleicht ist es so besser. Nadan wird unvorsichtig werden, wenn ich monatelang nicht zu finden bin. Dann kann ich ihn leichter vom Thron stoßen!

Langsam fing sie an, neugierig zu werden und den Wunsch zu verspüren, sich den neuen Anforderungen zu stellen, die die Begleitung einer Karawane mit sich brachte.

Sie tastete mit einer Hand nach dem Amulett unter ihrem Hemd – und verschob fahrig einen Stein auf dem Spielbrett, weil Abu sie dazu aufforderte.

Sie erinnerte sich wieder daran, wie alles begonnen hatte. Die Mörder ihrer Schwester liefen immer noch frei herum, aber wie sollte sie den Vernarbten jetzt noch finden, dem sie das Amulett gestohlen hatte? Djamilla biß sich auf die Lippen. Sie war nicht darauf versessen, mit der Suche ihr ganzes Leben zu vergeuden!

Während Abu einen Stein setzte beobachtete sie, wie ein Fremder den Kreis der Wächter durchschritt und die Zügel seines Pferdes einem der Jungen gab. Sie konnte sein Gesicht in der Dunkelheit nicht erkennen, aber etwas an seiner Art zu gehen kam ihr bekannt vor.

Und dann trat er in den Lichtkreis des Feuers. Djamillas Augen weiteten sich, unwillkürlich zuckte sie zusammen und drehte sich so, daß der Neuankömmling kaum mehr als einen Teil ihres Profils erkennen konnte.

Ilnamar ay Shorn! Liebliche Rahja, was machte der hier?

»Du hast verloren«, unterbrach Abu ihre Betrachtung

und schüttelte wieder den Kopf. »Was ist heute nur los mit dir, Junge? Hat dich die Arbeit erschöpft oder bist du zu müde? – Dieser Fremde scheint dich abzulenken ...«

Die Diebin beobachtete den unerwarteten Gast möglichst unauffällig, während in ihrer Brust die Gefühle tobten. Was würde Ilnamar tun, wenn er sie erkannte? Hieß es nicht, daß er seinen Posten als Stadtwachenkommandant aufgegeben hätte? Wie weit würde sein Gerechtigkeitssinn gehen? Dennoch freute sie sich, ihn zu sehen und herauszufinden, warum er sich gerade hier aufhielt. Nun, bar aller Verpflichtungen und Gegensätze, konnte sie vielleicht ...

Sie seufzte und erinnerte sich, wie sie begonnen hatte, ihn zu lieben und zu begehren. Zuerst war es nur eine faszinierende Spielerei gewesen, den Hadjiin herauszufordern und ihn womöglich zu verleiten, einen seiner Eide – den der Keuschheit – zu brechen; aber bald hatte sie ihn trotz aller Feindschaft bewundert und Zuneigung für ihn empfunden. Er war immer eine Herausforderung gewesen – und das nicht nur in bezug auf ein Liebesabenteuer.

Inzwischen wußte sie, daß sie ihn gerade wegen seines ehrlichen und aufrechten Wesens liebte. Und Ilnamar? Er erwiderte ihre Gefühle sicher nicht. Wenn er überhaupt welche besaß!

Der ehemalige Stadtwachenkommandant trat zielstrebig auf Haref zu und sprach ihn an. Djamilla konnte nur Fetzen der Unterhaltung aufschnappen, während sie so tat, als sei sie müde. Doch im Innern versuchte sie sich einen Reim aus den Worten zu machen. Wenn Haref einen Mann einlud, sich neben ihn zu setzen, bedeutete das, daß er ihn besonders ehrte. Würde er bei ihnen bleiben und bis Hayabeth mit ihnen reisen? Djamilla spürte einen kalten Schauder über ihren Rücken fahren.

9. Kapitel

Koshul blickte voraus zu den hohen und schroffen Bergen. Um ihre Gipfel lagen bereits die Schatten der tiefstehenden Sonne. Seufzend dachte Koshul an die letzten Tage. Er hatte das erste, so leicht errungene Juwel in dem Versteck in Rashdul hinterlegt und dort eine kurze Nachricht des Krallenherren gefunden. Dieser befahl ihm, sich zu beeilen, da die Zeit knapp wurde.

Diese Eile beunruhigte Koshul, denn er wußte nicht, wie lange er brauchen würde, um den Ort zu finden, an dem der Dieb des Juwels verschwunden war.

Er hatte Rashdul hinter sich gelassen und war dem Lauf des Schuboch gefolgt, bis sich das Tal verengte. Nachdem er die Straße verlassen hatte, war er nur auf wenige Menschen getroffen, zumeist Bauern, die die kleinen Felder an den überfluteten Ufern des Flusses bestellten. Hinter den Quellen des Flusses war er nun schon seit mehreren Tagen der einzige Mensch gewesen.

Er kam nur langsam voran, mußte er doch viele Hindernisse umgehen: Spalten im Boden, Dornengestrüpp, Felsklippen, die von Geröllfeldern umgeben waren, auch den einen oder anderen reißenden Bach. Schließlich wandte er sich nach Osten und kam in kleine, recht fruchtbare Täler, in denen sich der Wind und der Regen fingen.

Nach einem heftigen Regenschauer entdeckte er Hirten, deren Mherwedböcke und Rashduler Drehhörner weit über das Tal verstreut weideten. Gerade vertrieben sie sich die Zeit damit, Tee vor den Zelten zu trinken und Geschichten zu erzählen. Koshul erkundigte sich nach einem sicheren Weg in die höheren Täler, um mit ihnen ins Gespräch zu kommen.

Die Männer schienen froh zu sein, endlich einmal einen Fremden zu treffen, der ihnen Neuigkeiten brachte, und erklärten ihm den Weg in aller Ausführlichkeit. Sie nahmen ihn gastfreundlich auf, fragten ihn nach diesem und jenem, während die Frauen sich bescheiden zurückhielten und nur in seine Nähe kamen, wenn sie Tee oder Essen brachten – so wie es Koshuls eigene Frau zu tun pflegte. Der Dashinim dachte nur kurz an sie und seine Söhne, die in Rab'El Dash lebten und bang auf seine Rückkehr warteten. Seine Aufgabe war wichtiger, denn davon hing ihrer aller Wohl ab. Versagte er, würde seine Sippe dies ebenso zu spüren bekommen, und dieses Wissen verbitterte ihn.

Seit drei Tagen streifte er durch die Hochtäler und gelangte immer näher an die kargen Gipfelregionen, aber noch hatte er keinen Hinweis auf das, was er suchte, gefunden – nicht einmal in den Geschichten der Hirten, denen er aufmerksam gelauscht hatte. Er war nahe daran zu verzweifeln. Ob er hier in dieser engen Schlucht, die immer wieder von weit hineinragenden Graten zerschnitten wurde, überhaupt noch jemanden finden würde, den es sich zu fragen lohnte?

Gerade als er sein Pferd wieder antreiben wollte, vernahm er eine Stimme: »Bei den Sturmwinden, Fremder, wohin wollt Ihr?«

Koshul wandte sich im Sattel um und blickte in das freundlich lachende Gesicht eines Jünglings, der ein zappelndes Lamm in seinen Armen hielt. Er trug eine von einer schmutzigen Schärpe gehaltene Pluderhose, ein weites Hemd und eine Weste.

»Ihr habt mich gar nicht gehört«, sagte der Bursche vorwurfsvoll. »Kommt Ihr aus der Stadt? Ihr seid nicht von hier oben!«

»Das ist richtig«, entgegnete Koshul langsam, ärgerlich darüber, daß er nicht aufmerksam genug gewesen war, um den Jungen früher zu bemerken, und kniff die Augen zusammen. »Ich bin ein Reisender.«

»Dann habt Ihr bestimmt viel Neues zu erzählen!« Der Jüngling blickte sich um. Sein halblanges Haar war durch ein Tuch zurückgebunden, so daß es bei dieser schnellen Bewegung nicht ins Gesicht fiel. Koshul wunderte sich, daß der Bursche so vertrauensselig war und ihn einfach angesprochen hatte. Er spähte unauffällig um sich, doch kein Busch oder Felsbrocken, der nahe genug war, bot Deckung für einen Bogenschützen.

»Du bist recht neugierig, mein Junge«, entgegnete er bedächtig.

»Ja«, seufzte dieser und kam näher. »Es geschieht nicht viel hier oben, hierher verirren sich kaum Fremde. Nur mein Vater und mein Onkel reisen einmal im Jahr nach Rashdul und verkaufen die schönsten Mherwedböcke.

Wenn Ihr wollt, könnt Ihr mitkommen, meine Familie lagert gleich hinter den Hügeln bei dem Wäldchen. Sie freuen sich bestimmt, von einem weitgereisten Gast zu erfahren, was anderswo geschieht!«

Koshul atmete tief ein. Was sollte er auch anderes erwarten, aber das furchtlose (oder sollte er besser sagen – unvorsichtige) Verhalten des Jünglings machte ihn neugierig auf die Sippe, die sich so weit oben in den Bergen aufhielt.

»Ich danke dir«, entgegnete er. »Und ich will eure Gastfreundschaft mit Geschichten und Neuigkeiten vergelten.«

Asim, so nannte sich der Jüngling, führte Koshul zu seiner Sippe. Bei den drei Zelten verabschiedete er sich, um zu der in der Talsenke weidenden Herde zu laufen.

Der Dashinim bekam zunächst einen zahnlosen alten Greis vor dem Kochfeuer und eine geschäftig umhereilende Matrone zu Gesicht. Beide beäugten ihn mißtrauisch. Ihr Argwohn wich jedoch, als Koshul die alte Grußformel sprach und so seine guten Absichten zeigte.

»Ich komme in Frieden an euer Feuer«, sagte er und hatte sich damit ihrer Gastfreundschaft versichert und sich verpflichtet, diese zu achten.

Die Matrone reichte ihm einen Becher mit Wasser, Brot und Salz zum rituellen Empfang.

Dann lud sie Koshul ein, sich ans Feuer zu setzen, und rief etwas in Richtung der Zelte, aus denen Kinder und junge Frauen auftauchten, die sich jedoch von ihm fernhielten. Nur ein Kind blickte neugierig herüber. Es kümmerte sich erst wieder um seine Aufgaben, als die Matrone es heftig ausschimpfte.

Der alte Mann hatte Koshul neugierig gemustert und etwas in seinen verfilzten Bart gemurmelt, den Gast aber nicht angesprochen. Nur das schwarzhaarige Mädchen, das ihnen den Tee brachte, lächelte Koshul an.

»Woher kommt Ihr, weitgereister Fremder?« fragte sie und blickte ihm ins Gesicht. Koshul sah in die hellbraunen Augen und fühlte sich unwohl, blieb aber ruhig, während er an seiner Tasse nippte.

»Aus Rashdul, vorwitzige Blüte des Hochlandes.«

»Rashdul!« Ihre Augen bekamen einen verträumten Ausdruck. »Ich würde auch gerne einmal diese wunderschöne Stadt sehen, und die ...«

»Schwatz nicht so viel, Daysha, und höre auf, unseren Gast zu belästigen!« fuhr die Matrone dazwischen und scheuchte das Mädchen mit einer heftigen Geste fort, wobei der alte Mann schmunzelnd das zerfurchte Gesicht verzog und brummelte: »Diese Jugend ... hmhm. Sie ist genauso wie ihr nichtsnutziger Bruder ... Aus Rashdul kommt Ihr, guter Mann? Und was führt Euch in diese von den Göttern verlassene Gegend, hmhm?«

Der Dashinim zuckte mit den Schultern. »Ich bin

hierhergekommen, um mein Glück zu machen«, sagte er leichtfertig.

Der Greis sah ihn erstaunt an. »Euer Glück? Bei dem gestrengen Herrn Boron, Ihr seid ein Mann in reifem Alter! Nicht so ein jugendlicher Taugenichts wie mein Sohn...«

Hinter sich hörte Koshul die Matrone unwillig schnauben und etwas zu dem Mädchen wispern. Der Greis schien vergessen zu haben, was er eigentlich hatte wissen wollen, und beugte sich vor. Eine krallenartige Hand, von pergamentener Haut überzogen, richtete sich gegen Koshul.

»Ihr müßt wissen, mein ältester Sohn war ein Herumtreiber. Auch er wollte sein Glück machen und glaubte den Geschichten der verrückten alten Chrenjah, möge sie in den tiefsten Abgründen verrotten! Sie stopfte die Köpfe meiner Kinder voll mit den Geschichten von geheimnisvollen Orten, an denen es große Schätze geben sollte... hmmmrrr... bewacht von mächtigen Dschinni... hmpf...« Der Alte schnaufte und sabberte. Koshul nippte weiter an seinem Tee und beschloß zuzuhören. Einen Augenblick hatte er erwogen, den Alten zu unterbrechen, aber nun hielt er die Matrone zurück: »Laßt ihn nur, gute Frau, es stört mich nicht!«

Der Greis öffnete wieder den Mund und begann zu schluchzen. Er erzählte tränenreich von seinem ältesten Sohn, in den er alle Hoffnungen gesetzt hatte. Dieser war sein ganzer Stolz gewesen, hatte durch seine Heirat die Herde vermehrt und wußte gute Preise auszuhandeln. Bis zu dem Tage, an dem er die Weiße Quelle des Schuboch suchte, wo es bessere Weidegründe geben sollte, und statt dessen einen gemeißelten Eingang in einem Felsen entdeckte.

Sein Sohn hatte sich an die Geschichten der alten Chrenjah erinnert und dahinter große Schätze vermutet. Trotz aller Warnungen seiner Mutter, die mit seherischen Träumen gesegnet gewesen war, hatte er nur über ihre Worte gelacht und war gegen den Willen der Familie noch einmal losgezogen, um sich das Innere der Höhle anzusehen. Er war niemals wieder zurückgekommen.

Der alte Mann verfiel in düstere Beschwörungen: »Das Böse der Welt hat dort selber seinen Ursprung! Bei der gnadenreichen Tsa! Die alte Chrenjah hatte doch recht mit ihren Warnungen, denn es war nicht nur mein Sohn, es waren auch viele Fremde, die diesen verfluchten Ort betraten! Ich sage dir, junger Mann, sei kein törichter Jüngling! Gebe dich mit dem zufrieden, was du hast! Jeder, der sich da hineinwagt, ist für die Götter und die Menschen verloren.«

Koshul lauschte jedem dieser Worte aufmerksam und versuchte, eigene Schlüsse daraus zu ziehen. Auch das Grab des Diebes war unheimlich gewesen. Schaudernd dachte er an das halb aufgerichtete Skelett – war es nur eine Sinnestäuschung oder Wirklichkeit gewesen? Die herabstürzenden Felsen hatten diese Antwort vor ihm verborgen.

Genausogut konnte der Sohn des alten Mannes auch durch Steine erschlagen worden oder in eine Fallgrube gestürzt sein. Die Hirten erzählten gerne solche düsteren Geschichten. Deutlich erinnerte Koshul sich an diejenige des verfluchten Dorfes, das ein zorniger Dschinni, von seinem Meister betrogen, in die Felsen eingeschlossen hatte. Nur alle Menschenalter einmal öffnete sich ein Tor, um Sterbliche ins Verderben zu locken. So erklärten sie das Verschwinden ihrer Söhne, Männer und Väter.

Aber der alte Mann hatte das Ganze so überzeugend vorgetragen, daß er ihm glaubte, auch wenn der Greis jetzt zusammensank und nur noch schluchzte.

Koshul schreckte auf, als sich das Mädchen neben ihn kauerte und ihm neuen Tee eingoß. »Die anderen sagen, mein Urgroßvater ist so, seit er seinen Sohn verlor.«

Sie sah sich kurz um. »Und es ist was Wahres dran!« Ihre Stimme wurde leise. »Asim und ich haben uns einmal verlaufen, als wir noch klein waren. Die Herde graste weiter oben in einem Tal, und wir haben es erkundet. Da haben wir ein Tor im Fels gesehen. Doch bevor wir es uns genauer anschauen konnten, kam Vater und hat uns fortgeholt und bestraft. Ich weiß aber noch, wo es ist. Ich habe mich im letzten Sommer noch einmal dahin geschlichen!«

Der Dashinim nickte. Er fragte sich, ob sich die Kleine nur wichtig machen wollte. Ehe er sich dessen versichern konnte, sprang sie erschreckt auf und winkte jemandem zu, der sich schnellen Schrittes näherte.

Im Hintergrund vernahm er das vertraute Blöken der Mherwedschafe, die von den Männern zusammengetrieben wurden. Die Sonne war mittlerweile hinter den Bergen verschwunden.

Ilnamar ay Shorn ritt neben dem Karawanenführer her und musterte den Mann von der Seite. Haref ben Yussuf war sicher ein aufrechter Mann, wenn er ihn auch noch nicht ganz durchschaute.

Vor sieben Tagen hatte er Shalat verlassen und war über die Gebirgspfade des Aschubim, vorbei an den Quellen des Schuboch, zielstrebig auf Al'Tamur zugeritten. Nur einmal hatte er seinen Weg ändern müssen, weil er der Meinung gewesen war, daß ihn jemand verfolge.

Ilnamar nahm an, daß es ein oder mehrere Dashinim waren, die ihm nachspürten. Sie hatten noch nicht gewagt, ihn anzugreifen, aber er erwartete dies jeden Tag.

So war er höchst erfreut gewesen, schon vor Al'Tamur eine Karawane zu finden, deren Ziel Hayabeth war. Mit dreißig Kamelen erschien sie ihm recht klein, aber der Karawanenführer hatte ihm erklärt, daß sie sich mit einer weiteren vereinigen würde, sobald sie die Oase erreichten.

Unter dem Schutz eines Hadjiin fühle er sich nun viel sicherer, hatte Haref ben Yussuf betont und mit Freuden angenommen, als Ilnamar gebeten hatte, sie begleiten zu dürfen.

Der ehemalige Stadtwachenkommandant achtete nicht besonders auf die Treiber, auch wenn ihm einer der jüngeren Burschen bekannt vorkam. Lächelnd hatte Haref ben Yussuf von einer Rashduler Straßenratte erzählt, die sich eingeschlichen hatte, und so glaubte Ilnamar zu wissen, warum sich der Jüngling von ihm fernhielt. Vermutlich war er wegen irgendwelcher Gaunereien aus der Stadt geflohen.

Doch der Dienst an der Gerechtigkeit in Rashdul lag nun weit hinter ihm. Ilnamar spürte, daß die Verweichlichung, die das Stadtleben mit sich gebracht hatte, von ihm wich. Das kam ihm zugute, denn allmählich wich die Steppe dem Ödland. Die Wiesen zu beiden Seiten der Straße waren dürr und von steiniger Erde durchbrochen, und das letzte Waldgebiet, das sie durchquert hatten, war bereits trocken und ausgedörrt. Sie fanden noch genug Brunnen, um die Tiere zu tränken und ihre Wasservorräte aufzufüllen. Dies würde bis Hayabeth so bleiben.

Hayabeth – ein letzter fruchtbarer Flecken, hinter dem die lebensfeindliche Wüste begann. Die Oase selber lag zwischen schützenden Felsen, aus denen auch die Quellen sprudelten, die den kleinen See speisten …

Seine Gedanken schweiften zu dem Ort ab, in dem er die ersten neun Jahre seines Lebens verbracht hatte. Der Karawanenführer riß ihn plötzlich aus seinen Gedanken.

»Dort sind die Al'Rachim, die Vorberge. Wir werden noch drei Tage bis Hayabeth brauchen!«

Die ins Lager kommenden Hirten unterschieden sich nicht sehr von denen, die Koshul bereits kennengelernt hatte. Sie verzehrten bei einem gemeinsamen Mahl auf heißen Steinen gebackene Fladen, Schafskäse und stark gewürzte Fleischstreifen.

Später hockten sich die Männer zu Koshul ans Feuer und schlürften stark gesüßten Tee, zu dem sie Datteln knabberten. Die Frauen räumten die Reste des Essens fort und setzten sich erst später zu ihnen, hielten sich auch dabei bescheiden im Hintergrund und lauschten stumm den Männern.

Koshul antwortete, so gut er konnte auf die Fragen der Hirten, die um Neuigkeiten aus Rashdul und dem Umland, aber auch um die Preise für Mherwedböcke kreisten. Um vor ihnen sein Gesicht nicht zu verlieren, schwindelte er vor allem bei letzterem, weil er sich nicht mit Schafen auskannte. Zwar besaß auch er Land, aber seine Familie hielt auf den Weiden Rinder und zog Reis an den Ufern des Mhanadi.

Mit der Zeit wurde seine Kehle vom Sprechen immer rauher. Zwar konnte er sie mit dem Tee immer wieder anfeuchten, doch ihm wurde kaum eine Pause gegönnt.

Drei der Männer gaben sich recht mürrisch und einsilbig und beobachteten ihn nur. Die anderen kannten nur wenige Themen: ihre Tiere, die Weidegründe und Gefahren der Berge, ihre Jagden auf gefährliche Raubtiere und ihre Reisen nach Rashdul.

Mehrfach versuchte Koshul, das Gespräch auf das geheimnisvolle Portal zu lenken.

Eine Gelegenheit bot sich, als einer der Hirten ihn neugierig fragte: »Und was führt Euch in diese Gegend? Fremde verirren sich nur sehr selten in dieses Gebiet.«

Der Dashinim lächelte: »Ich bin gekommen, um alten Legenden nachzugehen. Für einen Gelehrten aus Rashdul suche ich ein seltsames Portal, hinter dem es Reichtum und Glück geben soll. Mein Herr lauscht gerne den Geschichten der Haimamud, so närrisch sie auch sein mögen. Einige sind vielleicht wahr, wie die, der ich gefolgt bin. Der Erzähler vertraute ihm schließlich an, er habe die Sage aus dem Munde eines weisen alten Mannes aus dem Aschubim vernommen.«

Die Männer schwiegen und beäugten Koshul mißtrauisch. Nur der Greis hatte mit einem Blitzen in den Augen aufgehorcht und machte sich durch Murmeln bemerkbar.

Als er die Geschichte seines Sohnes noch ein zweites Mal zum besten geben wollte, unterbrach ihn einer der Hirten, bevor er richtig begonnen hatte.

»Es ist genug, Großvater. Du mußt jetzt schlafen gehen. Du bist müde!« maßregelte er den alten Mann wie ein kleines Kind.

Er gab zwei Frauen einen Wink, die sich rasch erhoben und den Greis hochhoben. Sein Gezeter verstummte wenig später in einem der Zelte. Der Hirte sah sich in der Runde um, und seine Augen blitzten drohend. »Wir wollen nicht mehr darüber reden«, gab er Koshul deutlich zu verstehen.

Nach diesem Zwischenfall waren die Hirten unfreundlicher geworden, und es dauerte nicht mehr lange, bis sie sich mit ihren Familien zurückzogen.

Koshul nächtigte am Feuer. Die Frauen hatten ihm an einer geschützten Stelle ein Lager bereitet, ehe sie verschwunden waren, und so streckte sich der Dashinim aus und starrte in den wolkenverhangenen Himmel. Ein kühler Wind trug ein seltsames Heulen herüber, aber Koshul kannte die unheimlichen Laute des Winselgrases zur Genüge und achtete nicht weiter auf das Gewimmer. Anderen hätte das unheimliche Wehklagen sicher Angst gemacht.

Es hatte keinen Sinn, darüber nachzugrübeln, wie er die Lage des Portals erfahren könnte. Die Hirten wollten nicht darüber reden. Wie sollte er sie dazu zwingen?

Plötzlich vernahm er Geräusche, die weder zum Wind, noch zu den umherstreifenden Nachttieren gehörten. Seine Hand glitt zum Dolch, den er niemals ablegte, während er den Kopf vorsichtig zur Seite drehte. Hinter dem Feuer nahm er eine Bewegung wahr.

Lautlos zog er die Klinge. Wer auch immer ihn überfallen wollte, würde kein Glück damit haben. Kein Wunder, daß ihn der Knabe einfach eingeladen hatte: Vermutlich war er unter Gesindel geraten, das seinen Lebensunterhalt mit dem Mord an Fremden aufbesserte!

Er wartete, bis die Gestalt um das Feuer gekommen war und sich über ihn beugte. In dem schwachen Lichtschein konnte er nicht erkennen, wen er vor sich hatte, aber es konnte keiner der Männer sein. Die Person war zu klein und zu schmal.

Koshul schnellte hoch und krallte seine Hand in das Hemd seines nächtlichen Besuchers, riß ihn zu sich herunter, rollte sich auf ihn und setzte ihm den Dolch an die Kehle, ehe dieser schreien konnte.

»Keinen Laut, wenn du willst, daß ich dich am Leben lasse!« zischte er und verlagerte sein Gewicht, während er mit der freien Hand nach einem brennenden Holzscheit langte. Er leuchtete seinem Gefangenen ins Gesicht, der geblendet die Augen zusammenkniff.

»Du bist Daysha! Was willst du von mir?« fragte er das Mädchen und warf den Scheit zurück ins Feuer. Er zog die Klinge ein Stück zurück

»Ich weiß, daß es Euch wichtig ist, den Eingang zu finden, sonst hättet Ihr meine Onkel nicht mehrmals gefragt. Sie sind sehr wütend darüber, denn dadurch wurde der Alte noch verwirrter als zuvor... Ich habe Euch einen Vorschlag zu machen«, sagte Daysha leise, die Augen vor Angst weit geöffnet.

»Dann beschreibe mir den Weg dorthin, und ich werde vergessen, daß du zu mir gekommen bist, und dich am Leben lassen«, murmelte Koshul grimmig.

Doch das Mädchen schien mutiger zu werden. »Das

ist nicht, was ich will«, erklärte sie. »Ich zeige Euch den Weg nur, wenn Ihr mich nach Rashdul mitnehmt!«

»Was?«

»Still!« ermahnte sie ihn zitternd. »Ihr dürft nicht so laut sprechen, denn meine Onkel haben einen leichten Schlaf, und wenn sie uns so sehen, bringen sie uns beide um.«

Koshul sah sich um. Sie hatte recht. So, wie er auf ihr hockte, konnten die Hirten nur eines denken – daß er die Ehre eines ihrer Mädchen antastete, und er war selbst Vater, um zu wissen, wie erzürnt sie sein würden. Dennoch wollte er sich nicht erpressen lassen. Dieses verdammte kleine Luder brachte ihn nur noch mehr in Schwierigkeiten! Wenn er sie nicht umbrachte, hetzte sie ihre Familie auf ihn. Aber sie wußte, wo das Portal war.

Er überlegte kurz. Natürlich konnte er zum Schein auf ihren Wunsch eingehen und sie später umbringen. Dieses einfältige Hirtenmädchen würden nur wenige Menschen vermissen.

»Also gut«, zeigte er sich umgestimmt und steckte das Messer wieder weg, während er von ihr stieg und sie am Arm packte. »Dann sollten wir sofort aufbrechen.«

10. Kapitel

Djamilla lugte vorsichtig hinter den zerklüfteten Felsen hervor. Sie war Ilnamar ay Shorn gefolgt, um herauszufinden, was er jeden Morgen abseits der Karawane trieb. Diesmal hatte Haref, der Karawanenführer, sie nicht mit neuer Arbeit davon abhalten können, hinter dem Hadjiin herzuschleichen. ›Jamil‹ war rechtzeitig, bevor er brüllte, verschwunden.

Sie grinste zufrieden. Als Ilnamar ay Shorn allerdings in Sicht kam, riß sie Mund und Augen verdutzt auf.

Sie hatte schon vermutet, daß der ehemalige Stadtwachenkommandant seine Morgenübungen durchführte, wie es auch die Wachen bei der Karawane taten. Aber niemals zuvor hatte sie einen Hadjiin einen Schattenkampf ausführen sehen. Er war kein Vergleich zu dem nachlässigen Scheingefecht, das die anderen Krieger als lästige Pflicht ansahen.

Für Ilnamar war der Schattenkampf ein unverzichtbarer Teil seines Lebens. Er bewegte sich geschmeidig über den felsigen Boden – mit der tödlichen Grazie eines Schwerttänzers ließ er seine Klinge wie einen flammenden Blitz in der aufgehenden Sonne zucken, webte ein glitzerndes Netz um seinen Körper. Dabei machte er kaum Geräusche, und die Laute, die er ausstieß, schienen dazuzugehören und seine Hiebe zu verstärken. Sein Gesicht, soweit sie es von hier oben erkennen konnte, war angespannt.

Die Sharizad in Djamilla erkannte den komplizierten Rhythmus, dem der Kämpfer folgte, und spürte die lautlose Musik, die dazu gehörte und die in ihm war. Ihre Finger bewegten sich, als ihr Körper zu kribbeln begann. Es war so verlockend, sich zu ihm zu gesellen und seinen Tanz zu teilen... Aber sie durfte sich nicht verraten und ihn durch solch ein Verhalten verärgern. Für Ilnamar ay Shorn war der Schwerttanz kein Spiel.

Djamilla schüttelte staunend den Kopf. Sie hatte bisher geglaubt, Ilnamar sei ihr so fremd wie dem Wasser das Feuer, doch nun zeigte sich hier eine Gemeinsamkeit.

Ilnamar tanzte mit entblößter Seele, und das war es, was ihn bewogen hatte, sich zurückzuziehen. Er legte mehr als nur die in jahrelanger Übung erlernten Schlag- und Schrittfolgen in die Bewegungen. Blieb sein Gesicht auch starr und ausdruckslos, so verrieten ihn seine Gesten um so mehr: Zorn in einem Abwärtshieb, Haß in einer Seitenbewegung, Verzweiflung und Mutlosigkeit, die von Wut auf seine Zweifel vertrieben wurden. Triumph in einer Drehung und einem Stoß, der auf einen unsichtbaren Gegner gerichtet war.

Der Hadjiin erzählte seine eigene Geschichte in den Bewegungen, meditierte dabei über seine Sorgen und fand neue Kraft und Willensstärke in dem Tanz.

Nun erst begriff Djamilla, warum sie ihn in Rashdul immer so beherrscht erlebt hatte. Gewiß hatte er dort einen abgeschiedenen Ort besessen, an dem er all das aus sich heraustreiben konnte, was ihn quälte – auch ihre Versuche, ihn zu verführen.

Djamilla erkannte, daß Ilnamar die Umgebung um sich herum vergessen hatte. Vielleicht täuschte sie sich auch, und seine Sinne waren wacher als je zuvor. Vorsichtig duckte sie sich wieder und preßte sich an das sonnengewärmte Gestein.

In diesem Augenblick bemerkte die scharfäugige Diebin eine Bewegung seitlich von ihr.

Ilnamar hatte noch einen zweiten ungebetenen Zuschauer bekommen. Djamilla kroch zwischen den Felsen hindurch, um einen besseren Blick auf ihn werfen zu können, und hielt im letzten Augenblick einen faustgroßen Stein fest, den sie weggestoßen hatte und der genau zu dem seltsamen Fremden hinuntergekullert wäre.

Sie kannte den in einen grauen Burnus gehüllten Mann nicht. Weder unter den Treibern noch den Mitreisenden hatte sie ihn gesehen. Zudem trug er einen Turban, an dem ein dunkles Schleiertuch festgesteckt war, das sein Gesicht zur Hälfte verdeckte.

Sie biß sich auf die Lippen. Was mag der Fremde vorhaben? fragte sie sich.

Als der Mann einen Pfeil anlegte und seinen Kurzbogen sorgfältig spannte, schleuderte Djamilla den Stein, den sie immer noch umklammert hatte. Sie sprang auf die Beine, als das Geschoß das Holz traf und der Pfeil in hohem Bogen gen Himmel sirrte und an einer Felswand zersplitterte.

»He!« schrie sie, ohne einen Blick auf Ilnamar zu werfen, und wedelte mit den Armen. »Du da unten – das ist aber nicht besonders ehrenhaft! Einen Mann aus dem Hinterhalt erschießen zu wollen, ist sogar recht feige zu nennen!«

Der Attentäter wirbelte herum und starrte sie haßerfüllt an. Sein Gesicht war wettergegerbt und zerfurcht wie das eines Wüstenbewohners. Er schleuderte den Bogen beiseite, um seinen Kunchomer zu ziehen.

Sie bückte sich und hob einen zweiten Stein auf.

Der Mann wollte auf sie zustürmen, aber schon war eine hochgewachsene, geschmeidige Gestalt heran und stellte sich ihm in den Weg. Ilnamar ay Shorn war angriffsbereit, doch der Mann wich ihm aus, versuchte an einer weniger steilen Stelle die Felsen hinabzuklettern, um dem gefährlicheren Gegner auszuweichen, doch ein zweiter Stein der Diebin traf seine Hand und verschaffte dem Hadjiin wertvolle Zeit, um aufzuholen.

Mit einem Schrei ging der Attentäter zum Angriff über, als er sich in die Enge getrieben sah, und stürzte sich auf Ilnamar, der ihm mit tänzerischer Leichtigkeit entgegentrat.

Djamilla jauchzte begeistert auf, dann aber schrak sie heftig zusammen: Der Kampfschrei des Fremden wurde mehrstimmig beantwortet! Von ihrem erhöhten Standplatz aus konnte sie die Reiterschar sehen, die sich, in eine Staubwolke gehüllt, der Karawane näherte und die Treiber und Wächter attackierte, die gerade mit dem Verstauen der Lasten beschäftigt waren. Nur einer schien die Reiter erwartet zu haben: Haref ben Yussef, den sie aus der Ferne erkennen konnte, zog seine Waffe und hieb den ihm am nächsten stehenden Mann der Karawane nieder. Er brüllte etwas, das sie nicht verstehen konnte, während sich die Reiter zerstreuten und tödliche Hiebe austeilten. Einige Kamele versuchten auszubrechen und vervollständigten das Durcheinander, während die Männer sterbend oder schwerverletzt zu Boden sanken. Die ängstlicheren Treiber ließen alles stehen und liegen und versuchten, in die Felsen zu fliehen oder die Räuber um Gnade anzuflehen, aber sie wurden alle niedergehauen. Djamilla schluckte.

Als sie wieder auf Ilnamar blickte, stand dieser mit erhobener Waffe über dem gestürzten Attentäter und sah zu ihr hinauf. Um seine Lippen spielte ein Lächeln. »Wer auch immer du bist, Junge, ich schulde dir mein Leben. Komm da herunter, aber sage mir zuvor, was du siehst!«

Djamilla nickte hastig und warf einen weiteren Blick auf das Gemetzel. »Der Kerl da war nicht allein!« rief sie ihm zu. »Hörst du den Kampfeslärm? Da unten sind seine Kumpane, vielleicht fünfzig Mann, die nun über die Karawane herfall ...!«

»Warte hier!« befahl der ehemalige Stadtwachenkommandant, ehe sie geendet hatte. Er drehte sich um und stieg den schmalen Weg hinunter, während Djamilla zu dem Attentäter kam und nach einer kurzen Berührung feststellte, daß er dem Tode nahe war. Sie dachte nicht daran, sich zu verstecken, sondern nahm die Waffe des Sterbenden auf, um Ilnamar zu folgen.

Im Tal tobte bereits ein heftiger Kampf.

Kamele stoben blökend davon, rannten in ihrer Panik Menschen nieder, die den Angreifern auszuweichen versuchten. Überall lagen Verletzte und Tote. Von allen Seiten erklang Schreien, Stöhnen und Wimmern. Zahlreiche Reiter waren von ihren Kamelen gesprungen und hatten die Wächter in Zweikämpfe verwickelt, die anderen verfolgten die Fliehenden oder streckten sie mit Pfeilen nieder. Die Fremden schienen tatsächlich jeden töten zu wollen, der Haref ben Yussef und seine Kumpane wiedererkennen konnte.

Djamilla kannte nur die Straßenkämpfe, die mit allen Mitteln geführt wurden – vor allem mit List und Tücke, nicht aber das offene Gefecht, in dem nicht viel Zeit blieb, in Deckung auf den Gegner zu lauern und sich neue Taktiken auszudenken. Sie wußte nicht, was sie tun sollte und blickte sich um.

Ilnamar hatte sofort viele Gegner um sich versammelt, als schienen sie zu wissen, daß er ein Hadjiin war. Entweder hatte er sich durch seine Kampfesweise zu erkennen gegeben, oder Haref hatte ihn verraten.

Sie fand keine Zeit mehr, darüber nachzudenken. Einer der Räuber hatte sie entdeckt und hielt sie für leichte Beute. Sie starrte auf die Waffe in ihrer Hand und schluckte, wollte fliehen – aber ein kämpfendes Paar versperrte ihr den Rückweg in die Felsen.

»He, Bursche, komm da herunter!« brüllte ihr Gegner und war fast heran. Sie hatte nur noch wenige Augenblicke Zeit, sich zu überlegen, was sie tun konnte. Sie war nicht geschult darin, mit einem Kunchomer umzugehen, und diese Waffe war besonders schwer. Vielleicht …

Djamilla lachte auf und stieß einen markerschütternden Angriffsschrei aus, den sie sich von einem der bärtigen und kantigen Nordmänner abgeschaut hatte.

Dann sprang sie auf den Erdboden und begann, den Kunchomer zu schwingen.

Und die Klinge beginnt ihr tödliches Lied: Wie des Falken Schwinge durchschneidet sie die Lüfte, sirrend, klingend. Scharf wie die Zähne des Löwen ist ihr Biß ..., rief sie sich die Anfangsstrophen eines Schwerttanzes in Erinnerung und benutzte dessen eindrucksvollste Figuren, um ihren Gegner zu überraschen. Das Blut begann in ihren Ohren zu rauschen, und sie spürte, wie ihre Glieder kribbelten.

Der Räuber stutzte, seine Augen weiteten sich, und er wich unwillkürlich einige Schritte zurück, als sie mit einem tänzerischen Angriff auf ihn zukam und die schwere Waffe durch die Luft wirbelte, als sei sie leicht wie eine Feder. Beeindruckt suchte er sich in einem erschöpften Treiber einen anderen Gegner.

Djamilla lachte schrill. »Gut gebrüllt, Löwin!« lobte sie sich und drehte sich, als sie einen anderen Mann in ihrer Nähe spürte.

Haref, der Karawanenführer und jetzige Wüstenräuber, blickte sie mit spöttisch verzogenem Mund an und zischelte: »So so, ich wußte gar nicht, daß der kleine Jamil ein Kämpfer ist! Ich habe dich für eine gemeine Straßenratte gehalten. Wenn du dich mit jemandem messen willst, dann mit mir, und nicht mit einer feigen Echse wie dem da.« Er grinste breit. »Ich will sehen, wie gut du wirklich bist, Bürschchen!«

Die Diebin schluckte. So, wie der Karawanenführer blickte, hatte er sie längst durchschaut und wollte sie durch seine Worte zu unbedachtem Tun reizen. Vielleicht hielt er sie für einen jungen Hadjiin, oder ...

Djamilla suchte nach einem Ausweg aus dieser Lage, aber andere Kämpfende versperrten den Weg. In dem Lärm vernahm sie Ilnamars Stimme, und genau das stachelte sie wieder an. Sie hob den Kunchomer und versuchte, sich vorzustellen, daß dies nur ein Tanz war – ein Schwerttanz.

Der Karawanenführer griff an. Djamilla tänzelte zur Seite und führte eine eingeübte Schwertfolge aus, die er geschickt parierte, um dann seinerseits anzugreifen. Sie schrie auf, als ein dumpfer Schmerz von den Armen her durch ihren Körper raste, und wich zurück. An Harefs Augen sah sie, daß er sich soeben Gewißheit über ihre kümmerlichen Fähigkeiten verschafft hatte. Sie biß die Zähne aufeinander und ließ die Klinge wieder wirbeln, nur um ihn sich vom Leibe zu halten, wob einen silbernen Schleier vor sich und tänzelte unablässig um ihn herum, damit er sie nicht erneut dazu zwang, ihn abzuwehren und dabei womöglich ihre Deckung zu öffnen. Ihr ständiges Ausweichen schien ihn langsam ärgerlich zu machen. Dann setzte er ihr mit einem Ausfallschritt nach. Djamilla sprang zurück und entging der Klinge um Haaresbreite.

Doch im nächsten Augenblick stolperte sie über einen toten Kameltreiber, stürzte rücklings und verlor beim Aufprall den Kunchomer. Der Karawanenführer holte aus.

»Hab ich dich endlich, du kleine Ratte!«

Djamilla warf sich blitzschnell zur Seite, als er zuschlug, und sah die Klinge knirschend in den Boden fahren. Sie krallte beide Hände in den Untergrund und schleuderte die sandige Erde in Harefs Gesicht.

Er wich zu spät aus – zu überraschend kam dieser aus Verzweiflung geborene Trick der Diebin. Während er sich fluchend den Sand aus den Augen rieb und mit wütender Stimme alle Dämonen und Geister der Gor auf sie herabbeschwor, rappelte Djamilla sich so schnell wie möglich auf und ergriff die Flucht, hetzte an den wenigen noch stehenden Kämpfern vorbei.

Sie sah Ilnamar taumeln. Einer der Räuber hatte ihn von hinten angegriffen und ihm eine Wunde am Oberschenkel versetzt. Der Treffer lenkte ihn für winzige Augenblicke ab und ließ die anderen die Oberhand gewinnen. Sie schlossen den Kreis um ihn noch enger.

Djamilla strauchelte und fing sich gerade noch rechtzeitig vor einem steil abfallenden Abhang ab: Ein Wadi, ein mittlerweile versickerter Fluß, hatte sich mehr als zehn Schritt tief in die Erde gegraben und eine enge Schlucht geschaffen. Ein schneller Blick in die Tiefe zeigte Djamilla, daß der Grund der Erdspalte teils mit Geröll, teils mit losem Sand gefüllt war.

Doch nun ließ sie ein zornerfüllter Schrei herumfahren. Der Karawanenführer rannte auf sie zu, um ihr endgültig den Garaus zu machen. Die Diebin sah sich gehetzt um. Auf einen Kampf mit ihm konnte sie sich nicht einlassen, denn sie war keine Kriegerin – und der Dolch unter ihrem Kaftan nutzte wenig gegen einen Krummsäbel, wie er ihn trug.

Mittlerweile hatte Ilnamar seine Gegner wieder ein Stück zurücktreiben können, doch er war durch die Wunde behindert und zog sein rechtes Bein nach. Die Männer erkannten das, stießen weiter vor und versuchten, Ilnamar an den Rand der Felsspalte zu drängen, ihn in die Enge zu treiben.

Djamilla hatte plötzlich eine verrückte Idee. Es war ein aberwitziger Plan, aber er bot wenigstens eine winzige Chance für Ilnamar und sie selbst. Sie täuschte vor, sich dem Karawanenführer stellen zu wollen, schlug aber dicht vor ihm einen Haken.

Nun noch einige weite Sätze an Ilnamars Gegnern vorbei, und sie hatte ihn erreicht. Dann sprang sie ihn von der Seite an und riß ihn mit sich in die Tiefe. Im Fallen richtete Ilnamar blindlings die Waffe gegen den vermeintlichen neuen Angreifer. Djamilla biß die Zähne zusammen, als die Klinge ihren Burnus durchschnitt und die Haut ritzte. Sie stießen gegen harten Fels, prallten ab, stürzten tiefer, schrammten an der Felswand entlang und schlugen endlich auf dem Boden auf. Weicher Schwemmsand milderte den Aufprall.

Jede Stelle ihres Körpers schmerzte, selbst die, die sie

nicht für so empfindlich gehalten hatte. Djamilla streckte vorsichtig die Beine aus und blickte auf den reglosen Mann neben ihr. Ilnamar ay Shorn hatte es schlimmer als sie getroffen, weil sie auf ihn gefallen war. Der Hadjiin war sofort bewußtlos gewesen.

Vom oberen Rand der Schlucht waren Geräusche zu hören. Reglos wartete Djamilla ab, ob die Räuber ihnen nachkletterten, aber die spähten nur in das schattige Dunkel hinab. Offensichtlich hielten diese Banditen die Gestürzten für tot und beschäftigten sich lieber damit, die Erschlagenen auszuplündern und die Waren fortzuschaffen.

Als sie sich sicher glauben konnte, ging Djamilla daran, Ilnamars Wunden zu verbinden. Sie selbst war mit einer gehörigen Anzahl von Prellungen und Kratzern davongekommen, während Ilnamar dagegen aus Wunden am Bein und an der Hüfte blutete.

Djamilla war zufrieden mit sich, auch wenn sie ihren Burnus geopfert hatte, um Verbände und Fesseln daraus zu machen.

Die Diebin blickte nachdenklich auf Ilnamar ay Shorn, dem sie noch nie zuvor so nahe gewesen war, und schob eine Haarsträhne aus seinem Gesicht. Die Härte war aus seinen Zügen gewichen. Sie zitterte, als sie sich erinnerte, wie sie ihn berührt hatte, um ihn zu verbinden.

Rahja, ich weiß, wie sehr ich ihn begehre, aber das ist jetzt nicht die Zeit noch der Ort, darüber nachzudenken. Besser sollte ich überlegen, was ich tun kann, um ihn zu besänftigen, wenn er wieder erwacht. Dann wird er mich erkennen! ermahnte sie sich.

Ihn an Händen und Füßen zu fesseln, war ihr nicht leichtgefallen, aber sie konnte sein Verhalten nicht absehen, wenn er wieder zu sich kam und sie sah.

Sie seufzte und nestelte nach dem Amulett, ließ das Metall im Sonnenlicht blinken. Es hat mich in diese

Lage gebracht, und ich bin keinen Schritt weiter als zuvor. Bei Phex und Rahja, am liebsten würde ich es weit von mir schleudern…

Sie schreckte auf, als der Mann neben ihr leise stöhnte und sich regte. Sie beugte sich vor, um Schatten über ihr Gesicht fallen zu lassen, und wartete.

Ilnamar ay Shorn kam wieder zu sich und bekämpfte den dumpfen Schmerz, der den Körper lähmte, mit Atemübungen. Er wollte an die Stirn fassen, doch etwas behinderte seine Hand.

Fesseln? Er spannte sich an und versuchte, ihre Festigkeit zu prüfen. Hatten diese räuberischen Schakale ihn etwa gefangengenommen? Dunkel erinnerte er sich an eine Person, die ihn angesprungen hatte und mit ihm in die Tiefe gestürzt war.

Seine feinen Sinne nahmen ein Geräusch wahr, und er öffnete schlagartig die Augen, doch über sich sah er nur den nackten Fels.

Auch als er den Kopf vorsichtig drehte, entdeckte er nicht viel mehr als einen schroffen Vorsprung, eine andere, sonnenbeschienene Felswand – und schließlich jemanden, der reglos neben ihm verharrte – eine schattenhafte Gestalt.

Er stöhnte, als er mit seinen Fingern versuchte, einen der Knoten zu erreichen. Er war nur mit Stoff gefesselt worden, der sich keinesfalls so eng zuziehen ließ wie ein Hanfseil oder Lederriemen.

Mühsam brachte er sich in eine bessere Lage und erregte damit die Aufmerksamkeit der anderen Person, die ihn zu beobachten schien. Wenn er die Knoten lockern wollte, mußte er sie ablenken.

»Was hast du mit mir vor? Oder sollte ich besser fragen: deine Kumpane?« fragte er mit kalter, beherrschter Stimme.

Ein leises Lachen erklang. »Sie hätten dich schon längst getötet, wenn ich dich nicht gerettet hätte, Ilnamar. Eines will ich klarstellen: Ich gehöre nicht zu ihnen! Rede leiser, damit sie uns nicht hören.«

Der ehemalige Stadtwachenkommandant zuckte zusammen. Diese Stimme kannte er doch? Sie gehörte doch dem jungen Kameltreiber, den der Karawanenführer als ›Straßenratte aus Rashdul‹ bezeichnet hatte und der ihm schon zuvor das Leben gerettet hatte.

»Warum hast du mir geholfen, wenn du mich nun doch fesselst?« fragte Ilnamar und spürte, wie er einen ersten kleinen Erfolg erzielte. Einer der Knoten saß nicht mehr so fest.

»Das war reine Vorsicht«, erwiderte der Jüngling und drehte sich zu ihm um. Ein Sonnenstrahl fiel auf Gesicht und Oberkörper. Ilnamars Augen weiteten sich. Er brauchte zwar einige Zeit, sie zu erkennen, aber trotz des kurzgeschnittenen und braun gefärbten Haares waren die schmalen grünen Augen verräterisch genug.

Djamilla Azila! Bei Rastullahs gerechter Weisheit, wie konnte das sein? Erlegte das Schicksal ihm weitere Prüfungen auf? Was, bei allen gerechten Göttern, tat sie hier? Er holte zischend Luft und grollte unbeherrscht. Argwohn und Zorn tobten in seiner Brust.

Er riß wütend an seinen Fesseln. »Fluch über dich, du Tochter der Schakale! Mußt du mich selbst hier verfolgen? Warum bist du nicht in Rashdul bei deinem Diebespack geblieben?« entfuhr es ihm. »Welcher böse Geist hat dich hierher getrieben?«

Seine Finger schafften es, den ersten Knoten zu lösen und lockerten den zweiten.

Ohne eine Miene zu verziehen, erwiderte sie seinen finsteren Blick. Er kniff die Augen zusammen, als er merkte, daß sie diesmal nicht mit dem üblichen freundlichen Spott in der Stimme antwortete: »Ich bin nicht mehr die Shanja der Diebe, wenn du darauf anspielst, Ilnamar. Wie es eben auch anderen Fürsten geschehen kann, wurde ich von meinem Thron gestürzt. Nur durch einen miesen Trick, den sich mein Widersacher ausdachte, konnte er mich überwinden. Allerdings hat das nicht so gut geklappt, wie er sich erhofft hatte. Und weil ich ihm entkommen bin, hat er mich jagen lassen. Als mir das Katz-und-Maus-Spiel zu dumm wurde, habe ich ihm erst einmal die Macht überlassen.« Sie grinste und zuckte mit den Schultern. »Weißt du, er kann nicht verleugnen, daß er Angst vor mir hat. Deshalb bin ich aus Rashdul verschwunden, um ihn in Sicherheit zu wiegen. Naja, und ich wollte immer schon mehr als nur die Stadt sehen«, erklärte sie dann.

Ilnamar nickte nur.

Er konnte eine Hand aus der Schlinge ziehen.

»Es war reiner Zufall, daß du dich unserer Karawane angeschlossen hast«, fügte sie hinzu. »Mir kannst du die Schuld dafür nicht geben! Eher den Göttern oder dem Schicksal ...«

Ilnamar spannte die Muskeln an und überprüfte, wie gut er sich bewegen konnte. Die Wunde am Oberschenkel brannte.

»Und warum hast du mich dann gefesselt?« fragte er vorsichtig weiter.

Djamilla beugte sich leicht vor und seufzte. »Weil ich nicht wußte, wie du dich verhalten würdest. Es war reiner Selbstschutz. Schließlich waren wir Feinde. Wenn du mir schwörst zu vergessen, was in Rashdul war, dann mache ich dich wieder los!«

Ilnamar schüttelte den Kopf. Ehe sie sich versah, schnellte er vor und packte mit beiden Händen ihre Arme. Obgleich seine Beine noch gefesselt waren, kauerte er in kniender Stellung und hielt sie in eisenhartem Griff. Er erwartete, daß sie sich wehrte, doch Djamilla blieb ruhig und sah sehnsuchtsvoll zu ihm auf.

Ilnamar ließ sie abrupt wieder los und stieß sie von sich. Rastullah, verzeih mir! Das hat sie nur gewollt! – Aber etwas stimmt hier nicht! durchfuhr es ihn. Ich vermisse ihren beißenden Spott und ihre Frechheit. Bei den Göttern, sollte ich mich in ihr getäuscht haben?

Dann beugte er sich vor, so daß er die Beine befreien konnte. Die Wunde blutete wieder. Sie hatte sich durch die heftige Bewegung geöffnet.

Djamilla musterte ihn mit schief gelegtem Kopf und spielte mit einem Amulett, das halb aus dem Ausschnitt des Hemdes hing.

»Was denkst du jetzt?« fragte sie nach einer Weile. »Gut, dann hat sich meine Frage erledigt. Soll ich dir helfen, den Verband zu erneuern?«

»Das kann ich allein!« antwortete Ilnamar schroff und nestelte an dem Tuch an seinem Oberschenkel. Er zog den Verband so fest er konnte, ohne sich selbst damit zu behindern. Währenddessen sprang die Diebin auf und verließ den Felsvorsprung. Der ehemalige Stadtwachenkommandant atmete auf. Noch immer rasten seine Gedanken. Djamilla Azila war eine Gesetzesbrecherin, das stand außer Frage, aber sie hatte ihm das Leben gerettet, soweit er sich erinnern konnte. Aber warum? Sie wußte doch genau, daß er keine freundlichen Gefühle für sie hegte, ja, daß er sie, wenn sich die Gelegenheit ergab, der Gerechtigkeit ausliefern würde.

Er schüttelte den Kopf und versuchte, die Zweifel und Fragen zu vertreiben, die in ihm aufstiegen. Ihm schien, daß sich zwischen ihm und dieser Frau etwas verändert hatte.

11. Kapitel

Djamilla verließ lautlos die kleine Höhlung unter dem Vorsprung, in die sie sich zurückgezogen hatten, und schlich äußerst vorsichtig den Spalt entlang, sich immer wieder an die Felswand pressend. Sie spürte die schroffen Spitzen und dachte erleichtert daran, daß sie auf dem weichen Sand des Bodens aufgeprallt waren, in dem sie nun bis zu den Knöcheln versank. Sie würden ohne Probleme nach oben klettern können, wenn dort erst einmal die Luft rein war. Um das zu prüfen, hatte sie das Versteck verlassen.

Nein, nicht nur aus diesem Grund! Djamilla wußte, daß sie sich selbst belog. Sie hatte es an der Seite Ilnamars nicht mehr ausgehalten, zumal die Spannung zwischen ihnen so deutlich zu spüren gewesen war, daß man sie förmlich knistern hören konnte.

»Liebliche Rahja, was ist nur mit mir los?« grübelte sie leise seufzend. »Ich habe ihn zum ersten Mal ohne seine Wachen und seinen Rang vor mir, und ich bin scheu wie ein Reh, wie Durnah es gewesen wäre. Was ist nur in mich gefahren? Bei Phexens Hinterlist, ich hätte ihn mir nehmen können! Aber ich habe es nicht getan! Warum?«

Sie preßte sich enger an die Felswand, als etwas von oben herabgeworfen wurde. Steine polterten dicht an ihr vorbei, dann folgte ein schwerer Körper. Eine Leiche, die verkrümmt auf dem Sand liegenblieb, hätte sie fast gestreift.

Die Wüstenräuber waren also noch nicht fort! Djamilla wagte sich vor und sah, wie einige von ihnen einen zweiten Körper nach unten warfen und dabei etwas riefen. Sie vermochte nur Bruchstücke davon zu verstehen: »Werfen wir sie hinunter… Geier nicht anlocken… Verfolger auf uns aufmerksam machen…«

»Hört mit dem Unsinn auf!« brüllte Haref ben Yussef. »Den Rest erledigen… Kamele passen nicht hinein… Zeit verschwendet!« Aufkommender Wind verstümmelte auch seine Worte.

Djamilla schluckte und schlich sich vorsichtig zurück, zuckte zusammen, als sie ein schabendes Geräusch vernahm, atmete aber sogleich auf, als Ilnamar aus dem Versteck auftauchte und die Scheide des Kunchomers festhielt.

»Wie sieht es oben aus?«

»Sie sind immer noch da, und ein paar von ihnen warfen Leichen in den Spalt«, erwiderte Djamilla. »Aber ihr Anführer hat sie schließlich daran gehindert, mit diesem Unsinn fortzufahren. Es scheint, als ob sie ihre Spuren verwischen wollten, um mögliche Verfolger zu täuschen.«

»Hm«, war die Antwort des Hadjiin. Im nächsten Augenblick wurden die Augen schmal und eine seiner Hände schoß auf Djamilla zu. Sie zuckte zurück und gab einen leisen Schmerzensschrei von sich, als die Lederschnur, an der das Amulett mit den Krallenzeichen befestigt gewesen war, in ihren Hals schnitt, bevor das Band endgültig riß.

Die Diebin fing sich ab und blickte Ilnamar ay Shorn verwirrt an. Dieses verdammte Ding! Immer rutschte es zu Unzeiten aus ihrem Hemd, als besitze es ein Eigenleben! Mehrere Male hatte sie es bereits vor Ali verstecken müssen. Ilnamar aber musterte es mit einem harten Gesichtsausdruck, sah sie dann kalt an. »Woher hast du das?«

Djamilla ging um ihn herum und kauerte sich unter den Vorsprung. »Ich habe es gestohlen, wie du dir denken kannst. Einem Mann mit tiefen Narben im Gesicht…«

Sie beschrieb diesen knapp und zuckte dann mit den Schultern. »Es gefiel mir einfach«, verschwieg sie ihm den wahren Grund, warum sie es aufbewahrt hatte.

»Es ist nicht einmal wertvoll, nur aus Bronze, und man sagt dir einen erlesenen Geschmack nach...« Ilnamar musterte sie nachdenklich und ließ seinen Daumen über die Ovale gleiten. »Könnte es sein, daß die Dashinim in ihre Reihen solche wie dich aufnehmen? Zuzutrauen wäre es ihnen«, grübelte er laut.

Djamilla neigte aufmerksam den Kopf. »Wieso, hat das Amulett eine besondere Bedeutung?« fragte sie mit unschuldiger Stimme, während sie innerlich darauf hoffte, von ihm zu erfahren, was er darüber wußte. Ihre Haut prickelte vor Aufregung. Denn nach der Art zu schließen, wie Ilnamar sich benahm, schien er das Symbol auf der Bronzescheibe zu kennen und es nicht sonderlich zu mögen.

»Warum fragst du mich das?«

Der Blick aus Ilnamars Augen schien sie durchbohren zu wollen.

Die Diebin schluckte. Jetzt durfte sie auf keinen Fall lügen, das konnte alles zerstören. Außerdem, was schadete es, wenn sie ihm erzählte, was geschehen war?

»Weil meine Schwester unter diesem Zeichen umgebracht wurde! Ich suche ihre Mörder noch heute, nach über vier Jahren. Sie haben sie grausam getötet, und ich will Rache nehmen!« antwortete sie heiser. »Weil ich es ihrer Seele versprach, und weil ich an ihrem Tod schuld war! Sie hatte nicht in den Nebel hinausgewollt, in jener unheilvollen Nacht! Aber ich lachte über sie und nannte sie einen Feigling. Wir hatten es ja nicht weit nach Hause. Dann verschwand sie, und ich fand sie erst nach Stunden wieder! Ihre Mörder hatten sie in eine Gasse geworfen!« Sie hielt seinem Blick nicht mehr stand und senkte den Kopf. »Durnah war so zart... oh ihr Götter! Schwester!« Sie schlug die Hände vor das Gesicht und schluchzte, als die alte Wunde wieder aufbrach.

Ilnamar ay Shorn schwieg. So sah sie schließlich wieder auf. Er umklammerte das Amulett fest und betrachtete sie.

»Seit ich dich kenne«, sagte er bedächtig, »hast du mir gegenüber deine Gefühle nicht geheuchelt. Du bist eine Diebin, aber du warst in gewissen Dingen immer ehrlich. Ich glaube dir, Djamilla-Azila.«

Es fiel ihm schwer, das zu sagen. Der ehemalige Gesetzeshüter betrachtete das Amulett. »Die Dashinim haben deine Schwester umgebracht. Durch viele Schnitte verletzt, ehe sie ihr die Halsschlagader aufschnitten?«

Sie nickte.

»Sie ist nicht das einzige Opfer. Die Dashinim, auch Krallenträger genannt, töten bevorzugt Jungen und Mädchen. Tsas Lebensgabe ist in diesen noch am stärksten.«

»Warum tun sie das? Aus blindem Eifer oder weil sie sich etwas davon versprechen?« fragte die Diebin, die sich Tränen aus dem Gesicht wischte und tief einatmete.

»Ich bin mir nicht ganz sicher – aber sie scheinen zu glauben, daß sie damit ihre Kampfkraft steigern. Nach allem, was ich erfahren habe, ist dem tatsächlich so – eine widerwärtige Magie!«

Er gab ihr das Amulett zurück. »Die Dashinim und die Hadjiinim sind erbitterte Feinde. Vor gut einhundert Jahren tauchten die Krallenträger zum ersten Mal auf und lockten eine große Zahl meiner Brüder in die Falle… Damals bekamen wir zu spüren, daß sie uns haßten, doch die Gründe kennen wir bis heute nicht. Fortan machten sie immer wieder auf Hadjiin Jagd und verschwanden manchmal für Jahre. Vor fünfundsechzig Jahren entdeckten wir zum ersten Mal Spuren ihrer Opferrituale. Wir beobachteten sie und versuchten herauszufinden, wo sie ihre Schlupfwinkel hatten. Vor ungefähr vierzig Jahren gelang es einem Großmeister, das

Versteck zu finden und den Dashinim einen schweren Schlag zu versetzen, aber er konnte sie nicht vernichten. Dann wurde es ruhig um sie. Erst vor ungefähr sieben Jahren tauchten sie wieder vermehrt auf und ermordeten verschiedene Würdenträger der Beni Avad oder beraubten deren Paläste. Zuletzt ermordeten sie einen Meister meines Ordens und schickten seinen Leichnam zu uns. Das bedeutet, daß sie sich stark genug fühlen, um zu einem Schlag gegen uns auszuholen.«

»Wenn sie so geheimnisvoll sind«, warf Djamilla nachdenklich ein, »dann können sie doch nicht nur darauf aus sein, Hadjiinim und reiche Beni Avad zu ermorden oder zu rauben und zu plündern. Dann wären sie doch nicht mehr als dreckige Räuber wie diese Kerle da oben! Sie haben bestimmt andere Pläne«, gab sie zu bedenken. »Wer Menschenleben opfert, hat sehr oft größere Ziele, es sei denn, er ist wahnsinnig. Das ist selbst bei uns Schurken und Dieben so. Mawud hatte zwar den Verstand eines Mherwati, aber er wußte so viel, daß er selten unnötige Risiken einging, die uns alle in Gefahr brachten.«

Ilnamar nickte. Das war nicht dumm gedacht. Doch bisher wußte er zu wenig, um sich über die Beweggründe der Dashinim Gedanken zu machen.

Zwar konnte er mit Djamilla noch länger sinnen und reden, aber am Schwinden des Lichts merkte er, daß sich der Abend näherte.

Vorsichtig wagte er sich unter dem Überhang hervor und lauschte. Seit einiger Zeit waren keine Leichen mehr hinuntergeworfen worden. Es schien ihm, als vernehme er sich entfernenden Hufschlag. Am Himmel über dem Spalt kreisten Khomgeier und krächzten.

Djamilla trat neben ihn. »Wie sieht es aus? Ich könnte den Abhang hinaufklettern und nachsehen, ob die Luft rein ist«, erbot sie sich und grinste. »Schließlich bin ich die geschicktere Kletterin und unverletzt.«

Ilnamar sah sie mißtrauisch an. Was sollte er davon halten? Bei Rastullahs allsehenden Augen, er durfte ihr nicht zu sehr vertrauen!

Sein Verstand machte ihm wieder deutlich, daß er eine Schurkin vor sich hatte, die ihm in Rashdul das Leben schwergemacht hatte. Andererseits stimmte das, was sie sagte. Er hatte sie schon brüchige Hausmauern ersteigen sehen, auf die er sich selbst nicht gewagt hätte.

»Also gut«, stimmte er schließlich zu. Er konnte beobachten, wie sie geschickt jeden Vorsprung nutzend nach oben kletterte. Sie war tatsächlich so geschmeidig wie eine Katze und erstaunlich schnell.

Djamilla lugte über den Rand und blinzelte, als der laue Abendwind ihr Sand in die Augen wehte. Der Kadaver eines Kamels verdeckte einen Teil ihres Blickfeldes.

Sie ging wieder in Deckung, wischte mit der Hand die feinen Körnchen aus den Augen und lauschte.

Nur noch der Wind und die Khomgeier machten Geräusche – weder das Wiehern eines Pferdes noch Worte waren zu hören. Sie überlegte nicht lange und schob sich nach oben, schrammte mit der Kleidung an den Felsen und spürte, wie das Hemd hängenblieb und riß. Sie schob sich bäuchlings auf den Sand und robbte zu dem toten Kamel. Erst dort lugte sie über den Kadaver hinweg und befand sich Auge in Auge mit einem jungen Geier, der sich drohend aufplusterte und nach ihr hackte.

»Verschwinde, du widerliches Biest!« zischte sie, doch er trippelte noch näher und spreizte die Flügel.

Djamilla tastete umher und bekam eine lederne Schnur zu fassen. Vorsichtig zog sie daran und hielt die Reste eines Zügels in der Hand. Gerade als sie zuschlagen wollte, flatterte das Tier krächzend auf. Sie schaute ihm ärgerlich nach und dann erst über den Kadaver hinweg.

Auf dem breiten Pfad lagen die Leichen von Treibern, Wächtern und Mitreisenden. Auch ein paar Kamele hatte es erwischt und drei oder vier Pferde, von denen eines noch schwach zuckte.

Sie war allein. Die Wüstenräuber waren mit der Beute abgezogen und hatten nur das liegengelassen, was ihnen nicht wertvoll oder zu sperrig erschien.

Sie rutschte zum Rand und winkte Ilnamar zu, den sie im Dunkel der Felsspalte kaum sehen konnte. Der Hadjiin schien kurz etwas zu umklammern und ein Gebet zu sprechen, dann kletterte er ihr nach.

Djamilla beugte sich erwartungsvoll vor, um ihn aufmerksam zu beobachten, doch dann pfiff sie erstaunt durch die Zähne.

Seit wann konnte Ilnamar ay Shorn so behende klettern? Und dazu noch mit der Wunde am Oberschenkel, die ihn eigentlich behindern müßte?

Fast so schnell wie sie, hatte er den Aufstieg geschafft und blickte über den Rand, ehe er sich ganz auf das Plateau schob. Ihre ausgestreckte Hand übersah er geflissentlich.

»In weniger als einer Stunde wird es dunkel sein«, murmelte er, einen Blick zum Himmel werfend. »Wir sollten uns umsehen und nach brauchbaren Sachen suchen, bevor wir uns in die Felsen zurückziehen. Dort sind wir vor den Aasfressern und Raubtieren sicher.«

»Auch vor den Räubern?« scherzte Djamilla. Sie zuckte zusammen, als Ilnamar federnd aufsprang und sich umsah. Bei Rahja, dieser alte Schwindler hatte irgend etwas mit seiner Wunde angestellt! Normalerweise hätte er hinken müssen! Sie wußte nicht, was sie davon halten sollte.

Sie folgte ihm langsam, während er sich in den Überresten der Karawane umsah. Wenn es auch nicht leichtfiel, die Toten ihrer letzten Habe zu berauben, so brauchten sie doch Wasser und Proviant, um Hayabeth lebend zu erreichen.

»Wie weit ist es noch bis Hayabeth?« fragte Djamilla und zog den Burnus enger um die Schultern. Trotz des kleinen Feuers, das sie entfacht hatten, war es in der Nacht empfindlich kalt geworden. Der Burnus, den sie in einem Packen gefunden hatte, war viel zu groß. Ihren eigenen hatte sie ja in kleine Fetzen gerissen. Es war ohnehin nicht mehr viel Brauchbares zu finden gewesen – Kleidung, mit der sie ihre zerschlissenen Gewänder hatte ersetzen können, zwei Dolche, von denen einer auch zum Werfen geeignet war, etwas Proviant. Der Hadjiin hatte offensichtlich noch nach anderen Dingen gesucht und einen kleinen Beutel mit Heilkräutern wie auch Feuersteine und Zunder an sich genommen.

Djamilla dachte an die Schlange, die sie beim Stöbern aufgeschreckt hatte. Sie war dem giftigen Reptil im letzten Augenblick ausgewichen. Ilnamar hatte sie daraufhin angehalten um nachzusehen, ob die Schlange sie wirklich nicht gebissen hatte. Er kannte sich in dieser Einöde besser aus als sie, und deshalb lachte sie nicht über die Gegenstände, die er ausgewählt hatte.

»Zu Fuß werden wir ungefähr zwei Tage brauchen, vielleicht drei, wenn wir abseits der Straße gehen, was ich in unserer Lage für sicherer halte«, sagte Ilnamar ay Shorn. »Ich werde mich darum kümmern, daß du in Hayabeth mit einer größeren Karawane nach Rashdul oder in eine andere Stadt reisen kannst.«

»Und wenn ich das gar nicht will?«

Djamilla hatte sich noch keine Gedanken darüber gemacht, was sie in Hayabeth anfangen wollte. Nachdem sie darüber gesprochen hatten, war ihr eines klar – daß sie jetzt, da sie mehr über die Mörder ihrer Schwester erfahren hatte, nicht bereit war, Ilnamar ay Shorn alleine nach diesen suchen zu lassen.

Sein Gesicht verfinsterte sich. Natürlich war es ihm nicht recht, daß sie sich an seine Fersen heftete, aber endlich hatte sie die Möglichkeit, ihre Schuld gegenüber Durnah zu tilgen!

»Die Dashinim haben meine Schwester getötet, und es ist meine Pflicht, sie zu finden. Zudem könnte ich dir mit meinen Fähigkeiten nützlich sein!« fügte sie hinzu.

»Ich brauche deine Hilfe nicht, Djamilla-Azila!«

Ihr Entschluß schien ihm sichtlich unangenehm zu sein, und so zuckte sie nur mit den Schultern. Bei Phex, sie würde ihn schon überreden.

Ilnamar verzog schmerzvoll das Gesicht. Er berührte vorsichtig das Bein und die Wunde, die wohl wieder zu schmerzen schien. Bei der leichten Drehung klaffte der Halsausschnitt seines Gewandes ein Stück auf. Djamilla sah, wie sich die Flammen des Feuers in etwas widerspiegelten – in Gold und einem Edelstein von seltsamer Form. Als er bemerkte, daß sie auf ihn starrte, schob er den Stoff wieder zusammen und drehte sich weg.

Die Diebin lehnte sich an einen Felsen und zog die Beine an den Körper. »Sind die Hadjiinim immer Einzelkämpfer? Oder nehmen sie nicht manchmal auch die Hilfe von Bundesgenossen an, wie die Haimamud auf den Straßen erzählen? Oder liegt es einfach daran, daß ich es bin?«

Sie kannte die Antwort schon, aber sein Schweigen war Bestätigung genug. Djamilla lächelte traurig und lehnte den Kopf an den Stein. »Liebliche Rahja, wie kann ich ihm nur deutlich machen, daß ich keine üblen Absichten habe?« murmelte sie, doch die Göttin gab keine Antwort.

Knisternd schlugen die Flammen des Lagerfeuers hoch. Mit einem Ast stocherte das schwarzhaarige Mädchen in der Asche, als wisse es nicht, was es sonst tun sollte. Koshul kauerte zusammengesunken auf der anderen Seite und starrte in die blutroten Zungen, die am morschen Holz leckten. Er dachte an den vergangenen Tag. Nachdem sie die Nacht über auf verschlungenen Wegen geritten waren, um ihre Spuren zu verwischen, hatten sie erst am Morgen wieder Rast gemacht.

Daysha, das Hirtenmädchen, wirkte weder erschöpft noch klagte sie über den langen Ritt, obgleich sie etwas steifbeinig gegangen war.

Seit der überstürzten Flucht hatten sie noch nicht viele Worte gewechselt. Koshul blickte über das Feuer. Ob das Mädchen ihren Entschluß schon bereute?

Daysha blickte auf und lächelte. »Eigentlich seht Ihr für einen Mann Eures Alters ganz stattlich aus, Herr, aber woher stammen Eure Narben?« fragte sie neugierig, und an ihrem Tonfall merkte Koshul, daß sie dies schon eine ganze Weile zu beschäftigen schien.

Der Dashinim war über ihre Unverfrorenheit erstaunt; keine Frau, die er kannte – abgesehen von den Schankmädchen und Dirnen der Unterstadt Rashduls – sprach das, was sie dachte, so unverblümt aus. Er zog eine Augenbraue hoch.

»Ich kämpfte mit Wüstenräubern und stürzte. Den Göttern sei Dank, daß mich ihre Säbel nicht höher trafen, sonst hätte ich ein Auge verloren«, antwortete er. »Dafür möchte ich nun wissen, was du in Rashdul anfangen willst. Allein und ohne einen Mann, der dich beschützt.«

Daysha blies eine Haarsträhne aus dem Gesicht. »Ich werde nicht allein sein. Mein Halbbruder ist vor ein paar Jahren mit meinen Onkeln in die Stadt gegangen und nicht zurückgekommen. Sie waren ärgerlich darüber und nannten ihn einen Nichtsnutz, aber ich glaube, er hat sein Glück gemacht und wird mich daran teilhaben lassen.« Sie seufzte. »Ich habe keine Lust, noch länger in den Zelten zu leben, die Mherwedböcke blöken zu hören und irgendwann an einen anderen Hirten verschachert zu werden.«

Ihre Stimme wurde trotzig: »Außerdem kann ich viel mehr, als sie denken. Ich habe mir viel von Asim abgeschaut!«

»Schon gut!« unterbrach sie Koshul, der genug gehört und dafür kein Verständnis hatte. Daysha erkannte wohl nicht, daß ein Mädchen zufrieden mit dem sein sollte, was ihre Sippe ihr ermöglichte! Aber das sollte nicht lange seine Sorge sein. Er gedachte, sich ihrer bald zu entledigen.

»Wie weit ist es noch?« fragte er.

Daysha zuckte mit den Schultern. »Wer weiß?« hielt sie ihn hin.

Koshul schnaubte ärgerlich. Klug war sie offensichtlich auch noch! So nahm er die Decke und legte sie über die Schultern. »Du siehst müde aus, Mädchen. Schlaf! Ich bin gewohnt, mehrere Nächte lang wach zu bleiben.«

Sie wollte noch etwas sagen, gähnte dann aber und gehorchte. Bald vernahm Koshul nur noch ihre regelmäßigen Atemzüge.

12. Kapitel

Ilnamar ay Shorn spürte die Wunde bei jedem Schritt auf dem steinigen Pfad. Obgleich er sie so fest verbunden hatte, wie er konnte, zuckte immer wieder ein Stechen durch sein Bein. Um sich abzustützen, hatte er eine Zeltstange auf die passende Länge gekürzt und versuchte nun, einen bestimmten Rhythmus einzuhalten. So würde er am wenigsten Kraft brauchen.

Sein Blick war starr nach vorne gerichtet. In der letzten Zeit hatte er sich nicht ein Mal umgedreht. Djamilla-Azila hatte mit ihm Schritt zu halten, oder sie blieb hier zurück. Noch immer wühlte ihn ihre Entschlossenheit vom vergangenen Abend auf. Zwar hatte sie ihn nicht mehr darauf angesprochen, weil sie seine Ablehnung gespürt hatte, aber er wußte, daß sie noch nicht klein beigegeben hatte.

Er krampfte die Hand fester um den Stab. So sehr er ihre Beweggründe auch verstand, so wenig konnte er es dulden, daß sie ihn weiter begleitete. Wie sollen meine Brüder meinem Eid glauben, dachte er, wenn ich mit diesem Weib, das die Verwerflichkeit in ihrem Körper trägt, durch die Gegend ziehe? Wie soll ich ihnen beweisen, daß ich dem Kodex treu geblieben bin?

Obgleich er an diesem Morgen verbissener als sonst geübt hatte, war ihm bewußt gewesen, daß Djamilla-Azilas Blick stets auf ihm geruht hatte. Bewunderung hatte in ihren Augen geblitzt, aber sie sah ihn doch nur als Mann, den sie körperlich begehrte!

Nein, er durfte ihr nicht trauen. Deshalb wollte er so schnell wie möglich Hayabeth erreichen, um sie loszuwerden, und aus diesem Grund hatte er einen beschwerlichen, aber kurzen und sicheren Weg gewählt, den sein Onkel ihm vor vielen Jahren einmal gezeigt hatte.

Der Hadjiin preßte die Lippen zusammen und berührte mit der freien Hand den Schmuck um seinen Hals. Das war zu einer Gewohnheit geworden, seit er die Stadt verlassen hatte, doch er nahm die Geste kaum noch wahr.

Er blieb einen Moment stehen und hielt die Hand über die Augen, um besser sehen zu können. Der Weg schlängelte sich durch schroffe Felsgrate und kleine Senken, die mit Geröll und Sand gefüllt waren. An einigen Stellen wuchsen ein paar Gräser oder ein Dornbusch im Schutz eines größeren Steins.

Ilnamar wandte sich zur Seite. Djamilla war an ihn herangetreten. Sie blickte ebenso wie er auf die Landschaft. Er bemerkte aber, daß ihre linke Hand zitterte und ihr Gesicht schweißbedeckt war. Die Brust hob und senkte sich schnell unter dem geöffneten Burnus. Nase und Wangen waren durch die Sonne stark gerötet.

Sie hatte die üblichen Fehler der Stadtbewohner gemacht: ihre Kräfte nicht eingeteilt und die Haut nicht durch genügend Tuch geschützt, obwohl sie schon einige Zeit mit der Karawane unterwegs gewesen war. Sie hatte nichts dazugelernt!

Die Diebin schwankte, aber sie hielt sich aufrecht. »Wollen wir nicht weitergehen?«

»Du siehst erschöpft aus, Djamilla-Azila.«

Sie rang sich ein Lächeln ab. »Das täuscht. Ich bin noch so munter wie ein ausgeruhtes Kamel!«

Um ihre Worte zu bestätigen, ging sie mit weitausholenden Schritten weiter. Sie hinkte wesentlich stärker als er.

Was will sie mir damit beweisen? Ilnamar ay Shorn war verwundert. Er schüttelte den Kopf und folgte ihr. Schon nach kurzer Zeit hatte er zu ihr aufgeschlossen und hielt sie am Arm fest. Das Mädchen sah zu ihm auf. Ihr Blick war leicht verschleiert, aber sie lächelte, obgleich sie die Lippen blutig gebissen hatte. Ilnamar schauderte und ließ sie abrupt wieder los.

Schroff sagte er: »Du bist vollkommen erschöpft, das kannst du mir nicht verheimlichen. Und wann bist du mit dem rechten Fuß umgeknickt?«

»Ich weiß nicht, wovon du redest!« Sie verzog das Gesicht, als sie ihr Gewicht verlagerte. »Ach das! Ich bin über einen Stein gestolpert, aber es tut schon kaum mehr weh.«

Ilnamar winkte ab.

»Komm! Da hinten im Schatten des Felsens können wir Rast machen, und ich werde mir deinen Knöchel ansehen«, sagte er.

Er half ihr in den Schatten und zog dann mit geübten Fingern ihre Stiefel aus, durchgelaufenes Schuhwerk, das ihr viel zu groß und mit Stoff ausgestopft war. Er brauchte den Knöchel nicht einmal abzutasten – dieser war stark angeschwollen, und an einer Stelle färbte sich die Haut blau.

Djamilla verhielt sich still und stöhnte nur, als er fester zupackte und den Knöchel zu massieren begann. Er spürte, daß sie sehr gute Reflexe besaß, die ihn an die Körperbeherrschung eines Kriegers erinnerten.

»Das sieht übel aus, wird aber besser werden, wenn du ausruhst.«

»Und wie lange wird das dauern?«

Ilnamar seufzte. »Ich kann es nur abschätzen – vielleicht ein oder zwei Tage, je nachdem, welche Heilkräuter ich in unserem Gepäck finden kann.«

»So lange reichen unsere Wasservorräte nicht mehr!« sagte Djamilla. »Ich bin ungeschickt gewesen – aber als Stadtkind bin ich solche Wege nicht gewohnt. Erst diese unbequemen Kamelritte, die mir alles wundgescheuert haben, und dann der lange Fußmarsch!«

»Ich weiß, daß du keine Erfahrung hast, obgleich du von den Kameltreibern einiges hättest lernen können«, antwortete Ilnamar. Er zog aus seinem Bündel einen Stoffstreifen hervor und suchte weiter, bis er ein Tiegelchen gefunden hatte, das er ihr zuwarf. Ein zweites, das er öffnete, enthielt eine stark riechende rote Salbe, die er auf den geschwollenen Knöchel auftrug. Sie linderte sofort den Schmerz und kühlte überdies die heiße Fessel.

Djamilla wog das andere Döschen in ihrer Hand, bis Ilnamar unvermittelt weitersprach: »Das verrät auch deine Haut. Ich gab dir eine Salbe, mit der du dich einreiben kannst, damit die Rötungen verschwinden. Sie riecht zwar nicht besonders, aber sie hilft.« Zuletzt wickelte er den Verband fest um ihren Fuß.

»Die Salbe kenne ich von Ali!« sagte Djamilla trotzig. »Er hat mich nur Schritt für Schritt unterwiesen, damit ich alles nach und nach gründlich lerne. Über das Leben in der Wüste wollte er mir erzählen, kurz bevor wir überfallen wurden.« Djamilla beugte sich vor und legte vorsichtig ihre Hand auf die seine, die den Verband hielt.

Ilnamar zuckte zusammen.

»Danke!« flüsterte die Diebin und nahm ihre Rechte wieder fort, als er sie ansah. So nahe waren ihre Gesichter sich noch nie gekommen, und jeder spürte den Atem des anderen auf der Haut. Schweigend sahen sie sich in die Augen.

Ilnamar holte tief Luft. Er wandte den Kopf ab und erhob sich ruckartig, als Gefühle durch seinen Körper fluteten, die er nicht fühlen wollte, nicht fühlen durfte!

Er ballte die Fäuste. Djamilla-Azila hatte nichts Unrechtes getan, aber dennoch spürte er Scham und Wut in sich aufsteigen.

Er verschwand hinter den Felsen, so daß sie ihn nicht mehr beobachten konnte, und zog seinen Kunchomer. Einen Moment starrte er auf die blitzende Klinge und senkte sie dann ruhig, um die Ausgangsstellung für seine Übungen einzunehmen. Gezielt begann er, die Gedanken und Gefühle, die in ihm im Widerstreit lagen und wie heißes Öl in einem Kessel brodelten, mit kraftvollen Bewegungen aus sich zu vertreiben, bis er vor Erschöpfung schwankte.

Djamilla wartete im Schatten. Sie vernahm zwar die Geräusche, die Ilnamar verursachte, aber sie schaute nicht nach, was er dort tat. Der Knöchel tat nicht mehr so weh – Ilnamars Massage und die Salbe hatten geholfen.

Die Diebin hätte vorher niemals geglaubt, daß eine Wanderung am Rande der Khom für sie so anstrengend werden würde!

Sie streckte sich, suchte eine bequemere Haltung und spürte, wie die Müdigkeit den Körper bleischwer machte. Ihre Augen fielen immer wieder zu, aber sie wollte noch nicht schlafen.

Ich möchte immer bei ihm sein, aber wie könnte ich das? Liebliche Rahja, er ist ein Hadjiin… Sie seufzte traurig und vertrieb die sehnsuchtsvollen Gedanken. Als sie sich so nahe gewesen waren, hätte sie ihn gerne umarmt und an sich gezogen…

Sie hatte sich mit aller Gewalt zurückhalten müssen, um nicht wieder alle Gefühle der Achtung zu zerstören, die zwischen Ilnamar und ihr gewachsen waren. Sie erinnerte sich an ihre frechen Versuche, ihn zu ärgern und verführen – an ihr vorwitziges Eindringen in seinen Arbeitsraum, nachdem sie ihn im Hause des Kaufherrn Haman überlistet hatte. Sie dachte mit einem stillen Lächeln an ihre waghalsigen Verfolgungsjagden über die Dächer Rashduls und die Augenblicke, in denen er meinte, sie in die Enge getrieben zu haben.

Ich liebe dich, doch ich kann es dir nicht einfach so sagen. Wie würdest du mir glauben können? dachte sie, bevor sie einschlief.

Ilnamar ay Shorn kehrte erschöpft zu den Felsen zurück und kauerte sich nieder, um zu ruhen. Sein Blick fiel auf die junge Frau, die sich in einer Kuhle zusammengerollt hatte und schlief. Er wollte sich abwenden, aber dann rückte er doch näher und betrachtete sie. Zuvor hatte er die Shanja der Diebe immer für weit älter als zwanzig Sommer gehalten und den Gerüchten über ihr wahres Alter keinen Glauben geschenkt, aber jetzt stimmte er ihnen zu. Ihr junges Gesicht war für Lachen und Freude wie geschaffen, und er konnte sich kaum vorstellen, wie es aussähe, wenn es von Leid oder Schmerz überschattet war. Ein Hauch von Unschuld lag in ihren Zügen. Er mußte lächeln.

Vorsichtig streckte er eine Hand aus und schob eine Haarsträhne zurück, die Djamilla über den Mund gefallen war. Es war stumpf und fühlte sich strohtrocken an, erinnerte kaum mehr an die glänzende, kupferfarbene Mähne der Diebeskönigin.

Dann zog Ilnamar sich abrupt zurück und rief sich ins Bewußtsein, warum er die Waffenübungen durchgeführt hatte. »Ich hätte nicht nach Rashdul gehen sollen! Diese lasterhafte Stadt hat meine Selbstbeherrschung mehr geschwächt, als ich dachte. Neben mir liegt das Weib, das all diese Sünden verkörpert, und ich fühle keinerlei Abscheu!« murmelte er ärgerlich. Seine aufkeimende Wut verrauchte schnell.

Dann erinnerte er sich an ihre früheren Begegnungen – ihre lästerlichen Annäherungsversuche, ihre frechen Worte und ihren Spott: Vor allem nach seiner schweren Niederlage, als sie seine Falle entdeckt und die Gäste des Kaufherrn Haman ausgeraubt hatte. Noch heute fragte er sich, wie sie es geschafft hatte, unentdeckt in jenes Haus einzudringen. Er dachte daran, wie oft sie ihm im letzten Augenblick entkommen war.

Sie war eine ebenbürtige Gegnerin, für die er die Bewunderung eines Kriegers empfinden könnte, wenn sie eine Ehre besäße! Er konnte nicht verleugnen, daß er sie auch als begehrenswerte und schöne Frau sah, die zudem noch einen wachen Verstand besaß. Haßte er

Djamilla-Azila wegen dieser Empfindungen, die seinem Kodex widersprachen?

Am nächsten Tag brachen sie früh auf, um die Stunden zu nutzen, in denen die Sonne die Luft noch nicht zur Glut erhitzt hatte. Doch schon jetzt war es brütend heiß, da nicht das geringste Lüftchen wehte.

Ilnamar ay Shorn hatte sich dazu entschlossen, Djamilla Azila zu tragen, auch wenn die Salbe gute Dienste geleistet hatte. Die Schwellung war deutlich zurückgegangen. Sie konnte zwar ein paar Schritte laufen, jedoch keine längeren Strecken. Die Diebin hätte noch mindestens einen Tag ausruhen müssen, aber der Hadjiin wollte keine Zeit verlieren. Er konnte Djamilla Azila nicht zumuten, neben ihm herzuhumpeln, da sich ihre Verstauchung dadurch sicher wieder verschlimmert hätte.

Der Weg blieb verschlungen. Nur ein oder zweimal stieg er an, und dann ließ Djamilla es sich nicht nehmen, neben Ilnamar zu gehen. Sie würde es gleich wieder tun müssen, denn der Pfad führte steil zu einer Felsformation hinauf, hinter der er schließlich verschwand.

Djamilla-Azila versuchte, sich so zu halten, daß sie Ilnamar das Tragen leichter machte, aber jede ihrer Bewegungen brachte ihm deutlich zu Bewußtsein, daß sie eine Frau war. Er hielt in jedem Arm einen ihrer Schenkel, und sie hatte die Arme um seine Schultern geschlungen. Ihre Brüste drückten sich an seinen Rücken, während ihr Gesicht dicht neben dem seinen war.

Er preßte die Lippen aufeinander. Bisher war kein unnötiges Wort gefallen, und die Diebin hatte es vermieden, die Hände über seinen Körper wandern zu lassen. Auch wenn sie sich damit anders verhielt, als er erwartet hatte, blieb er mißtrauisch.

Plötzlich hob Djamilla ruckartig den Kopf.

»Ich habe etwas gesehen!« raunte sie ihm ins Ohr.

»Laß mich runter! Ich kann die paar Schritte auch alleine gehen!«

So setzte er sie in der Deckung eines Felsens am Wegrand ab und verbarg sich in dessen Schatten.

»Was hast du gesehen?« fragte er dann scharf.

»Es war ein vermummter Reiter, der dort hinter dem Geröllfeld rechts von uns auf den Felsen entlangritt. Ich habe ihn vor einiger Zeit schon einmal kurz wahrgenommen, war mir aber nicht sicher.«

»Nicht sicher? Es ist wichtig, mir jede Beobachtung mitzuteilen! Die Felsen hier sind der Lebensraum vieler giftiger Tiere und bieten genug Gesindel Unterschlupf, das nur darauf wartet, daß ihnen ahnungslose Reisende in die Arme laufen!«

Djamilla zuckte mit den Schultern. »Es stimmt, Ilnamar, ich hätte daran denken müssen! Was sollen wir jetzt tun?«

»Am besten warten wir einige Zeit, um zu sehen, ob er wirklich auf uns aufmerksam geworden ist. Währenddessen schilderst du mir, wie er ausgesehen hat. Dann erst werden wir uns der Stelle nähern, an der er aufgetaucht ist.«

Nachdenklich berührte er seinen Schmuck. Djamillas Augen wurden schmal und ließen ihn achtsam werden. Er schob den Edelstein in sein Hemd zurück.

»Was trägst du da um deinen Hals?«, fragte sie unvermittelt. »Glaubst du, daß mir nicht aufgefallen ist, wie oft du an deinem Amulett herumfingerst?«

»Das geht dich nichts an, Djamilla-Azila!« entgegnete er schroff.

»Hm ...« Die Diebin hob die Hände. »Wenn man einmal davon absieht, was ... Aber nein, vergiß es, es ist nicht so wichtig.«

Der Hadjiin knurrte leise. Er wußte genau, daß sie ihn dazu verleiten wollte, ihr von dem Stein zu erzählen. Anscheinend gefiel er ihr. Dann erinnerte er sie daran, daß sie seine Frage noch nicht beantwortet hatte.

»Der Mann ritt auf einem Shadif«, antwortete sie und schilderte ihre spärlichen Beobachtungen so ausführlich wie möglich.

Ilnamar lauschte ihr aufmerksam, aber er vermochte keine besonderen Schlüsse aus ihrem Bericht zu ziehen, nicht einmal von welchem Volk der Reiter stammte. Es konnte ein einfacher Reisender, aber auch der Späher einer Bande sein.

Sie warteten eine Zeitlang ab. Die Sonne wanderte vom Horizont eine Handbreit aufwärts, und nur das Sirren und Rascheln der Insekten durchbrach die Stille. Sie vernahmen das Poltern eines Steins, gefolgt von einem lauten Krachen.

»Das klang wie eine Steinlawine!« stellte der Hadjiin fest. Djamilla richtete sich auf und lugte vorsichtig über den Felsen hinweg.

»Es ist nichts zu sehen, aber ich glaube, ich habe einen Schrei gehört«, bemerkte sie.

Ilnamar sprang auf, als er den Hufschlag eines Pferdes hörte, der immer lauter wurde. Das herrenlose Tier tauchte hinter der Felsformation auf und galoppierte auf sie zu.

»Warte hier!« Ilnamar sprang auf, trat dem Tier entgegen, hob die Hände und versuchte, es durch Befehle anzuhalten. Tatsächlich schnaubte der edle Rappe und wurde langsamer, trabte vorsichtig näher. Er war also ausgebildet und kampferfahren! Ilnamar griff nach den Zügeln und klopfte auf den Hals des Pferdes. Dann betrachtete er das Tier genauer. Es war staubbedeckt und hatte eine Schramme an einem Vorderbein, aber die ließ sich versorgen.

13. Kapitel

Der Morgen kam mit Nebel und einer leichten Brise. Schon zeitig hatte Koshul seine junge Begleiterin geweckt, und nach einem hastigen Mahl aus seinen Vorräten wanderten sie zu Fuß weiter. Sie kamen an rötlichen Sandsteingebilden vorbei, die der stete Wind in Äonen geformt hatte. Koshul führte das Pferd am Zügel mit sich. Das Mädchen geleitete ihn auf einem steilen Pfad in ein schmales Tal, das zwischen zwei schroffen Gipfeln lag, auf deren Flanken noch Schnee schimmerte. Es war hier oben merklich kühler als im Tal, so daß Koshul seinen Burnus zuschnürte. Daysha schien die Kälte nichts auszumachen.

Der Einschnitt war bewaldet. Laubbäume wechselten mit wenigen Nadelbäumen, und die Wiesen waren von Felsen durchsetzt; aus dem Teppich von Gräsern, Farnen, Moosen und Blumen unter den Bäumen ragten Steine empor.

Daysha sprang behende über das modrige Herbstlaub vom vergangenen Jahr. Koshul folgte ihr langsam und sah sich aufmerksam um.

Plötzlich blieb Daysha stehen. Sie wandte nachdenklich den Kopf, als hätte sie etwas entdeckt. Auch der Dashinim sah nun die runden, mit Hammer und Meißel behauenen Formen eines Felsens, der aus einer Klippe herausragte, die sich fast fünfzig Schritt in die Höhe erstreckte.

»Hier ist es«, sagte das Hirtenmädchen stolz. Sie stolperte fast über eine Wurzel, als sie in ihrem Übereifer loslief, fing sich aber geschickt ab. Ehe Koshul sich versah, war sie hinter dem Gestein verschwunden.

Der Dashinim ließ sich Zeit. Er sah etwas Rötliches zu seinen Füßen schimmern und hob es auf. Es war eine verrostete Messerklinge. Angewidert ließ Koshul sie fallen, denn er entdeckte nun auch das verrottete Heft der Waffe, um das sich weißlichgelbe Knochenfinger klammerten. Er zog eine Augenbraue hoch und folgte dem Mädchen, nachdem er die Zügel seines Pferdes um einen Ast geschlungen hatte.

Daysha musterte inzwischen die Vorderseite des Felsens. Er war tatsächlich von Menschenhand bearbeitet worden, auch wenn die in den Stein gehauenen Figuren ziemlich plump wirkten. Darüber waren Schriftzeichen zu erkennen, die Koshul nicht entziffern konnte. Ihr verwitterter Zustand deutete darauf hin, daß die Steinarbeiten sehr alt sein mußten. Koshul spürte einen kalten Schauer über seinen Rücken laufen. Er hielt Daysha fest, die durch das Portal treten wollte. Sie konnten nicht weit in die Höhlung dahinter sehen.

»Warte! Ich halte es für ratsamer, zuerst Fackeln zu entzünden. Ein Tier könnte sich diese Höhle als Heimat gewählt haben.«

Das Hirtenmädchen sah ihn mit großen Augen an und nickte. In ihrem Gesicht stand Neugier, keine Angst.

Der Dashinim ging zu seinem Pferd zurück und machte sich an den Satteltaschen zu schaffen. Dabei warf er einen kurzen Blick über die Schulter. Daysha betrachtete neugierig die Figuren.

Jetzt war der geeignetste Zeitpunkt, sich ihrer zu entledigen. Sie hatte ihn an den Ort geführt, an den er wollte. Von nun an würde dieses freche Kind nur noch eine Last sein.

Er zog zwei Fackeln hervor. Das Feuerkästchen bewahrte er ohnehin in seiner Schärpe auf. Auch das Seil löste er von dem Haken am Sattel, ehe er umkehrte und sich lautlos dem Mädchen näherte, das sich hingehockt hatte, um eine Figur genauer zu betrachten.

Langsam legte er Fackeln und Seil aus den Händen und zog dann seinen Dolch. Ein Schritt nach vorne, und er stand genau hinter ihr. Er haßte, was er tun mußte.

Es würde gleich vorbei sein. Eine Opferung war schlimmer.

Koshul hob den Dolch, doch genau in diesem Augenblick drehte sich das Mädchen um.

Koshuls Hand zitterte. Ihr Blick traf den seinen. Fassungslosigkeit, mehr noch als Furcht, stand in den weit aufgerissenen Augen des Mädchens. Aber da war noch etwas: Grünliche Sprenkel flimmerten in den Augen und machten Koshul benommen. Mit einem Fluch taumelte er zwei Schritte zurück und schüttelte den Kopf, um wieder zu sich zu kommen. Er starrte auf Daysha, vermied es jedoch, ihrem Blick zu begegnen. Das Mädchen hockte immer noch da – starr vor Angst und mit verzerrtem Gesicht – und klammerte sich an den Stein.

Der Dashinim keuchte. Er versuchte noch einmal, den Dolch zu heben und ihn in ihre Brust zu stoßen, doch sein Arm sank kraftlos herab, während sie leise wimmerte.

Bei den Krallen der Löwin! Was war mit ihm los? Er mußte sie umbringen! Was fiel ihm daran plötzlich so schwer? Ekel stieg in Koshul hoch, und er krampfte die Hand um den Dolchgriff.

»Ich kann es nicht!« murmelte er. Bei den Göttern, bin ich verhext? dachte er gehetzt. Ihre Augen! Ihre Augen waren an allem schuld. Sie hatte ihn damit gebannt!

Oder hatte er in ihnen die Angst und Qual eines Dashon-Opfers gesehen? Er vermeinte die Schreie des Knaben zu hören, an dessen Tod er vor mehr als sieben Jahren Anteil gehabt hatte. Als die Kraft, die der Machtstein ihnen gegeben hatte, geschwunden war, hatte er nur noch Ekel und Haß auf sich selbst verspürt. Als er nach Hause zurückgekehrt war, hatte er seiner Frau nicht mehr in die Augen sehen können – geschweige denn seinen Söhnen, von denen einer im Alter des Getöteten gewesen war. Seitdem hatte er solche Aufgaben gemieden und es gehaßt, ein Dashinim zu sein. Aber wer einmal das Krallenzeichen angenommen hatte, gehörte auf immer zu ihnen.

Koshul holte tief Luft. »Komm«, sagte er rauh und steckte den Dolch wieder ein, ehe er seine Hand ausstreckte. Daysha zuckte vor ihr zurück.

»Ihr wolltet mich töten!« stammelte sie. »Umbringen! Bei den Göttern, was seid Ihr nur für ein Scheusal!«

»Ich werde dir nichts mehr tun«, sagte Koshul leise. »Du hast recht, ich bin ein Scheusal. Und ich würde es dir nicht verübeln, wenn du jetzt davonläufst.«

Daysha sprang auf und wich ihm aus. »Das werde ich auch.«

»Was wird deine Familie sagen?« Im gleichen Moment verfluchte Koshul sich, das gesagt zu haben.

»Meine Familie?« Dayshas Gesicht verdüsterte sich. »Bei den Sturmwinden, sie werden mich davonjagen, weil ich ihnen Schande gebracht habe. Aber ich brauche sie nicht! Ich werde allein nach Rashdul gehen!« Trotzig stampfte sie auf. »Auch Euch brauche ich nicht.« Dann wandte sie sich um und lief davon.

Der Dashinim blickte dem Mädchen noch eine Weile nach, bis sie zwischen den Bäumen verschwunden war, ehe er sich wieder dem Portal zuwandte und es eingehend betrachtete. Dann machte er sich daran, eine seiner Fackeln zu entzünden und verstaute das Zunderkästchen wieder. Er streckte den Arm mit der Fackel aus und leuchtete in die Höhle hinter dem Portal. Sie war leer, wenn auch der Wind und wilde Tiere allerlei Unrat hineingetragen hatten. Koshul sah, daß sie nach nur sechs Schritt an einer massiven Felswand endete – aber er sah auch die dunkle Öffnung eines Lochs, das die anderen Erkunder dieses Ortes in die Wand hineingeschlagen haben mußten. Als er näher trat, entdeckte er viereckige, rötliche Steine am Boden. Bei den Göttern – das war eine Ziegelwand! Vor Urzeiten war dieser Eingang zugemauert und später wieder aufgebrochen worden.

Koshul beugte sich vor und untersuchte mit einer Hand die Öffnung, rüttelte an einem der oberen Steine – und löste ihn. Drei andere polterten hinunter. Koshul unterdrückte einen Fluch. Sicher war dieser Einstieg nicht ungefährlich, aber er hatte keine andere Wahl, wenn er sehen wollte, was hinter der Mauer lag.

Vorsichtig kauerte er sich hin und hielt die Fackel durch die Öffnung. Wenige Schritte dahinter verengte sie sich zu einer schmalen Spalte, die gut einen halben Schritt breit war. Auch sie war nicht natürlichen Ursprungs, sondern von Menschen geschaffen.

Koshul hatte genug gesehen. Vorsichtig richtete er sich auf, um durch die Öffnung zu schlüpfen. Doch er hatte in seiner Anspannung einen lockeren Stein in der Lücke übersehen. Er stieß mit der Schulter daran und spürte im nächsten Moment, wie dieser nachgab. Der Dashinim wollte zurückweichen, aber schon lösten sich andere Ziegel aus dem brüchigen Mauerwerk und polterten auf ihn herab. Einer traf ihn am Hinterkopf. Koshuls Geist versank in Dunkelheit.

Als er wieder erwachte, spürte er, wie schmale, kühle Hände seinen Kopf abtasteten. Er riß die Augen auf und achtete kaum auf den pulsierenden Schmerz in seinem Hinterkopf. Zunächst sah er nicht mehr als sich bewegende Schatten, dann gewöhnten sich die Augen an den schwachen Lichtschein.

»Du…?« murmelte er benommen. »Was machst du hier, Mädchen?«

Daysha zuckte zusammen. »Ich hörte, wie etwas in der Höhle zusammenbrach, und bin umgekehrt.«

Sie biß sich auf die Lippen und sah Koshul unsicher an. »Ich habe Euch unter den Steinen liegen sehen und ausgegraben ...« Dabei hob sie ihre zerschundenen Hände. Hinter ihr brannte ein kleines Öllämpchen, das sie wohl in seinem Gepäck gefunden hatte. Sie hatte auch die Satteltaschen in die Höhle geschafft. »Es hat angefangen zu regnen ...«, entschuldigte sie sich verlegen.

Koshul lachte trocken und verzog das Gesicht, als er einen stechenden Schmerz fühlte. Vorsichtig richtete er sich auf.

»Warum bist du nicht mit meinem Pferd auf und davon? Es hätte dir in Rashdul sicherlich etwas Geld eingebracht, mit dem du einige Zeit ausgekommen wärst. Warum hast du mich aus dem Schuttberg befreit?«

Er sah auf das dunkle Loch in der Ziegelmauer, das erheblich größer geworden war, und verfluchte sich innerlich, nicht achtsamer gewesen zu sein. Nachdenklich musterte er das Mädchen. Sie hatte ihn gerettet, doch er hätte gerne gewußt, warum. Wäre sie verschüttet worden, hätte er sie dort liegen lassen. So wäre er aller Sorgen ledig gewesen.

Daysha schwieg.

»Warum sagst du es mir nicht, Mädchen? Ich wollte dich töten und könnte es immer noch tun«, drängte Koshul.

»Es hat zu regnen angefangen«, murmelte Daysha unwillig. »Dazu ist Sturm aufgekommen. Ich hatte keine andere Wahl als umzukehren.«

Koshul schüttelte den Kopf.

Daysha sah ihn an und sprach dann weiter: »Als ich Euch hier liegen sah, konnte ich nicht anders. Ich habe nicht länger darüber nachgedacht und die Steine beiseite geräumt. Bei den Göttern, ich hätte Euch doch nicht sterben lassen können! Das wäre Unrecht gewesen, auch wenn Ihr ...«

»Schon gut«, erklärte Koshul. »Ich verstehe dich. Was willst du jetzt tun? Ich kann dir einige Dinge aus meinen Satteltaschen überlassen, damit du es leichter hast, durch die Berge zu kommen, wenn du morgen aufbrechen willst. Wie ich sehe, ist es Nacht geworden.«

Er berührte vorsichtig die Beule. Daysha hatte sie verbunden und die Blutung gestillt. Er lächelte das Mädchen an, das nun deutlich schluckte.

»Ich habe Angst. Ich bin niemals allein in den Bergen gewesen, und meine Onkel haben mir eingeschärft, dies zu vermeiden. Es gibt viele Gefahren hier« – sie zuckte zusammen, als der heulende Ruf eines Raubtiers erklang –, »gegen die ich nicht allein bestehen kann. Ich möchte bei Euch bleiben, Herr, auch wenn ich Angst vor Euch habe. Aber es ist besser, als allein dort draußen zugrunde zu gehen.«

Koshul streckte eine Hand aus. »Du hast nichts mehr von mir zu befürchten, weil du mir geholfen hast. Ich werde dir nichts tun – und wenn ich diesen Ort verlasse, nehme ich dich mit nach Rashdul. Es ist am besten, wenn du so lange hier draußen auf mich wartest.«

Dem Reiter hatten sie nicht mehr helfen können. Er war vom Pferd in die Schlucht gestürzt und hatte sich das Genick gebrochen. So hatte Ilnamar die Wunden des Tieres versorgt, ehe sie auf ihm weitergeritten waren.

Die Dunkelheit überraschte sie wenige Meilen vor Hayabeth. Obgleich sie die Oase hätten erreichen können, beschloß Ilnamar, in den Felsen zu übernachten. Er wählte eine geschützte Stelle, von der er den Pfad einsehen konnte. Die Frage, ob sie ein Feuer entzünden sollten, stellte sich erst gar nicht, da sie nichts Brennbares mit sich führten.

Djamilla überließ es Ilnamar, sich um das Pferd zu kümmern. Sie untersuchte den Inhalt der Satteltaschen und legte die Nahrung beiseite, die sie heute noch verzehren würden.

Als Ilnamar das Pferd versorgt hatte, wollte er zu ihr gehen, stellte aber fest, daß sie ihren Platz verlassen hatte, wenn auch die Satteltaschen noch an Ort und Stelle lagen. Er ließ den Blick schweifen und wartete einen Augenblick, dann murmelte er ärgerlich: »Ich hätte es wissen müssen!«

Wo konnte sie nur wieder sein? Was veranlaßte eine kluge Frau wie sie, einfach so zu verschwinden? Sie war zu lange fort, um natürliche Geschäfte zu verrichten, es sei denn, ein Skorpion oder eine Schlange hätte sie gebissen. Aber dann hätte sie sicherlich geschrien – keines der Gifte wirkte sofort! Dabei hatte er ihr auf dem Ritt erklärt, worauf sie in der Wüste achten mußte.

Er machte einige Schritt zur Seite, um wieder im Schatten zu verschwinden, als er eine Bewegung in den Felsen über sich wahrnahm.

Seine Hand bewegte sich zum Dolch, und er machte sich bereit, die Waffe zu ziehen. Dann stöhnte er ärgerlich auf.

Djamilla kletterte langsam aber geschickt herab. An der Art, wie sie die Füße aufsetzte, bemerkte er, daß sie den Knöchel noch schonte.

»Du hättest dich nicht heimlich entfernen sollen!« sagte er ärgerlich, trat aus seiner Deckung und musterte sie scharf. Djamilla zuckte mit den Schultern und legte einen Finger auf die Lippen.

»Das mag wohl stimmen, aber ich habe für einen Augenblick Licht in den Felsen da oben gesehen und wollte meiner Beobachtung nachgehen.«

»Was hast du gesehen?«

»Ich bin mir nicht ganz sicher, weil ich nicht besonders weit kam. Hinter den Felsen ist eine freie Fläche, und der Umweg hätte zu lange gedauert. Was ich sehen konnte, war ein gefesselter Mann, der von einem anderen befragt wurde.«

Ilnamar trat einige Schritte vor und sah in die Richtung, aus der sie gekommen war.

»Waren nur die beiden da?«

»Nein. Ich habe noch andere Schatten gesehen, kann dir aber nicht sagen, wie viele es sind.«

»Dann sollten wir dem nachgehen, ehe sie uns entdecken und überraschen.«

Djamilla nickte. »Das hätte ich auch vorgeschlagen«, meinte sie und trat an seine Seite. »Bitte befiehl mir nicht, daß ich zurückbleiben soll, denn das werde ich sicher nicht tun!«

Der Hadjiin schnaubte, winkte ihr aber, ihm zu folgen.

Gemeinsam kletterten sie über die Felsen den Hang hinauf. Bald schon war Lichtschein zu sehen. Schritt um Schritt kamen sie ihm näher und erreichten eine Stelle, von der aus sie den kleinen Talkessel überblicken konnten. Ilnamar zog Djamilla zurück, als sie sich neugierig nach vorne beugte.

Er erkannte im Schein des Feuers fünf Männer. Zwei hielten offensichtlich Wache, einer stand neben einem an den Felsen gefesselten Gefangenen und schien ihn noch immer zu befragen, die anderen beiden kauerten am Feuer.

Die Stimmen drangen nur undeutlich herüber. Ilnamar machte sich nicht die Mühe, Wortfetzen verstehen zu wollen, er versuchte statt dessen, die Männer genauer zu erkennen und sich die Art ihrer Bewegungen einzuprägen.

»Das ist ein alter Mann!« stellte Djamilla-Azila fest, als der Kopf des Gefangenen nach hinten gerissen wurde. Ilnamar umklammerte im selben Augenblick unwillkürlich seinen Schmuck und rieb ihn nervös.

Seine Lippen zitterten, aber das war die einzige Gefühlsregung, die seinem Gesicht abzulesen war.

»Vater!«

»Oh!« Djamilla hatte sein leises Flüstern verstanden. Er spürte, wie sie ihn musterte.

Der Folterer hatte einen kleinen Dolch gezogen und

schickte sich an, dem Greis einen Schnitt ins Gesicht zu versetzen.

»Sprich, wo ist ... Kat ...«, war von unten zu verstehen. Dann senkte sich die Klinge.

Ilnamar hielt es in seinem Versteck nicht länger aus. Ohne über die Konsequenzen nachzudenken, verließ er seine Deckung, zog seinen Kunchomer – und sprang aus fünf Schritt Höhe in die Senke und unter die Männer, die kaum genug Zeit hatten, ihre Waffen zu ziehen und sich zum Kampf zu stellen.

Djamilla schnappte verblüfft nach Luft, als Ilnamar ay Shorn seine Vorsicht vergaß und zum Angriff überging.

Bei Phex – er tat es schon wieder, obwohl ihn seine Verletzungen daran hätten hindern müssen: Katzengleich sprang er aus fünf Schritt Höhe unter die Männer und forderte sie zum Kampf, dabei wich er seinen Gegnern geschmeidig und schnell aus!

Djamilla stutzte. Hatte er nicht wieder an seinen Schmuck gefaßt?

Das erinnerte sie an das Gebrabbel der alten Haimamudim auf dem Basar, denen sie schon als Kind gerne gelauscht hatte, wenn auch die Heldenepen zumeist übertrieben gewesen waren. Ihr fiel eine bestimmte Geschichte ein ...

Djamilla beschloß, später darüber nachzugrübeln, und zog ihr Wurfmesser. Sie traf den Arm des Folterers, verhinderte, daß dieser dem alten Mann die Kehle durchschnitt. Dann kletterte sie hinunter.

Ihr Knöchel trug sie, auch wenn es schmerzte und sie einige Steine lostrat, die den Folterer zurückweichen ließen. Er schien zwischen ihr und Ilnamar hin- und hergerissen zu sein, hatte der Hadjiin inzwischen doch einen der Männer erschlagen. Ein zweiter lag stöhnend am Boden. Er stieß einen für Djamilla unverständlichen Fluch aus und griff Ilnamar an.

Djamilla atmete auf, lief zu dem alten Mann hinüber,

löste seine Fesseln und stützte ihn, als seine Beine einknickten. »Ich danke Euch«, murmelte der Alte und lehnte sich stöhnend gegen die Felswand, während Ilnamar den dritten Gegner niederhieb.

Dann ergriffen die beiden anderen die Flucht. Ilnamar setzte ihnen nach und war für einige Augenblicke außer Sicht.

Djamilla eilte zu den am Boden Liegenden und kauerte sich neben dem nieder, der sich noch bewegte, riß ihn am Halssaum hoch und starrte ihn mordlüstern an, als sie das Bronzeamulett der Dashinim entdeckte. Die Augen des Sterbenden weiteten sich.

»Ihr habt meine Schwester umgebracht!« keuchte sie wütend. »Rede, du Ratte – wo versteckt ihr euch?« zischte sie und schüttelte ihn. Sie spürte, wie ihr Herz heftig pochte, und daß sie dem Mann am liebsten das angetan hätte, was sie mit Durnah gemacht hatten, aber davon würde er nicht mehr viel spüren. Der Dashinim spuckte Blut und bäumte sich noch ein letztes Mal auf. Djamilla fing seine Hand ab, die sich in ihr Haar krallen wollte. Der Mann röchelte und stieß ein paar Wörter aus, die entfernt nach Namen klangen.

Die Diebin ließ ihn los. Teilnahmslos beobachtete sie, wie er starb.

Hatte er wirklich das gesagt, was sie gehört hatte? Sie waren den ganzen Weg umsonst gereist! Sie lachte leise auf. Diese Mörder hausten also in Rashdul! All die Jahre hatte sie die Dashinim in ihrer Reichweite gehabt und es nicht bemerkt.

Ilnamars Vater wartete noch immer an der Stelle, an der sie ihn zurückgelassen hatte.

Wo war der Hadjiin? In der Ferne hörte sie Kampfgeräusche, dann Hufschlag. Sie zuckte mit den Schultern und beschloß, sich um den alten Mann zu kümmern. Als sie ihn genauer betrachtete, stellte sie fest, daß er vielleicht an die sechzig Sommer gesehen hatte. Er war ungefähr so groß wie Ilnamar, ein wenig füllig, aber die

Augen blickten noch immer wach und aufmerksam. Er hielt sich aufrecht, auch wenn man ihm die Erschöpfung ansah.

»Ich danke euch beiden, wer immer ihr auch seid. Ich schulde euch mein Leben, und wenn ihr mich sicher in mein Haus zurückbringt, werde ich es euch lohnen!«

Djamilla seufzte. »Ich glaube nicht, daß mein Begleiter mehr als Dank von Euch annehmen wird, aber ich würde eine Gabe begrüßen. Wie Ihr seht, bin ich nicht eben begütert!«

Er musterte sie genauer. Sie sah, wie sich seine Augenbrauen hoben, als er erkannte, daß sie eine Frau war. Rasch schob sie ihren Halsausschnitt enger zusammen und drehte sich um, als sie Schritte hörte.

Ilnamar kam zurück. »Diese Hunde haben die Flucht ergriffen!« Grimmig starrte er auf die Toten. »Wer auch immer sie waren!«

Djamilla seufzte. »Es waren Dashinim! Der eine, der noch lebte, hat mir verraten, wo sie sich verstecken – in Rashdul!«

»Rashdul!« schnaubte der Hadjiin wütend.

»Ich kann dies bestätigen«, antwortete der alte Mann und kam langsam zu ihnen. Er rang nach Luft, als er den Krieger erkannte. Ilnamar erwiderte seinen Blick. Eine Weile herrschte Schweigen, und Djamilla trat unruhig von einem Fuß auf den anderen, biß sich auf die Lippen und fragte sich, was nun geschehen würde.

Endlich – nach einer kleinen Ewigkeit gingen die beiden Männer aufeinander zu. In Ilnamars Gesicht zuckte es, die Augen des Alten schimmerten feucht, aber die Begrüßung fiel so kühl aus, als seien sie Fremde. Der Hadjiin machte eine Geste der Verehrung, während sein Vater zuerst seine Arme ausstreckte, sie dann aber wieder sinken ließ.

»Mein Sohn«, sagte er. »Ich bin froh, dich zu sehen. Du bist im rechten Augenblick zur Stelle gewesen. Den Göttern sei Dank! Es ist, als hätten sie dich geschickt.«

»Vielleicht war es ihre Fügung. Doch was wollten diese Männer von dir?« fragte Ilnamar kurz angebunden.

»Diese Männer...«, der Alte stockte und blickte auf die Leichen, »... haben mich schon einmal in meinem Hause angegriffen, doch mit der Hilfe eines Hadjiin konnten wir sie zurückschlagen. Der ehrenhafte Mann sprach von einem Geheimbund, den er Dashinim nannte, aber er konnte mir nicht viel über sie erzählen. Diese Männer suchten etwas in meinem Hause. Ich wußte nicht, wonach, bis sie mich heute morgen entführten und hierher brachten. Sie fragten mich nach einem Edelstein, einem fünfeckigen Rubin – der unser Zeichen ist.«

Djamilla verschluckte sich und hustete laut. Ilnamar sah sie finster an und legte eine Hand auf seine Brust. »Das Geschenk Achans!« stieß er aus.

»Ja. Das Juwel schien ihnen wichtig zu sein. Ihr Anführer, der mich befragte, schien als einziger mehr darüber zu wissen, obgleich er nur Andeutungen fallen ließ. Er erwähnte Rashdul und einen ›Krallenherrn‹ im Gespräch mit den anderen.«

»Das ist der Herr ihres Geheimbundes! Warum läßt er nach dem Stein suchen?«

Ilnamar nestelte etwas aus seinem Hemd und barg es in den Händen, so daß Djamilla es nicht richtig sehen konnte.

»Darf ich etwas sagen?« mischte sie sich ein.

Die Köpfe der beiden Männer drehten sich ruckartig zu ihr.

»Es sind nur Geschichten, aber sie ranken sich um sieben fünfeckige Juwelen. Die Haimamud nannten sie Katzenblut, und sie sollten voller geheimer Kräfte sein – Steine der Macht, mit denen ihre Träger Übermenschliches tun konnten. Zum Beispiel fünf Schritt in die Tiefe springen und sicher landen, obgleich sie verletzt waren und der Untergrund steinig!«

Sie sah, wie Ilnamar zusammenzuckte. Er zeigte ihr das Juwel, und sie war sich nun ganz sicher. »Wenn ihr beide es hören wollt, erzähle ich euch die Geschichten, soweit ich mich an sie erinnere. Ich habe sie vor einigen Jahren zum letzten Mal gehört.«

»Deine Begleiterin spricht weise«, stimmte der Ältere zu. »Ich denke aber, daß wir in meinem Hause sicherer sind als hier zwischen den Felsen.«

14. Kapitel

Trotz aller Warnungen ließ sich Daysha auch am nächsten Morgen nicht umstimmen. Sie wollte Koshul auf jeden Fall begleiten und weigerte sich zurückzubleiben. Der Dashinim gab schließlich nach. Er hatte nicht die Geduld, weiter auf sie einzureden. Das Hirtenmädchen mußte wissen, was es tat, und wenn ihm in der Höhle etwas zustieß, würde er sich keine weiteren Gedanken über es machen müssen.

Er verstand es nicht. Das Mädchen war auf der einen Seite naiv und unerfahren, auf der anderen wußte es durchaus, was es wollte. Es hatte sich erboten, einen Teil der Ausrüstung zu tragen, die der Dashinim zur Sicherheit mit sich nahm. Nun stieg es hinter ihm durch das Loch und folgte ihm. Als Koshul sich einmal umdrehte, sah er, daß es seine Bewegungen nachahmte. Doch dann richtete er seine ganze Aufmerksamkeit auf den Spalt vor sich.

Als sich der Durchschlupf plötzlich erweiterte, blieb Koshul stehen und leuchtete auf den Boden.

»Warum gehen wir nicht weiter? Ist das hier etwas Besonderes?« fragte Daysha neugierig und blickte an dem Dashinim vorbei. Ihre Stimme hallte verzerrt in der Dunkelheit wider. Er sah aufmerksam auf die Steinplatten, die verschiedenfarbene Muster trugen.

Etwas raschelte. Beide zuckten zusammen und sahen sich um, vermochten aber nichts zu erkennen. Kurzerhand drückte Koshul dem Mädchen die Fackel in die Hand und wies sie an: »Halte sie weiter nach unten! Ich traue diesen Platten nicht und werde sie mir etwas näher anschauen.«

Koshul zog eine der Ersatzfackeln aus dem Bündel, das das Hirtenmädchen auf dem Rücken trug, und kauerte sich nieder. Dann stieß er das Holz mit voller Wucht auf eine Bodenplatte, die mit einem gelben Sonnensymbol gezeichnet war. Es begann zu knirschen, Sand rieselte.

Der Dashinim wiederholte seinen Schlag, und sah zu, wie der viereckige Stein polternd in die Tiefe krachte. Doch dann begann das Loch zu schimmern und zu gleißen, und eine neue Platte bildete sich über der Öffnung.

»Das zum einen ...«, murmelte Koshul und fröstelte. Er hatte es mit Magie zu tun. Wenn sie schon so früh auftrat – was, bei der Sturmherrin, mochte dann weiter im Inneren lauern?

Er wählte einen blauen, gevierteilten Kreis und machte die Probe aufs neue. Der Schlag verhallte in der Dunkelheit, und es wurde für einen Augenblick totenstill. Dann löste sich knarrend und quietschend ein Mechanismus.

Koshul horchte auf und zuckte zurück. Zuerst war da nur ein Windhauch, dann aber sauste etwas durch die Luft. Er hatte immer noch die Hände mit der Fackel nach vorne gestreckt.

Für Koshul erschienen die wenigen Augenblicke wie Stunden. Er hielt die Luft an und sah im Fackellicht etwas blitzen. Bei der Sturmherrin – nein!

Eine sichelförmige Klinge raste heran. Der Dashinim wollte sich zurückwerfen, aber seine Muskeln versagten. Er japste, als die Schneide seinen Standort erreichte, sah, wie die Klinge die Fackel in zwei Hälften teilte – genau zwischen seinen Händen – und wieder verschwand, als der Mechanismus zurückschnellte und mit einem Krachen einrastete.

Daysha kreischte und ließ beinahe die Fackel auf ihn fallen. Sie war einige Schritte zurückgewichen, so daß er sich nun zurücksinken lassen konnte und sich den

Schweiß von der Stirn wischte. Das Mädchen wagte sich wieder an ihn heran und leuchtete ihm ins Gesicht. Koshul grollte und wich dem Feuer aus.

»Paß auf, Mädchen! Ich weiß jetzt, daß wir nur die Platten mit den roten Flammen benutzen sollten«, scherzte er, doch das Lachen blieb ihm im Hals stecken. Er erhob sich mit zittrigen Knien, warf die Holzstücke fort und nahm die Fackel wieder an sich. Todesmutig betrat er die erste flammengezeichnete Platte und nickte, als nichts geschah, und fragte sich im nächsten Moment, warum er so unvorsichtig gewesen war. Er drehte sich nach dem Mädchen um, das ihm dichtauf folgte, und klopfte ihr ermutigend auf die Schulter. Daysha erschrak und verlor fast das Gleichgewicht, fing sich aber geschickt an der Wand ab und seufzte.

»Es ist unheimlich hier.«

»Nicht nur unheimlich. Ich frage mich, zu welchem Zweck dieser Ort errichtet wurde und warum gerade hier oben«, murmelte Koshul. Er deutete nach vorn. »Laß uns weitergehen und besser schweigen! Es können noch weitere Fallen hier verborgen sein, die wir vielleicht nicht rechtzeitig wahrnehmen, wenn wir plappern.«

In Dayshas Gesicht arbeitete es. Sie dachte vermutlich an ihren Großonkel, der auch diesen Weg gegangen war.

Der Gang machte eine Biegung.

Voraus sahen sie ein Portal, das dem äußeren glich. Auch hier waren Schriftzeichen und Symbole eingemeißelt. Zwei Schritt davor endeten die Platten und gingen in massiven Fels über. Koshul kniff erstaunt die Augen zusammen. Täuschte er sich, oder waren die Wände hinter dem Tor tatsächlich von einem goldfarbenen Gespinst überzogen, das im Fackellicht schwach blinkte? Er hielt die Fackel ein Stück nach vorne, um zu sehen, was jenseits der Schwelle lag. Erst jetzt entdeckte er den Abgrund von zwei Schritt Breite, der sich zwischen dem Tor und dem Raum dahinter erstreckte.

»Was soll das jetzt schon wieder bedeuten?« dachte Koshul laut. »Der Abgrund ist zu überspringen, aber es muß einen Haken geben!«

Daysha zupfte an seinem Ärmel und machte ihn auf etwas aufmerksam, das auf dem goldfarbenen Gespinst des Portals lag. Er senkte die Fackel.

»Das ist eine verkohlte menschliche Hand!« stellte er fest. »Oder das, was von ihr übrig geblieben ist.«

Daysha beugte sich neugierig vor. In dem Moment sah Koshul das Flimmern und riß sie zurück. Es roch nach angesengtem Haar.

Er kniff die Augen zusammen. »Aber es muß ein Durchkommen geben! Dies ist der einzige Weg. Oder habe ich etwas übersehen?« grübelte er.

Er drehte sich vorsichtig um und leuchtete mit der Fackel zurück. Decke und Wände des Plattengangs waren von Menschen aus dem Fels gehauen worden und geglättet. In seiner unmittelbaren Umgebung konnte er keine Fugen erkennen.

»Au!« jammerte da Daysha neben ihm und hielt eine Hand vor das Gesicht. »Es brennt, aber meine Hand ist unversehrt.«

Sie hielt diese Koshul entgegen.

»Was hast du getan?« fragte dieser in einem strengeren Tonfall, als er wollte. Dieses Mädchen war unvorsichtig und leichtsinnig!

Koshul schluckte seinen Ärger hinunter, als Daysha den Kopf senkte. »Was hast du getan?« fragte er noch einmal, diesmal in einem ruhigeren Tonfall.

»Ich habe meine Hand ausgestreckt und genauso schnell wieder zurückgezogen. Mir ist nichts passiert, obgleich es gebrannt hat«, erklärte sie.

Koshul streckte ebenfalls die Hand aus. Er spürte den Schmerz und nickte zustimmend. »Das Flimmern verbrennt uns nicht, wenn wir es schnell genug durchdringen. Das ist eine Art von Magie, von der ich noch nichts gehört habe.«

Er schwieg und blickte auf den Abgrund. Sie würden ihn überspringen müssen, doch was erwartete sie dahinter? Er beschloß eine weitere Fackel zu opfern, nestelte sie aus Dayshas Bündel und entzündete sie. Dann warf er sie durch das Portal. Die Flammen wurden für einen Moment heller und loderten hoch, das Licht zeigte, daß der Abgrund ins Bodenlose zu gehen schien, dann schlug die Fackel auf glattem Steinboden auf und erlosch fast. Koshul atmete auf. Wenigstens verbreitete die Fackel noch ein wenig Helligkeit, so daß er zumindest den näheren Umkreis erkennen konnte. Der Boden war staub- und fugenlos, aber die weißen Knochen einer skelettierten Hand ragten in den Lichtkreis.

»Du bleibst am besten hier«, raunte er dem Mädchen zu, doch Daysha schüttelte trotzig den Kopf.

»Nein!« flüsterte sie mit einem ängstlichen Unterton. »Ich kann den Spalt überspringen! Ich habe so was schon oft getan, wenn wir in den Bergen herumkletterten, um verirrte Lämmer zurückzuholen«, fügte sie ungehalten hinzu.

Koshul wollte etwas entgegnen, schloß dann aber wieder den Mund.

Er klopfte dem Mädchen begütigend auf die Schulter. Wenn es unbedingt mitkommen wollte, würde er es nicht daran hindern. Er hoffte nur, auf der anderen Seite brauchbare Holzbretter oder Verankerungen für Seile zu finden, um sich den Rückweg zu erleichtern.

So nahm er sein Bündel und warf es auf die andere Seite. Daysha tat es ihm gleich, ihres jedoch verschwand aus dem Lichtkreis. Erst als er auch die zweite Fackel hinüberwarf, konnte er es sehen. Sie sah fragend zu ihm auf. »Du zuerst!« sagte Koshul. »Da du aus dem Stand springen mußt, werde ich versuchen, dir noch mehr Schwung zu geben.«

Er trat hinter das Mädchen und legte die Hände auf dessen Hüften, spürte deutlich, wie es sich leicht bückte und anspannte. Als es sprang, stieß der Dashinim mit aller Kraft das Mädchen von sich weg. Daysha flog durch die Luft, kam jedoch ungünstig auf. Sie knickte um und stolperte zurück – genau auf den Abgrund zu. Ihre Hände konnten im letzten Moment den Rand umklammern.

Koshul fluchte. Er zögerte nicht und setzte ebenfalls über den Spalt, nahm das eiskalte Brennen hin, das er spürte, als er das Portal durchquerte. Der Schmerz verebbte, als er sicher auf dem Stein landete, herumwirbelte und die Handgelenke des vor Schreck erstarrten Mädchens umfaßte, um es hochzuziehen.

All das hatte nur wenige Augenblicke gedauert.

Koshul atmete tief durch und spannte die Muskeln an, um Dayshas über den Rand zu ziehen. Das Mädchen stieß sich ab und landete in seinen Armen. Sie klammerte sich an ihn und zitterte heftig, verbiß sich jedoch das Weinen.

Erst nach einer Weile schob er Daysha von sich weg. »Wir sollten uns jetzt hier umsehen und schleunigst wieder verschwinden«, murmelte er und griff nach einer der Fackeln. Es ärgerte ihn, seinem Herz und nicht seinem Verstand gefolgt zu sein, indem er Daysha gerettet hatte.

Er schulterte sein Bündel. Zumindest hatte er seine Schuld ihr gegenüber beglichen.

Daysha trat neben ihn. Vorsichtig machten sie ein paar Schritte nach vorn. Der Raum erweiterte sich schon nach wenigen Schritten zu einer großen Halle, die sie mit dem schwachen Licht nicht vollständig einsehen konnten. Fein gearbeitete Reliefs zierten die Wände, seltsam ineinander verschlungen, so daß man keine einzelnen Figuren erkennen konnte. Koshul richtete sein Augenmerk auf das Skelett am Boden, das nicht das einzige zu sein schien. Zu diesem hatte auch die Hand gehört, die sie zuerst gesehen hatten. Er zog die vermoderten Lumpen, die über den Knochen lagen, zur Seite, wobei Daysha neben ihm leise aufschrie. Sie deutete auf den Schädel, der am Hinterkopf geborsten war.

Der Mann war in Panik geflohen und dabei hinterrücks ermordet worden. Und er besaß noch alle Wertgegenstände. Doch Koshul fand nicht, was er suchte, obgleich einige angelaufene Münzen zu Boden klirrten und davonrollten.

»Ich suche einen Gegenstand, den jemand an diesen Ort gebracht hat«, erklärte er dem Mädchen, weil er ihre Frage schon ahnte. »Was auch immer diesen Ort bewacht, ich möchte es nicht auf uns aufmerksam machen.«

Daysha nickte und blieb an Koshuls Seite, während sie weiter vordrangen und auf einen anderen Toten stießen. Er war noch nicht gänzlich zerfallen. Das Mädchen schrie auf, jedoch nicht vor Angst oder Ekel. Koshul erkannte, als er den Leichnam untersuchte, daß er ein Hirte gewesen sein mußte. Vermutlich war das der unvorsichtige junge Mann aus Dayshas Familie. Er bog eine der mumifizierten Hände auf, die etwas umklammert hielt: ein rundliches Juwel.

Es war ein kinderfaustgroßer Saphir, aber nicht das, was Koshul suchte. Dennoch wischte er den Stein ab und steckte ihn dem Mädchen ins Hemd. »Er hat es für deine Sippe holen wollen. Nun nimm du es!«

»Ohhh«, murmelte Daysha und wandte das Gesicht ab. Sie erbebte, als sie in den aufgerissenen Rachen eines schlangenartigen Wesens mit Flügeln starrte. Gelbliche Edelsteinaugen funkelten sie an. Eine halb in die Wand eingelassene Steinfigur, wie Koshul nach genauerem Hinsehen feststellte. Er nahm die Hand des Mädchens. »Laß uns rasch weitersuchen!« mahnte er. Auch ihn fröstelte, und das lag nicht nur an der Kälte und dem Geruch nach Tod.

Sie waren nahe an die Wand herangekommen. Der Dashinim entdeckte eine weitere Schreckensgestalt des Reliefs, verzichtete aber darauf, sie genauer zu studieren. Bei den Echsischen und ihren verderblichen Taten! Welcher Phantasie entspringen diese Kreaturen? dachte er und zog das Mädchen mit sich.

Einige Schritte weiter entdeckten sie, daß die Halle nicht leer war, sondern einem bestimmten Zweck diente. Im Fackellicht waren etwa ein Dutzend Sarkophage zu sehen – rechteckige Kästen aus Stein mit verschobenen Deckplatten. Sie umgaben eine erhöhte Plattform – oder war es ein riesenhafter Sarg? Dazwischen blitzten weiße Knochen.

Die Diebe schienen beim Plündern überrascht worden zu sein, denn überall lagen blinkende Edelsteine und Geschmeide verstreut. Eine matt glänzende Goldkette vor Koshuls Füßen verdeckte einen dunklen Fleck auf dem Boden. Er schob den Schmuck mit dem Fuß beiseite, während ihn Daysha aufhob und betrachtete. Es war kein Blutfleck, wie Koshul zunächst vermutet hatte, sondern ein mit rötlicher Farbe aufgemaltes Zeichen.

Er blickte auf die Skelette.

Wenn er die Lage richtig deutete – er war kein Magier, aber seine Lehrmeister hatten ihn und die anderen Novizen in den Grundzügen der Zauberkunde unterwiesen –, durfte er diese Zeichen nicht überschreiten. Tat er es dennoch, würde er die Kreatur wecken, die die anderen Grabräuber umgebracht hatte.

Er zögerte, aber hatte er eine andere Wahl? Das Katzenblut wartete dort auf ihn.

Daysha nahm ihm die Entscheidung ab. Sie stopfte die Kette in ihre Schärpe, machte unbedacht einen Schritt vorwärts und drehte sich zu ihm um, dann weiteten sich ihre Augen.

Das Siegel flammte in weißlichem Licht auf!

Koshul verschluckte einen Fluch und sah Daysha

zornig, aber gleichzeitig erleichtert an: »Geh zurück, Mädchen, und versuch nach drüben zu kommen! Ich folge dir, sobald ich das habe, wonach ich suche.«

Daysha schüttelte den Kopf und stampfte mit dem Fuß auf. »Ich sehe und höre nichts!« rief sie und lief plötzlich zu den Sarkophagen. Koshul folgte dem Mädchen. Er hatte jetzt nicht den Willen, sich mit ihr zu streiten, und begann angestrengt zwischen den wüst auseinandergerissenen Gerippen zu suchen. Vielleicht fand er das Katzenblut, bevor das Unvermeidliche geschah und die Magie dieses Ortes erwachte.

Da sah er ein rotes Glimmen! Koshul ballte aufgeregt eine Faust und spürte, daß sein Herz schneller schlug, als ihm ein fünfeckiger Rubin entgegenschimmerte, der in eine stark mit Grünspan überzogene Kupferfassung eingesetzt war. Koshul riß an dem Band, an dem das Juwel befestigt war. Die Lederschnur hatte sich in Halswirbeln verhakt, die nun davonkullerten. Schnell stopfte der Dashinim den kostbaren Stein in den Lederbeutel, den er immer unter seinem Hemd trug, ohne ihn genauer zu begutachten.

Er sah sich nach Daysha um. Das Mädchen stand bei einem der offenen Sarkophage und blickte hinein. Um ihren Hals hing eine Kette mit Edelsteinen.

Plötzlich spürte Koshul einen kalten Hauch. Die Fackel wurde ihm aus den Händen gerissen, flog einige Schritt weiter gegen die Plattform und verlosch.

Ein stechender Schmerz schoß durch seinen linken Arm. Koshul spürte, wie Blut zu der Hand hinunterrann. Er stöhnte auf und umklammerte den schmerzenden Arm.

»Schnell weg von hier, Daysha!« schrie er dann.

Das Mädchen fuhr hoch. Sie war gerade dabei, einen länglichen Gegenstand aus dem Sarkophag zu ziehen, der im Licht der Fackel blitzte. In diesem Moment flackerten die Flammen heftig, und ein Windstoß ließ ihre Kleider flattern. Daysha schrie, aber sie umklammerte den fast zwei Schritt langen, juwelenbesetzten Stab und die Fackel, als sie einige Schritte zurückwich. Etwas bedrohte sie, doch Koshul konnte nicht erkennen, ob es unsichtbar oder nur in den Schatten verborgen war. Er sah nichts, hörte aber ein Rauschen.

Der Lichtkreis um das Mädchen schrumpfte immer mehr, so als ersticke etwas die Flammen. Daysha hob unwillkürlich den Stab. Die Steine versprühten feurige Blitze.

Der Dashinim hörte ein lautes Sirren. Etwas bewegte sich mit unglaublicher Geschwindigkeit durch die Halle und erzeugte kalte Windböen.

Koshul sprang auf und lief zu Daysha. Heftig atmend erreichte er das Hirtenmädchen, das schreckerfüllt zusammenzuckte, als es ihn hinter sich spürte. Sie war im Gegensatz zu ihm unverletzt, so als habe das unsichtbare Wesen sich ihr nicht nähern können. Was schützte sie? Der Dashinim starrte auf den Stab.

Die Juwelen auf dem schwarzen Holz blitzten und glühten. Gleichzeitig spürten Koshul und Daysha, daß etwas sie lauernd umkreiste. Ein eisiger Hauch schlug ihnen entgegen, ein lautes Zischen gellte in ihren Ohren, während ein glühendes Augenpaar aus der Dunkelheit auftauchte.

»Gnädige Tsa!« flüsterte Koshul und zog das Mädchen an sich. »Laß den Stab nicht fallen. Er schützt uns vor dieser … dieser Kreatur! Oder gib ihn mir!«

»Nein«, stieß Daysha ängstlich hervor und reichte ihm statt dessen die Fackel. Koshul brummte unwillig, umklammerte das Holz fest und stieß die Fackel in verschiedene Richtungen. Er sah noch immer nichts bis auf die Knochen der Toten, die von dem kalten Sturm herumgewirbelt und hochgerissen wurden, als seien sie Blätter im Wind.

»Wir müssen zurück! Vielleicht kann es uns über den Abgrund nicht folgen!« rief Koshul. Seine Nerven waren zum Zerreißen gespannt.

Langsam, Schritt um Schritt bewegten sie sich auf ihrem Weg zurück. Es wurde totenstill um sie her. Das Etwas lauerte und schien auf einen geeigneten Augenblick zum Angriff zu warten.

Vielleicht kam dieser Augenblick mit der Dunkelheit? Die Fackel glühte nur noch schwach. Die eisige Kälte griff nach Koshul und Daysha.

Sie erreichten den Abgrund. »Sobald ich die Fackel nach drüben geworfen habe, gibst du mir den Stab und springst, Mädchen!« befahl Koshul.

Er schleuderte die Fackel hinüber. Sie flammte in der Luft wieder hell auf, wurde aber plötzlich aus ihrer Bahn gebracht. Auf halber Strecke stürzte sie wie ein Stein in die Tiefe.

Der Dashinim vermochte nur noch einen kurzen Blick nach unten zu erhaschen, dann wurde es dunkel um sie.

»Wie soll ich jetzt springen?« flüsterte Daysha. »Oh, Götter – da!«

Die Juwelen des Stabes strahlten auf und spendeten ein wenig Licht. Ein Rauschen und Sirren näherte sich ihnen und brachte heftigen Wind mit sich, der durch ihre Kleider fuhr.

Das glühende Augenpaar war plötzlich hinter ihnen. Für einen Augenblick war es ihnen vergönnt, mehr von der bisher unsichtbaren Kreatur zu sehen, die sie bedrohte.

Sie standen vor dem weit aufgerissenen Rachen eines unwirklichen Geschöpfes, das einem Alptraum entsprungen zu sein schien. Blitzende Zahnreihen senkten sich herab – vier oder fünf an der Zahl. Der Kopf des Wesens füllte die Hälfte des Vorraums aus. Drache, Schlange oder Echse – es besaß von allem etwas.

Die Kiefer begannen, sich um die beiden zu schließen. Koshul spürte, wie Daysha sich anspannte. Dann, ehe er es verhindern konnte, schleuderte sie den Stab nach oben – hinein in den gähnenden Rachen.

Felsgestein ächzte, Steine und Staub rieselten herab, als der Kopf der Kreatur gegen die Decke stieß. Sie schien realer zu sein, als Koshul vermutet hatte. Sein Mund öffnete sich zu einem Schrei, während sich der Stab in einen Feuerball verwandelte und inmitten des halb durchsichtigen Monsterschädels explodierte. Gleißendes Licht blendete sie.

Daysha und Koshul wurden zurückgeschleudert und verloren den Boden unter den Füßen. Sie stürzten in die Tiefe, verzweifelt schreiend und mit den Armen rudernd.

Dann schlugen sie hart auf.

15. Kapitel

Als Kind hatte er den Palast seines Vaters verlassen, als Mann kehrte er heim. Ilnamar ay Shorn sah sich um. Nur wenig hatte sich in all den Jahren verändert – ein Anbau war hinzugefügt worden, und die Gärten rund um das Haus schienen ein wenig verwilderter zu sein, aber alles andere war noch immer so wie in seiner Erinnerung: die weite Eingangshalle aus Marmor, nur von einigen kostbaren Wandteppichen verziert, die fein ziselierten Gitter, die als Trennwände oder als Fensterschutz dienten, der schwere Blütenduft, der die Hallen erfüllte, die Betriebsamkeit der Diener.

Am zweiten Tag seines Aufenthalts hatte sich Ilnamar immer noch nicht eingelebt. Die Erinnerungen aus seiner Kindheit waren verschwommen und fern, als stammten sie aus einem anderen Leben. Er fühlte sich fremder an diesem Ort als Djamilla. Die Diebin schien die Umgebung zu genießen. Er betrachtete sie aufmerksam. Die Strapazen der Reise zeichneten sich kaum noch in ihrem Gesicht ab. Mit dem Bad hatte sie sich den Staub und Schmutz abgewaschen und die Farbe aus den roten Haaren entfernt. Leicht gelockt umschmeichelten diese ihr herzförmiges Gesicht mit den wachen grünen Augen. Er stutzte, als sie ihn einen Moment an die Shanja erinnerte. Aber vielleicht lag es nur daran, daß sie sich nicht so benahm, wie er es von einer Gassenkatze erwartet hätte. War sie vielleicht von adliger Geburt? In ihren Bewegungen, ja selbst in Stimme und Worten spiegelte sich hohe Bildung wider. Djamilla hatte Ilnamar und seinem Vater die Märchen, die sie erwähnt hatte, erzählt, und wenn in ihnen nur ein

Funke Wahrheit war, dann wußte er, welche Macht die Dashinim zu erlangen suchten.

»Sie würden mit dem Katzenblut unüberwindliche Kämpfer sein«, murmelte er. »Doch was sind ihre Ziele? Uns Hadjiin endgültig zu vernichten, oder die Macht über etwas oder jemanden zu erlangen?«

»Das ist meine Vermutung!« warf Djamilla ein. »Niemand mordet so gezielt, ohne einen triftigen Grund zu haben.« Sie sah ihn an. »Aber ein Juwel fehlt ihnen immer noch. Der Anführer, der mit einem Kumpan entkommen ist, vermutet jetzt, daß du es hast. Er hat gesehen, wie du dich bewegst: nicht wie ein gewöhnlicher Mensch, sondern wie eine Katze! Sie werden dir bestimmt auflauern, um dir den Stein abzujagen.«

Julik machte eine zustimmende Geste. »Deine Begleiterin hat recht Ilnamar! Junge Frau, Ihr scheint wirklich einige Erfahrung zu haben. Sagt mir, woher Ihr ...«

»Das ist nicht so wichtig, denke ich«, unterbrach ihn Ilnamar. »Dringender ist es, nach Rashdul zu reiten und meinen Brüdern diese Neuigkeiten zu überbringen. Ein wirklich guter Mann ist schneller als die Dashinim. Ich werde auf mich und meine Umgebung achten und als Söldner verkleidet die Männer und Frauen begleiten, die aus Hayabeth in das Mhanadital flüchten wollen. Du, Vater, solltest dich auch in Sicherheit bringen!« Dabei erinnerte er sie an die andere Gefahr, die ihnen von Süden her drohte. Nachdem Unau vor knapp einem Monat endgültig in die Hände der Al'Anfaner gefallen war, bewahrheiteten sich die Gerüchte, daß die Gefolgsleute Tar Honaks dort ihre Truppen sammelten, um in das Mhanadital und auf Mherwed vorzustoßen. Täglich hatten Novadi-Reiter und Flüchtlinge neue Nachrichten gebracht, und die Wüstenstämme versammelten sich in Tarfui, um sich dem Feind entgegenzustellen.

Ilnamar hatte seinem Vater geraten, den Palast zu verlassen, denn nach Tarfui würde Hayabeth eines der nächsten Ziele der Feinde sein. Nach einigem Zögern hatte dieser zugestimmt und beschlossen, auf der nördlichen Route nach Mherwed zu reisen, wo er eine Handelsniederlassung besaß. Der Hadjiin sorgte sich nur noch um eines und wandte sich nun an Djamilla: »Ich habe meinen Vater gebeten, dich freundlich aufzunehmen, bis alles vorüber ist. Du wirst ihn begleiten!«

»Bei allen Ratten der Kechans!« brauste Djamilla auf. »Ich werde dich begleiten, Ilnamar ibn Julik, ob es dir paßt oder nicht! Auch ich habe mit den Dashinim noch eine Schuld zu begleichen! Glaubst du, das lasse ich mir entgehen?«

Energisch beugte sie sich vor und musterte ihn mit blitzenden Augen. »Kamelmist – ohne mich wärst du gar nicht bis nach Hayabeth gekommen! Die Wüstenräuber hätten dir den Garaus gemacht!«

Seine Antwort war entsprechend harsch. Djamilla ließ sich jedoch nicht einschüchtern und stritt sich mit Ilnamar vor den Augen des Kaufherrn, der sie kopfschüttelnd beobachtete und ein Lächeln nicht verbergen konnte.

Ein schnell dahinströmender Fluß mit tiefem Bett rettete ihnen das Leben, als sie stürzten. So erfuhr es Koshul von Daysha, als er mit schmerzendem Kopf in einer weichen Lehmkuhle am Flußufer erwachte. Büsche und einige Bäume gaben ihnen Schutz vor dem Wind und einem leichten Nieselregen. Dennoch war es hier angenehm warm im Vergleich zu der Kälte in der Höhle.

Daysha hatte über Koshul gewacht, obgleich sie selbst vollkommen erschöpft war, wie er an ihren langsamen Bewegungen und den Schatten unter den Augen bemerkte.

Das tapfere Mädchen hatte ihm das Leben gerettet. Als sie benommen aus den kalten Fluten aufgetaucht war, hatte sie in der Dunkelheit um sich gegriffen und Koshul zu fassen bekommen. Sie hatte sich treiben lassen und sich verzweifelt bemüht, Luft zu schöpfen und gleichzeitig Koshuls Kopf über Wasser zu halten. So waren sie schließlich ans Tageslicht gelangt, und an einer seichten Stelle war Daysha an Land gekrochen.

»Ich hatte nur noch die Kraft, Euch ans Ufer zu schleppen, dann bin ich eingeschlafen. Als ich erwachte, lagt Ihr immer noch reglos da, und ich habe mich um Eure Wunden gekümmert«, beendete das Mädchen ihre Erzählung.

Koshul richtete sich, so gut er konnte, auf und ergriff Dayshas Hand. Er lächelte und streichelte ihre weiche Haut.

»Ohne dich wäre ich tot, Mädchen. Und ich habe dich umbringen wollen! Dafür gibt es keine Entschuldigung.« Seine Stimme zitterte leicht. »Ich werde dich nach Rashdul mitnehmen und sehen, wo ich dich unterbringen kann, das verspreche ich dir«, fügte er hinzu und reichte ihr die Hand.

Auch wenn es dem Krallenherren und meinen Krallengefährten mißfallen wird, so werde ich genau das tun. Dem Hirtenmädchen habe ich mein Leben zu verdanken. Rondra, du wirst es verstehen, dachte er und erinnerte sich an die unschuldigen Leben, die im Namen der Göttin genommen worden waren.

Als er sich bewegte, schmerzte ihn der linke Arm heftig. Vom Handgelenk an schien er gefühllos. Daysha hatte zwar die Wunde gut verbunden, aber den Bruch nicht richtig schienen können – falls sie ihn überhaupt bemerkt hatte. Darum mußte er sich später kümmern.

Das Hirtenmädchen blickte ihn lange an.

»Ihr habt mir auch das Leben gerettet, und dafür danke ich Euch. Ja, ich vertraue Euch!«

Daysha umarmte ihn. Koshul ließ es geschehen und strich ihr sanft über den Rücken. Er dachte an seine eigenen Kinder.

Sie löste sich wieder von ihm und blickte verlegen zu Boden.

»Ich habe mich noch gar nicht umgesehen, wo wir sind.«

»Dann werden wir dies gemeinsam tun!« Der Dashinim richtete sich auf und stellte mit Erleichterung fest, daß ihn die Beine trotz aller Schmerzen trugen.

Sie kämpften sich das Flußufer hoch. Mehrmals mußte Daysha Koshul stützen, weil er den linken Arm nicht benutzen konnte. Erst jetzt bemerkte er, welche Kraft in ihrem schmalen Körper steckte. Sie war hartes Arbeiten gewohnt.

Oben angekommen, konnten sie hinter dem Blattwerk der Büsche auf der einen Seite rötliche Felswände erkennen, auf der anderen einen steil abfallenden Hang.

»Mir kommt die Gegend bekannt vor«, murmelte Daysha. »Hier sind unsere Frühjahrsweiden; wir treiben das Vieh kurz nach dem Winterregen hierher. Auf der anderen Seite der Felsen ist das Tal.«

»Führt auf dieser Seite ein Weg dorthin, oder müssen wir die Felsen umgehen, um wieder ins Tal zu gelangen?«

Daysha überlegte. »Soweit ich mich erinnere, gibt es einen schmalen Weg, der an den Felsen entlangführt. Aber an ein oder zwei Stellen mußte ich klettern.«

»Dann bleibt uns nur der andere Weg.«

Koshul stützte seinen linken Arm mit der Rechten. »Denn damit kann ich nicht klettern, das haben wir ja gesehen. Es scheint später Nachmittag zu sein, so daß wir vielleicht noch die Möglichkeit haben, den Eingang der Höhle vor Einbruch der Dunkelheit zu erreichen.«

Daysha zuckte mit den Schultern. »Vielleicht, wenn wir schnell gehen. Aber, was wollen wir dort anfangen?«

»Mein Pferd wartet noch immer vor dem Eingang und mit ihm die Werkzeuge und Waffen, die wir benötigen, um uns hier oben durchzuschlagen. Du bist hier aufgewachsen und weißt, welche Dinge vonnöten sind.«

Daysha berührte die Kette an ihrem Hals und nickte verlegen. Koshul legte seine gesunde Hand auf ihre Schulter.

»Komm!«

Es war für sie immer noch ungewohnt zu reiten, aber mittlerweile wußte Djamilla dem gutmütigen Shadif-Mischling zumindest einige Befehle zu geben: Schneller, langsamer, rechts, links, geradeaus gab sie ihm durch Schenkeldruck oder Zügelzug zu verstehen.

Ilnamar hatte seit ihrem Streit wenig mit ihr gesprochen, aber ihr immerhin mit Geduld die Grundbegriffe des Reitens beigebracht, damit sie keine zu große Last für ihn war.

Die Pferde wie auch die Kleidung waren eine Gabe Julik ibn Surkans an seinen Sohn. Zwar widerstrebte es dem Hadjiin, die seidenen Gewänder eines abenteuerlustigen Prinzen zu tragen und sich mit soviel Pracht zu schmücken, aber er nahm es als Teil seiner Verkleidung hin. Er hatte sich auch den auf der Reise gewachsenen Bart nicht abrasiert.

Djamilla hatte sich stärker verändert. Ihr Haar war noch weiter gekürzt worden, und in den Männerkleidern wirkte sie tatsächlich wie ein zierlicher Junge. So halten sie uns vielleicht für einen Prinzen mit seinem rothaarigen Lieblingsknaben und übersehen uns.

Sie fand die Vorstellung eher amüsant als unangenehm und genoß es, mit anderen Augen betrachtet zu werden.

Zügig durchquerten sie die Vorberge und erreichten schon nach eineinhalb Tagen Al'Tamur, nach zwei weiteren Rab El'dash. Auf allen Straßen bewegten sich die Züge der Flüchtlinge. Die Menschen wurden von ihrer Angst vorwärtsgetrieben und nahmen die ungewohnten Märsche ohne zu klagen auf sich.

Djamilla fühlte mit den Menschen, die ihr Heim verloren hatten und mit der wenigen Habe, die sie auf den Rücken von Kamelen oder Mherwatis mit sich nahmen, in eine ungewisse Zukunft flohen. Wenn dieser Besitz auch nur aus Federvieh oder einer kleinen Schaf- oder Ziegenherde bestand, brachten die Tiere doch Unruhe in die kleine Karawane. Immer wieder mußten die Bewaffneten eingreifen und für Ordnung sorgen.

Ilnamar war besonders wachsam. Gerade jetzt konnten Räuber wie die, die sie auf dem Hinweg in eine Falle gelockt hatten, angreifen und die Menschen ihrer letzten Habe berauben.

Djamilla beobachtete ihre Mitreisenden und versuchte herauszufinden, ob nicht auch solche unter ihnen waren, die nur vorgaben, Flüchtlinge zu sein.

Es machte sie stutzig, daß die Dashinim bisher noch nichts getan hatten, um an den Stein in Ilnamars Besitz zu kommen. Vielleicht waren sie auf schnellstem Wege nach Rashdul zurückgeritten, um ihrem Krallenherrn Bericht zu erstatten. Dann würden Ilnamar und Djamilla mit einem Hinterhalt in der Nähe von Rashdul rechnen müssen.

Der Hadjiin schien immer mehr von seiner Aufgabe erfüllt. Jeden Morgen führte er seine Waffenübungen durch, bis ihm Schweißperlen von der Stirn tropften. Er scherte sich nicht darum, daß er von den anderen Mitreisenden beobachtet wurde. Um nicht aufzufallen, gesellte sich Djamilla eines Tages zu ihm und erntete zunächst nur finstere Blicke. Dann aber beobachtete Ilnamar sie aufmerksam, als die Diebin ihrerseits Übungen durchführte, die den gar nicht einmal so unähnlich waren.

Als sie abends an einem Feuer vor der belebten Karawanserei Rab El'dashs saßen und Tee tranken, stellte er sie nach langem Schweigen zur Rede. Seine Stimme ging in dem Lärmen ringsum fast unter. Hier waren sie auch auf andere Flüchtlinge gestoßen, die sich ihnen auf dem Weg nach Rashdul anschließen wollten.

»Warum hast du meine Übungen ins Lächerliche verzerrt? Ich weiß, Djamilla-Azila, daß du keine Kriegerin bist, dennoch ahmst du ernsthafte Übungen nach.«

»Ich ahme sie nicht nach«, versuchte sie zu erklären. Ihre Hände spielten nervös mit einer kleinen Flöte, die er zuvor noch nicht bei ihr gesehen hatte. Schließlich steckte sie sie wieder fort. »Zum einen wollte ich unsere Verkleidung glaubhafter machen, zum anderen habe ich diese Übungen gelernt, um meinen Körper geschmeidig zu halten – oder glaubst du, ich bin von den Göttern mit ewig währender Geschmeidigkeit gesegnet? Auch ich muß hart für meine Geschicklichkeit arbeiten, und die letzten Wochen haben mich sehr aus der Übung gebracht.«

Djamilla zuckte mit den Schultern und fügte trotzig hinzu: »Wenn du es als Beschämung betrachtest, werde ich meine Übungen anderswo durchführen!«

Ilnamar runzelte die Stirn. Sie sollte sich ruhig von ihm fernhalten. Sollte die Diebin wieder angefangen haben zu stehlen, worauf die Flöte schließen ließ, wollte er nicht mit ihr in Verbindung gebracht werden.

Er wollte unfreundlich antworten, aber da schien Djamilla einen Punkt hinter ihm ins Auge zu fassen. Er drehte sich um und sah einige Schritte entfernt einen jungen Krieger stehen, der sie beide aufmerksam musterte.

Ilnamar fluchte innerlich, als er Duraman erkannte. Bei Rastullahs gerechter Hand – das hatte ihm noch gefehlt. Der junge Hadjiin erkannte seinen Mitbruder nicht sogleich, doch dann nickte er.

Ilnamar erwiderte die Begrüßungsgeste des jüngeren Mannes mit leichtem Zögern, während sich Djamilla still verhielt und nur beobachtete.

In den Gesichtszügen Duramans konnte Ilnamar deutlich ablesen, was dieser von seiner Gewandung hielt. Abschätzig musterte der junge Hadjiin Djamilla – hoffentlich hielt er sie für einen jungen Mann! Die Diebin verriet sich anderen gegenüber meist nur dann, wenn sie nicht auf ihre Stimme achtete und zu hell sprach. Sie besaß eine natürliche Begabung, sich zu verkleiden und einen anderen Menschen glaubhaft darzustellen. Nun wunderte es den Hadjiin nicht mehr, warum sie ihm so oft entkommen war!

Duraman deutete auf den freien Platz neben ihnen und setzte sich, als Ilnamar ihn mit einer Geste dazu einlud.

»Bruder Ilnamar, ich erwartete nicht, dich hier zu sehen!« sagte er und warf einen mißtrauischen Blick auf Djamilla, die so tat, als meine er nicht sie und die ihm einen Teebecher reichte.

»Du kannst offen sprechen, er begleitet mich und ist eingeweiht!« raunte Ilnamar zurück. »Zwar ist er kein Angehöriger des Ordens, aber ein Verwandter!«

In Djamillas Augen blitzte es.

Rastullah möge mir diese Lüge verzeihen! dachte Ilnamar und hoffte, daß Duraman darauf hereinfiel. Erst jetzt fiel ihm die verschorfte Wunde im Gesicht des jungen Mannes auf.

»Ein oder zwei Tage nach deiner Abreise gebot mir der Großmeister, dir zu folgen und beizustehen, wenn es nötig sein sollte. Ich versuchte, dich einzuholen, doch dabei entdeckte ich einen Mann, der dir offensichtlich folgte. Ich fand heraus, daß es ein Dashinim war, und habe ihn gestellt, aber er schlug mich in einem Hinterhalt nieder und floh«, erklärte der junge Hadjiin. »Wahrscheinlich hielt er mich für tot, weil mein Gesicht blutüberströmt war. Ich wäre nicht mehr am Leben, hätten sich nicht einige Wanderer meiner angenommen. Was aber hast du erfahren, Bruder Ilnamar?«

»Ich weiß jetzt, was die Dashinim suchen und wo sie sich aufhalten. Mein Begleiter und ich sind ihnen ebenfalls begegnet. Daher ist es deine dringlichste Aufgabe, zurück nach Shalat zu reiten und dem Großmeister kundzutun, was ich erfahren habe ...« Mit kurzen Worten weihte er seinen Ordensbruder ein und fügte hinzu: »Ihr Hauptsitz ist mittlerweile in Rashdul – nicht mehr irgendwo draußen im Balash. Ich werde mich in die Stadt begeben und versuchen, ihr Versteck zu finden.«

Plötzlich sprang Djamilla auf. Sie benutzte eines der Handzeichen, die Ilnamar in der Stadt kennengelernt hatte: »Beobachter!« Sie war zwischen den Flüchtlingen verschwunden, bevor er sie zurückrufen konnte.

»Was ist los?« fragte Duraman erstaunt. »Dein Begleiter ist einerseits recht schweigsam, andererseits recht schnell auf den Beinen.«

»Er hat etwas gesehen und will dem nachgehen«, antwortete Ilnamar unruhig. Wenn sie sich nur nicht unnötig in Gefahr brachte! Konnten die Dashinim im Lager sein? Er mußte den jungen Hadjiin an seiner Seite so schnell wie möglich fortschicken.

»Er scheint ein aufmerksamer Jüngling zu sein.« Duraman nickte, als Ilnamar nichts darauf erwiderte. »Ist die Lage tatsächlich so ernst? Dann werde ich gleich aufbrechen und dem Großmeister deine Worte übermitteln. Ich treffe dich in Rashdul!«

»Ich danke dir, und gib weiterhin acht!« gab Ilnamar ihm noch mit auf den Weg, als Duraman aufbrach, nachdem er seinen Tee ausgetrunken hatte. Ilnamar blieb noch eine Weile sitzen, um mögliche Beobachter zu verwirren. Erst dann erhob er sich, um nach Djamilla zu suchen.

Als sie den Blick über die müden Menschen schweifen ließ, war Djamilla ein Gesicht aufgefallen, das sie kannte. Aber der mit Burnus und weißem Turban bekleidete Mann hatte sie ebenfalls gesehen und war aufgesprungen. Er verärgerte damit seine Partner bei einem Rote-und-Weiße-Kamele-Spiel, die ihm nun wütende Flüche nachschrien.

Djamilla hatte Ilnamar nur rasch signalisiert, daß sie beobachtet wurden, ehe sie dem Mann folgte. Sie schlängelte sich durch die Menschen, bis sie sich an der Seitenmauer der Karawanserei befand. Dort fiel der Schatten des Gebäudes bis zu einem kleinen Tor in der Mauer.

Sie zog ihren Dolch. Zwielichtiges Gesindel zog sich gerne in die Dunkelheit zurück – sie machte da keine Ausnahme.

Blitzschnell wich sie aus, als jemand von der Seite auf sie zukam. Sie duckte sich, als der Mann sie zu packen versuchte, und stieß mit dem Messer nach seinen Beinen. Der Angreifer fluchte und sprang einen Schritt zurück.

Djamilla richtete sich wieder auf und starrte in das zornige Gesicht eines guten Bekannten. »Chalid al Bekschr!«

»Jamil, du kleine Ratte!« stieß dieser hervor. Seine Augen verrieten ihr, daß er unter der betäubenden Wirkung von Rauschkraut stand. Der Wüstenräuber zog sein Messer. »Du hast also mit deinem Hadjiin-Freund überlebt! Aber nicht mehr lange! Ihr werdet mich nicht verraten können!« keuchte er.

Sie sah sich hastig um. Vielleicht waren ein paar seiner Kumpane ebenfalls hier und lauerten schon auf sie. Sie konnte allerdings nichts Verdächtiges in der Nähe bemerken. So lachte sie nur spöttisch und wich mit einem Sprung einem weiteren Angriff aus.

»Dazu mußt du mich erst kriegen!« reizte sie ihn und winkte ihn mit einem Finger heran. Chalid brüllte auf, als sie ihn gegen das Bein trat. Das alles erinnerte sie an die Straßenkämpfe in Rashdul, die sie mit aufmüpfigen Bettlern oder Mitgliedern anderer Banden ausgefochten hatte. Außerdem hatte Chalid sie auf Befehl seines Anführers Haref ben Yussuf mehrere Male bei Fluchtversuchen aufgehalten. Sie erinnerte sich noch gut an seine Schläge, wenn er sie erwischt hatte. Das wollte sie ihm jetzt heimzahlen!

Plötzlich wurde sie übermütig und vergaß ganz die Gefahr, in der sie schwebte. Zu lange war sie angespannt, wachsam und vorsichtig gewesen. Sie tänzelte um den Mann herum, der sich schwerfällig bewegte, und ärgerte ihn mit Worten und Gesten.

Damit lockte sie Männer und Frauen an, die sich in der Karawanserei aufhielten oder diese betreten wollten.

»Bleib endlich stehen, du Sohn einer glitschigen Schlange und eines räudigen Papageis!« schnaubte Chalid, als er der Zuschauer gewahr wurde. Djamilla lachte und wischte sich den Schweiß von der Stirn. Vielleicht waren seine Freunde dabei, aber diese konnten unter den Augen der Schaulustigen nicht viel ausrichten. Und um sie endgültig auszuschalten, mußte sie nur noch mehr Aufsehen erregen.

So blieb sie schließlich stehen und deutete auf den vor Zorn keuchenden Mann. »Ich bleibe stehen, aber dann mußt du den Leuten auch gestehen, daß du Angehöriger einer Bande von Schakalen bist, die wehrlose Reisende ausraubt!«

Ihre Anschuldigung hatte die entsprechende Wirkung auf den bereits vor Wut kochenden Mann. Brüllend ging er auf sie los.

»Du stinkende Straßenratte mit der Zunge einer Schlange! Ich drehe dir gleich den Hals um, damit du deine Lügen nicht weiterverbreiten kannst!« Chalid täuschte einen Dolchstoß vor, schlug dann aber plötzlich mit der Linken zu.

Von dem wuchtigen Faustschlag getroffen, wankte Djamilla. Im letzten Augenblick rollte sie sich unter Chalids zustoßender Dolchklinge weg.

»Sag ihnen, daß es wahr ist – sag es ihnen!« schrie sie und rappelte sich wieder auf. Einige Männer stürzten auf die freie Fläche um die Kämpfenden zu. Zweifellos Chalids Leute, aber das erkannten nun auch die Zuschauer. Einige zogen sich daraufhin fluchtartig zurück, andere griffen nach ihren Waffen und eilten Djamilla zur Hilfe.

Im allgemeinen Tumult wurde sie, ehe sie sich versah, zur Seite gedrängt, dann zog sie eine kräftige Hand am Arm aus dem Getümmel und in den Schatten der Mauer.

»Bei allen Dämonen der Gor! Bist du wahnsinnig geworden, Djamilla-Azila?« tadelte Ilnamar sie mit zornbebender Stimme. »Wir können jederzeit von den Dashinim entdeckt werden, und du verursachst hier einen Aufruhr!«

Djamilla sah ihn heftig atmend an. »Aber hast du ihn nicht erkannt? Es war Chalid al Bekschr, einer der Wüstenräuber. Er und einige seiner Kumpane sind hier! Auch sie haben ihre Gründe, uns zu töten!« Sie wandte sich dem Tumult zu. »Mit meinem Verhalten habe ich sie uns vielleicht vom Hals geschafft. Laß uns besser von hier verschwinden, bevor sich einer an mich erinnert!«

Ilnamar ay Shorn schnaubte. Er lockerte den Griff nicht, als er sie mit sich zog.

Koshul spürte Dayshas warmen Körper, die hinter ihm auf dem Pferd saß. Zu seiner Erleichterung hatten sie das Pferd unversehrt vorgefunden.

Im stillen hatte er befürchtet, daß das geisterhafte Wesen womöglich aus seinem Gefängnis entkommen war und nach neuen Opfern suchte. Beim Auftauchen der Kreatur hatte er zum ersten Mal seit vielen Jahren wieder tiefe abergläubische Furcht verspürt, die ihm noch jetzt kalte Schauder über den Rücken laufen ließ. Er wollte nicht weiter über das Portal nachdenken – schon gar nicht über die Höhle dahinter. Er wollte gar nicht wissen, welcher wahnsinnige Geist sich diese Hallen erdacht hatte und welchem Zweck sie dienten.

Daysha hatte ihm berichtet, daß der Stab, der ihnen das Leben gerettet hatte, in den Händen eines schlafenden Jünglings mit weißen Locken und feinen Gesichtszügen geruht habe. Aber dies lockte ihn ebensowenig wie die verträumte Schilderung des Mädchens von den Gewändern ihres schönen ›Prinzen‹. Er war kein Sucher nach Wissen, wie die Diener der weisen Herrin Hesinde, die diesem Geheimnis sicherlich auf den Grund gegangen wären. Ob Grab oder Heiligtum – er wollte diesen unheimlichen Ort so schnell wie möglich vergessen.

Was er gesucht hatte, ruhte jetzt in seinem Beutel und nahm ihm einen Teil seiner Sorgen. Wenn er das Juwel dem Krallenherren überbracht hatte, war seine Aufgabe erfüllt.

Daysha hinter ihm regte sich.

Das Mädchen! Er durfte nicht vergessen, daß er es gleich nach ihrer Ankunft in Rashdul fortschikken mußte, um es vor möglichen Nachstellungen der Dashinim zu schützen. Koshul erinnerte sich, daß seine Mitbrüder ohne Skrupel Diebe und anderes Gesindel umbrachten und in den Kechans verschwinden ließen, wenn sie dem Versteck zu nahe kamen.

Lange kannte er Daysha wahrlich nicht, aber während der gemeinsam ausgestandenen Gefahren war sie ihm ans Herz gewachsen. Ohne sie wäre er wie die anderen Glückssucher von der unsichtbaren Bestie zerrissen worden.

»Ich freue mich schon auf Rashdul! Bitte, erzähl mir von der Stadt!« schreckte ihn Daysha aus seinen düsteren Gedanken. Koshul wandte sich um und blickte sie an.

»Deine Onkel müssen dir doch schon einiges berichtet haben!«

»Aber ich möchte es lieber aus deinem Munde hören! Du lebst doch dort, oder?«

»Ich lebe nicht in Rashdul, aber meine Geschäfte, du Tochter der Neugier, führen mich oft in diese Perle am Mhanadi. Die Haimamud haben recht, sie in höchsten

Tönen zu preisen, aber ich bin in meinen Worten nicht so gewandt wie sie. Ich könnte dir niemals so von den Wundern erzählen, wie ich es gerne möchte«, murmelte Koshul, doch als er sich zu ihr umsah, tat er es doch.

Er erzählte ihr von der prachtvollen Oberstadt, den goldenen Palästen, der vieltürmigen Pentagrammakademie.

»Sie hat wirklich keine Tore? Aber warum waren die Baumeister so dumm, sie zu vergessen?«

»Bei den geheimnisvollen Mächten der Dschinnis, das waren sie nicht – aber diese barbarischen Mittelländer zwangen sie dazu, die Tore verschwinden zu lassen!« erklärte Koshul. In kurzen Worten berichtete er ihr, was zur Zeit der mittelreichischen Priesterkaiser geschehen war, auch wenn sie nicht viel davon begriff. Schließlich wandte er sich der Unterstadt zu, beschrieb ihr die verwinkelten Gassen, die kleinen, oft baufälligen Häuser, die Menschen, die dort lebten.

Daysha schien von diesen Erklärungen enttäuscht.

Koshul schauderte. Ein ungutes Gefühl kam in ihm hoch, doch noch wollte er ihr nicht ins Gesicht sagen, daß sich ihre Wege in Rashdul trennten.

So unerfahren, wie sie war, würde sie den Schmuck, der ihr ein angenehmes Leben ermöglicht hätte, bald an die Diebe verlieren und in die Hände skrupelloser Männer und Frauen geraten, die sie auf die eine oder andere Art zu einer Sklavin machen würden. Im besten Fall mochte sie noch eine Anstellung als Dienerin finden.

Er schloß die Fäuste fest um die Zügel.

Bei Rondras Zorn, er erfüllte dem Hirtenmädchen seinen Wunsch, und das mußte genügen. Es sollte selbst sehen, wie es in der Stadt zurechtkam. Hatte er es nicht gewarnt? Zumindest hatte er es nicht umgebracht, was vielleicht einfacher für sie beide gewesen wäre.

Ärgerlich trieb er das Pferd an.

Sie benutzten einen schmalen Pfad, der zwischen einer hohen Felswand und einem vielleicht zwanzig Schritt abfallenden Hang lag. Auf einer Weide in der Ferne weideten Rashduler Drehhörner.

Koshul hatte einen anderen Weg gewählt, um den Aschubim zu verlassen. Er wollte Dayshas Familie nicht noch einmal begegnen.

Der verschleierte Mann drehte nachdenklich den Löwenring an seinem Finger. Wie viele andere Dinge war auch der Ring von seinem großen Vorfahren erschaffen worden, doch basierte sein Geheimnis weniger auf Magie als Alchemie. Gift und Gegengift, deren Zusammensetzung nur der Träger des Ringes kannte, machten den Schmuck zu etwas Besonderem. Er lauschte unbewegt, als ihm der junge Krallenträger meldete: »Krallenherr, seit zwei Tagen treiben sich Diebe gefährlich nahe an unserem Versteck herum. Sollen wir sie aufgreifen und töten?«

Der Krallenherr überlegte eine Weile und schüttelte dann den Kopf.

»Es reicht, wenn ihr sie gut im Auge behaltet, Marib! Erst wenn sie uns zu nahe kommen, werdet ihr sie aufhalten«, befahl er dem Jüngling und sandte ihn mit einer Handbewegung fort. Er lächelte dünn unter dem Schleiertuch. Es war ihm nicht daran gelegen, Aufruhr in den Kechans zu erzeugen, bevor er das Netz um die wichtigere Beute zusammenziehen konnte …

Ein zweiter Mann trat in den Raum und schreckte ihn aus seinen Gedanken. »Warum läßt du es zu, daß zweibeinige Unterstadtratten unseren Bereich der Kechans durchstöbern?«

»Weil ich das Gefühl habe, sie könnten uns noch einmal nützlich sein. Unsere Männer werden sie abfangen, sollten sie zu vorwitzig sein. Doch nun zu etwas anderem. Hast du trotz deines offiziellen Auftrags die Pläne aus Mherwed besorgen können?«

Die Flüchtlinge unterhielten sich am nächsten Morgen aufgeregt über den Tumult an der Karawanserei, bei dem eine Gruppe von Wüstenräubern gefangengenommen worden war, die sich zuletzt selbst verraten hatte. Ein Jüngling habe den Anführer herausgefordert und ihm ein Geständnis vor den Zuschauern entlockt. Ilnamar ay Shorn sattelte mit finsterem Gesicht die Pferde, während er den Worten des aufgeregt gestikulierenden Mannes lauschte.

»Meinst du, der junge Mann mit dem schwarzen Shadif, dem roten Turban und Umhang gehörte auch dazu?« warf ein Greis brummelnd ein. »Ich habe ihn gestern nacht aus Rab El'dash wegreiten sehen. Das Jüngelchen hatte es sehr eilig, und später sind ihm dann zwei vermummte Reiter in schwarzen Burnussen und mit verdecktem Gesicht gefolgt!«

»Wer weiß!« entgegnete der Mann. »Aber die Kerle sollen nur kommen! Wir sind jetzt gewarnt!«

Ilnamar wurde blaß, nachdem er die Worte des Alten vernommen hatte. Der Alte hatte Duraman gesehen – und die beiden Männer, die ihm gefolgt waren, konnten nur Dashinim sein. Wer sonst hatte einen Grund dazu?

Er winkte Djamilla heran, die unbekümmert zwischen den Menschen umherwanderte. Sie mußte die Neuigkeit erfahren!

16. Kapitel

Voller Staunen blickte Daysha auf die Stadt, die nach einer Biegung des Mhanadi vor ihnen aufgetaucht war und im Licht der Sonne leuchtete. Koshul bemerkte ihren stockenden Atem und das Seufzen, das kurz darauf folgte. Er lächelte.

So scheint es jedem zu gehen, der die Stadt zum ersten Mal sieht, dachte er und erinnerte sich daran, mit welchen Träumen er als junger Mann Rashdul betreten hatte. Die Oberstadt war für ihn bis heute ein unerreichbares Ziel geblieben.

Daysha würde es nicht besser ergehen, auch ihr Weg würde vor dem Madamal-Tor enden.

»Die Paläste sind wunderschön. Ob dort stattliche Prinzen und liebliche Prinzessinnen wohnen?« staunte Daysha. »Werde ich das alles sehen, Koshul? Werde ich die Gärten mit den Saphirpfauen sehen und die marmornen Hallen? Die kristallklaren Teiche, in denen bunte Fische schwimmen?«

»Nein!« zerbrach der Dashinim ihre Träume. »Ich bin kein Prinz, der Zugang zu diesen Orten hat. Wäre ich einer, so würde ich dir diese Pracht zeigen und dich mit einem Teil von ihr beschenken ...«

Das Mädchen schwieg einen Moment betreten. »Was ist das da vor uns, die vielen Häuser und Hütten, die so dichtgedrängt stehen?«

»Das ist die Unterstadt von Rashdul, in der ich mich immer aufgehalten habe und in der auch du leben wirst. Ich kenne da ein paar Leute, bei denen du unterkommen könntest.« Fieberhaft überlegte Koshul, wem er das Mädchen anvertrauen könnte, das ihm ans Herz gewachsen war. Wenn er sich auch nicht weiter um es kümmern konnte, so wollte er wenigstens versuchen, ihm einen Unterschlupf zu verschaffen. Aber er kannte außer einem Tavernenwirt und einigen Handwerkern nur wenige Menschen in Rashdul, und es war fraglich, ob diese ein weiteres hungriges Maul stopfen konnten – und noch dazu ein Mädchen. Einen Jungen hätte er ihnen in die Lehre geben können.

»Und du, Koshul? Warum bleibst du nicht bei mir?« Daysha schmiegte sich an ihn. »Du bist der einzige Mann, den ich hier kenne, und ich würde auch als Dienerin in dein Haus kommen.«

Ihre Stimme zitterte leicht. Vielleicht ahnte sie bereits, was für ein Wagnis sie eingegangen war, als sie ihre Sippe verlassen hatte.

»Weißt du denn wenigstens, wo dein Halbbruder ist?« fragte Koshul unruhig. Vielleicht konnte er sie zu diesem bringen.

»N-n-nein... Meine Onkel haben nie von ihm erzählt«, gab sie kleinlaut zurück. »Aber wenn wir ihn suchen, finden wir ihn bestimmt.«

Koshul verdrehte die Augen.

Suchen! Das war etwas, das er sich am wenigsten erlauben konnte. Der Krallenherr erwartete seine Rückkehr, und er würde erleichtert sein, ihm das schwer erworbene Juwel zu übergeben. Seine Knochen schmerzten noch immer von dem tiefen Sturz in den unterirdischen Fluß.

Es half alles nichts! Kurz erwog er, Daysha in einer Taverne unterzubringen und später zu seiner Familie mitzunehmen. Aber wie hätte er seinem Weib und seinen Söhnen erklären sollen, woher sie kam, wenn sie nicht einmal wußten, daß er ein Dashinim war? Das Mädchen würde eines Tages über seine Erlebnisse reden, und die falschen Leute würden zuhören. Außerdem war es ihm unangenehm, daß sich dieses halbe Kind in ihn zu verlieben schien. Er war keiner dieser alten Ziegenböcke, die junge Mädchen ausnutzen und verführen, um ihre Jugend zu genießen. Sein Weib genügte ihm!

Glücklicherweise lenkte ihn der aus der Stadt dringende Lärm von seinen Sorgen ab. Täuschte er sich, oder war die Zeltstadt jenseits der Lehmziegelmauer gewachsen? Überhaupt schien ihm die Stadt belebter als sonst. Immer wieder hatten sie, seit sie auf die Straße gestoßen waren, schwer bepackte Mherwatis oder Menschen überholt, die in die Stadt strömten. Mütter trugen weinende Kinder mit sich, Karren mit Hausrat rumpelten über die gepflasterte Straße.

Erst jetzt lauschte er auf die Unterhaltungen, von denen ihm Wortfetzen zuflogen, und reimte sich zusammen, was geschehen war. Die al'anfanischen Truppen setzten sich in Unau fest und rückten auf Tarfui und das Mhanadital vor.

Wieder dachte er an das Katzenblut, und eine seltsame Ahnung stieg in ihm auf. Vielleicht hatte der Krallenherr ihn und andere deshalb überall nach den verlorenen Steinen des Katzenblutes suchen lassen! Indem sie mit der Macht der Löwengarde gegen die Scharen Tar Honaks antraten, vermochten sie vielleicht die Ehre zurückzugewinnen, die ihre Vorfahren vor mehr als hundert Jahren verloren hatten. Die Dashinim würden wieder anerkannt sein!

Das machte es noch dringlicher, dem Krallenherren den Stein zu bringen.

Hinter der niedrigen Ziegelmauer, die die Unterstadt begrenzte, herrschte das gewohnte bunte Treiben. Koshul hatte Mühe, sein Pferd durch die Menge zu lenken, und schlug ärgerlich nach den unvermeidlichen Bettlern, die sich ihm näherten und ihre Hände flehend ausstreckten.

»Verschwindet, ihr Elenden!« übertönte er ihr Gejammer, kramte dann doch ein paar Kupferstücke aus dem Beutel, die er in die Menge warf. »Das ist genug!«

Daysha klammerte sich fester an Koshul und beobachtete das Treiben mit großen Augen. Immer wieder sah sie sich nach allen Seiten um und schien gar nicht fassen zu können, daß es so viele Menschen auf engstem Raum geben konnte. Koshul stutzte, als er meinte, in der Menge ein ihm vertrautes Gesicht gesehen zu haben.

Er war erleichtert, als er eine ruhigere Gasse erreichte und sein Pferd in einen schnelleren Schritt fallen lassen konnte. Am Ende der Gasse gab es einen Mietstall, in dem er es unterstellen wollte.

Kurz davor hielt Koshul an und wandte sich an Daysha. »Steig ab, Mädchen!« sagte er freundlich, während er sich in Gedanken für den Verrat haßte, den er plante. Der Mietstall besaß auf der anderen Seite des Hauses einen weiteren Ausgang.

»Bitte warte hier, Daysha! Ich bin gleich wieder zurück!« erklärte er ihr. Er stieg von seinem Rappen und faßte die Zügel kürzer. Daysha lächelte ihn vertrauensvoll an und nickte.

»Ich warte bestimmt!« antwortete sie, wobei ihr Blick schon wieder umherschweifte und die zweistöckigen Häuser musterte, die im Laufe der Zeit ihre weiße Farbe verloren hatten. Auf einem Balkon stritten sich zwei Frauen, an Leinen aufgehängte Wäsche flatterte zwischen den Häusern.

All dies Neue lenkte Daysha ab. Koshul erkannte, daß er diese Gelegenheit nutzen mußte. Er hatte sich endgültig entschlossen, sich nicht weiter mit dem Mädchen zu belasten. So verschwand er mit schnellen Schritten im Stall und trat dem Besitzer entgegen.

»Wieviel verlangt ihr für einige Tage mit bester Pflege und Verköstigung für mein Pferd?« fragte er.

Der Mann nannte einen übertrieben hohen Preis und wollte feilschen. Aber Koshul dachte an Daysha und schüttelte den Kopf, zahlte, ohne ein Wort zu sagen, die geforderte Summe und nahm die Satteltaschen an sich.

»Ich danke Euch, Herr! Möge Rastullah Euch segnen und ein langes Leben verleihen!« katzbuckelte der Besitzer. Koshul warf dem dunklen und gebeugten Mann einen verächtlichen Blick zu, ehe er sich noch einmal umdrehte.

»Ich erwarte gute Pflege!« sagte er und verließ den Stall durch den anderen Ausgang. Er mischte sich in das Gewühl der Straße, um möglichst schnell viele Schritte zwischen sich und das Mädchen zu bringen.

Das schlechte Gefühl im Magen blieb jedoch. »Leb wohl, Daysha!« flüsterte er. »Mögest du hier in Rashdul dein Glück finden.«

Ilnamar ay Shorn sah Geister!

Das war zumindest Djamillas Ansicht. Sie waren zwei weitere Tage und Nächte unterwegs gewesen, aber von irgendwelchen Verfolgern war keine Spur zu sehen. Entweder versteckten sich die Dashinim gut, oder es gab allein die zwei vermummten Reiter, die Ilnamars Ordensbruder verfolgt hatten.

Vielleicht machten sie sich auch zu viele Sorgen. Sie seufzte und blickte über die Menschenmassen, die sich auf der Straße fortbewegten, und die Reisbauern auf den Feldern, die die Arbeit unterbrachen, um den Zug der Flüchtlinge zu beobachten.

Sie näherten sich dem Dorf Narjeh, in dem alles begonnen hatte. Ilnamar hatte sie in den letzten Nächten in die Dinge eingeweiht, die er herausgefunden hatte. Sein Onkel war dort dem bestialischen Mord an einem Mädchen nachgegangen, bevor er von den Dashinim hinterrücks getötet worden war, und der Hadjiin vermutete, daß sich dort Krallenträger aufhielten.

»Nun, dann müssen wir eben vorsichtig sein!« murmelte Djamilla und musterte die in Sicht kommenden Häuser aufmerksam. Sie würden im Ort rasten, um am Nachmittag die letzten Meilen nach Rashdul zurückzulegen.

Djamilla atmete tief ein. Sie freute sich, wieder nach Hause zu kommen, auch wenn es dort noch einiges in Ordnung zu bringen gab.

Nadan war dabei ihre geringere Sorge. Sie lächelte Ilnamar an.

»Wirst du dich im Dorf umsehen?« fragte sie.

Ilnamar schüttelte den Kopf. »Nein. Ich werde das Schicksal nicht unnötig herausfordern, auch wenn es möglich wäre, dort noch etwas zu erfahren. Wenn dort einige von ihnen sind, wie ich vermute, werden sie zuschlagen.«

Djamilla lachte. »Du bist ein Hadjiin. Müßtest du nicht eigentlich mutiger sein?« fragte sie frech und bemerkte, wie eine feine Röte sein Gesicht überzog.

»Das hat nichts damit zu tun. Zu den Tugenden eines Hadjiin gehört auch die Klugheit. Gefährlichen Gegnern unvorbereitet gegenüberzutreten, ist Tollkühnheit und grenzt an jähzornigen Leichtsinn. Würde ich danach handeln und nicht nach meinem Verstand, hätte ich in Rashdul nicht lange überlebt.«

Djamilla grinste. »Glaubst du, mir ging es anders? Ich bin dir und deinen Wachen nur entwischt, weil ich meinen Verstand einsetzte und nicht tollkühn voranstürmte wie einige meiner Leute. Leider war ich einmal zu unachtsam und habe mich von Gefühlen leiten lassen. Das hat mich meinen Thron gekostet.«

Sie berührte ihre Brust, an der das Dashinim-Amulett unter dem Gewand verborgen ruhte. Dann lachte sie hell auf. »Aber es betrübt mich nicht!«

Ilnamar war noch immer mißtrauisch. Er verstand nicht, warum Djamilla so fröhlich und ausgelassen sein konnte. Sie hatte sich während der Rast zu einer Schar junger Männer gesellt, die sich die Zeit mit Geschicklichkeitsspielen vertrieben, und verblüffte die Jünglinge mit ihrer Fingerfertigkeit.

Vielleicht war es ihre Art, die innere Unruhe zu bewältigen. Er setzte sich wieder unter die Plane, die auch andere Reisende vor der Sonne schützte, und zwang sich zur Ruhe. Sein Atem ging völlig regelmäßig. Ein zufälliger Beobachter mochte glauben, daß er schlief, aber Ilnamar ay Shorn war hellwach und nahm seine Umgebung um so deutlicher wahr.

Männer und Frauen aus dem Dorf waren gekommen, um den Flüchtlingen, Reis, Käse und Fleisch zu verkaufen oder ihnen selbstgewebte Kleidung und Decken aufzuschwatzen. Er sah sie aufgeregt gestikulieren oder nach möglichen Kunden Ausschau halten.

Der Schmied des Dorfes und sein Gehilfe besserten Werkzeuge und Waffen aus. Gelassen und ohne viele Worte zu verlieren, arbeiteten die Männer an Esse und Amboß.

Ilnamar wollte sich gerade abwenden, als sich etwas sehr Merkwürdiges ereignete. Die jungen Männer hatten sich, laut miteinander streitend, erhoben. Djamilla löste sich aus der Gruppe und schritt mit hocherhobenem Kopf auf den Schmied zu – die Teile eines Dolchs in den Händen. Sie blieb kurz stehen und blickte über die rechte Schulter. »Du wirst sehen, der Schmied kann deine kostbare Zierwaffe mit einem Schlag wieder richten, Khemal ben Omjaid!« rief sie zu der Gruppe zurück. »Du hast dir von dem Händler einen minderwertigen Dolch aufschwatzen lassen!« Der Schmied sah, durch Djamillas Stimme aufgeschreckt, hoch.

Im nächsten Augenblick ließ er den Hammer fallen und stöhnte auf, als das Gewicht seinen Fuß traf. Bevor sich sein Gesicht jedoch vor Schmerz verzerrte, war ein anderer Ausdruck zu erkennen gewesen – blankes Entsetzen!

Dann verdeckten neugierig herbeilaufende Flüchtlinge die Sicht auf die Schmiede. Ilnamar schüttelte den Kopf und stöhnte ärgerlich. Jetzt sah er schon am hellichten Tag Dinge, die nicht da waren. Denn schon kurze Zeit später zerstreuten sich die Neugierigen wieder, und der Schmied arbeitete weiter, als sei nichts geschehen. Djamilla unterhielt sich mit ihm, während er sich um den Dolch kümmerte. Sie reichte ihm eine Münze, als sie die Waffe wieder entgegennahm, um sie ihrem Besitzer zurückzugeben. Dann kam sie zu Ilnamar zurück und betrachtete ihn überrascht. »Du bist bleich. Hast du unsere Freunde bemerkt?« fragte sie ihn.

»Nein!« grollte Ilnamar. »Aber den Schmied. Hast du seinen Gesichtsausdruck gesehen, bevor ihm der Hammer auf den Fuß fiel?«

»Nein, habe ich nicht«, gab sie zurück. »Er hat sich selber für seine Ungeschicklichkeit verflucht, als er später mit mir sprach.«

»Er sah dich an, als habe er einen Geist gesehen. Kennst du ihn vielleicht?«

Djamilla schüttelte den Kopf. »Ich wüßte nicht, woher. Vielleicht sehe ich jemandem ähnlich, den er einmal kannte.« Sie zuckte mit den Schultern und seufzte. »Er ist bestimmt kein Dashinim, oder glaubst du das?«

»Einen Moment dachte ich daran, aber ich habe diese Vermutung gleich wieder verworfen. Der Mann ist zu alt und als Schmied zu sehr in die Dorfgemeinschaft eingebunden, als daß er unbemerkt fortbleiben könnte. Allmählich glaube ich, daß die Dashinim uns nicht verfolgen.«

»Der Ansicht bin ich schon lange! Warum sollen sie sich hier der Gefahr aussetzen, entdeckt zu werden? Um uns sind zu viele Menschen, und es gibt kaum dunkle Ecken, um uns aufzulauern. In Rashdul finden sich eine Menge Orte dieser Art für zwielichtiges Gesindel.« Sie grinste. »Warum sollen sie uns nicht dort auflauern? Wir sind auf der Suche nach ihnen – und sie können uns in die Falle locken, ohne sich anstrengen zu müssen!«

»Du hast recht!« murmelte Ilnamar. »Wir sollten

Rashdul nicht durch eines der Tore betreten. Vielleicht haben sie dort Beobachter. Kennst du geheime Zugänge in die Unterstadt?«

Djamilla leckte sich über die Lippen. »Ich kenne sogar Wege in die Oberstadt! Du mußt nur bereit sein, durch schlammiges, stinkendes Wasser zu waten – durch die Kechans!«

Die Kechans von Rashdul waren an vier Stellen frei zugänglich, dreimal in der Nähe des Mhanadi und einmal unterhalb der Mauer, die die Oberstadt abriegelte. Koshul wählte einen Einstieg im niedrig gelegenen Teil der Stadt. Nur die Bettler, die im Schatten einer Mauer hockten und dösend den Abend mit seinen kühlenden Winden erwarteten, schauten kurz auf, als er die Ziegelsteinmauer umrundete und die baufällige Treppe in die Unterwelt hinabschritt. Mit einigen Silberstücken, die nun in den Bettlerschalen lagen, hatte er sich ihr Stillschweigen erkauft.

Koshul rümpfte die Nase, als ihm der Geruch verwesender Kadaver und verrottender Pflanzen entgegenschlug, der sich mit den Ausdünstungen der Stadt mischte. Erst einige Dutzend Schritt innerhalb der Gewölbe wurde der Gestank erträglicher.

Stickige Hitze stand in den Gewölben und brachte die Pfützen zum Verdunsten. Die wenigen einfallenden Sonnenstrahlen erzeugten ein nebliges Dämmerlicht und ließen die Schlieren auf den Lachen in allen Regenbogenfarben schimmern. Koshul wich den Pfützen und Ansammlungen von Unrat aus. Er wollte weder an einer feuchten Stelle ausrutschen noch von Ratten angefallen werden.

Er hatte diesen Weg schon oft benutzt, um das Versteck der Dashinim zu erreichen. Mit zügigen Schritten durchquerte er einen Teil des unterirdischen Labyrinths, blieb aber immer wieder stehen, um sich zu vergewissern, daß ihm niemand folgte. Aber außer dem fortwährenden Rauschen und Plätschern des Wassers und den fernen Schritten und Stimmen der Stadt vernahm er keine anderen Geräusche. Plötzlich stand ein Mann vor ihm. Koshul zuckte zusammen und legte schon die Hand auf seinen Dolch, als er sein Gegenüber erkannte.

»Meister Mouhmad!« raunte Koshul erleichtert.

»Du bist unvorsichtig. Es hätte auch ein Dieb sein können, der dir hier auflauert!« zischte der andere Dashinim. »Der Krallenherr erwartet dich bereits. Hattest du Erfolg?«

»Ja! Bei der Löwin, ich trage den Stein bei mir!« antwortete Koshul. Er bemerkte, daß Mouhmad in die Richtung wollte, aus der er gekommen war. Der Meister musterte ihn einen Augenblick und nickte, bevor er ihn vorbeiließ.

Ein zweiter Mann tauchte aus dem Schatten auf und nickte Koshul zu. Dieser erkannte den jungen Marib, der erst kurz zuvor sein Noviziat beendet und einen verstorbenen Mitbruder ersetzt hatte.

Koshul lächelte dem Jüngling zu, mit dem ihn eine besondere Beziehung verband, hatte er ihn doch den Meistern vorgeführt. Der Junge, so hatte er vor acht Jahren geglaubt, wäre unter den Dashinim glücklicher denn als Waisenknabe auf den Feldern seiner Verwandten – und er hatte sich nicht getäuscht.

Er blickte den beiden nach und sah sie in der Dunkelheit verschwinden. Welchen Auftrag sie wohl hatten?

Gerade als Koshul seinen Weg fortsetzen wollte und zu einem Schritt ansetzte, gellte ein heller Schrei durch das Steingewölbe.

»Aieeeh… Nein, laßt mich, ich habe euch nichts getan!«

Koshul fuhr herum.

Daysha! Diese kleine Närrin hatte es geschafft, ihm zu folgen, und war Mouhmad und Marib in die Arme gelaufen. Was sie mit ihr tun würden, war klar: Sie mußten sie töten, weil das Mädchen dem Zugang zu ihrem geheimen Versteck zu nahe gekommen war.

Verdammt! Wie auch immer Daysha es geschafft hatte, ihn aufzuspüren und unbemerkt hinter ihm herzulaufen – er mußte sich jetzt entscheiden, was er tun wollte.

Und schon rannte er los, um ihr zur Hilfe zu eilen. Sein Verstand warnte ihn, doch es war schon zu spät, um eine andere Entscheidung zu treffen.

Koshul stürmte um die Wegbiegung und sah, wie die beiden Männer Daysha erreicht hatten und in die Enge trieben. Das Hirtenmädchen hatte den gleichen entsetzten Ausdruck im Gesicht wie damals, als Koshul es hatte töten wollen, und das ließ ihn alles vergessen. Er konnte es nicht sterben sehen – nicht nach all dem, was sie erlebt hatten.

Koshul riß den Kunchomer hoch, blockte Maribs Schlag ab und drückte dessen Säbel zur Seite.

»Lauf, Mädchen! Bring dich in Sicherheit!« brüllte er Daysha zu, die sich wie ein verängstigtes Reh duckte und sich keinen Schritt von der Stelle bewegte.

»Verräterischer Hund! Möge die Sturmherrin dich mit ihren Blitzen erschlagen!« schrie Mouhmad und umklammerte seinen Doppelkunchomer, zog die schwere Klinge aus der Scheide. Er kam auf Koshul zu.

Koshul stellte sich vor Daysha und stieß sie zurück. »Lauf! Oder ich selbst werde dich töten!«

Erst jetzt erwachte das Mädchen aus seiner Starre, stieß einen entsetzten Schrei aus und folgte Koshuls Befehl. Im gleichen Moment gab der Meister Marib ein Zeichen. Der junge Dashinim stürzte ihr hinterher – doch er kam nicht weit. Koshul setzte ihm nach und hieb ihm seine Klinge in die Seite. Mit einem Aufschrei taumelte der Jüngling gegen eine Mauer.

Erst jetzt wurde Koshul bewußt, was geschehen war – er hatte sich gegen seine eigenen Ordensbrüder gewandt, nur um ein einfältiges, unvorsichtiges Mädchen zu schützen!

Bei den Krallen der Katze, was hatte er getan? Neben ihm stöhnte Marib. Heftig atmend drehte er sich zu Mouhmad um, der mit kalt funkelnden Augen auf ihn zukam.

»Verräter! Was ist in dich gefahren, Koshul? Wer ist dieses Weib?«

»Du wirst ihr nichts zuleide tun!« keuchte Koshul. »Laß sie in Ruhe, sie ist unwichtig und wird nichts verraten!«

»Aber bedeutsam genug, daß du dich gegen uns stellst, Verräter! Dafür wirst du bezahlen!«

So oder so erwartete ihn der Tod. Die Gesetze des Bundes, die er schon als Novize in dem versteckten Lager im Aschubim gelernt hatte, kannten keine andere Strafe für Männer wie ihn.

Koshul dachte an Daysha und betete, daß sie entkäme, ehe er mit einem Schrei auf Mouhmad zusprang. Er wollte wenigstens ehrenhaft sterben – in einem Kampf, wie es einem Krieger würdig war.

Doch die Anstrengungen der letzten Tage forderten ihren Preis. Schon nach wenigen Hieben fühlte er Schwäche in den Armen. Der ausgeruhte und erfahrenere Dashinim-Meister konnte seine Deckung durchbrechen und ihm mit einem wuchtigen Hieb eine schwere Wunde zufügen.

Koshul empfand den Schmerz als Erlösung, der von seinem Körper Besitz ergriff, und sackte in die Knie. Er ließ seine Waffe fallen und preßte die Hände auf seinen Bauch, spürte, wie das Blut zwischen den Fingern hervorquoll. Er rang nach Luft und schloß die Augen, ein Lächeln umspielte seine Lippen.

Das Morden hat ein Ende, dachte er und erwartete die bleierne Schwere und die Dunkelheit des Todes.

Doch die ersehnte Ruhe trat noch nicht ein. Koshul erwachte, als eine Flüssigkeit durch seine Kehle rann, die seinen Körper mit heftigem Brennen aus seiner Starre riß. Er hustete und bäumte sich auf, stöhnte, als die Schmerzen überhandnahmen. Als er die Augen öffnete sah er wie durch einen Schleier eine Gestalt, die sich über ihn beugte und im Schein der Leuchtgloben die roten Gewänder des Krallenherren trug. Auf seiner Brust blitzten sechs Rubine.

Der Mann war unverschleiert. Koshul starrte ihn an – das war nicht der, den er erwartet hatte, sondern ein anderer!

»Du hast mich sehr enttäuscht, Koshul, obgleich deiner Mission Erfolg beschieden war. Ich hätte dich reich belohnt. Aber du warst dumm genug, dein Leben für ein Hirtenmädchen wegzuwerfen. Ich habe dich noch einmal dem Tod entrissen, um dir trotzdem zu danken.«

Koshul rang nach Luft, aber er brachte kein Wort hervor. Die Worte seines Gegenübers trieften vor Grausamkeit. Sein Blick war auf die Augen des Krallenherren gerichtet, die in kaltem, purpurfarbenem Feuer auf ihn herunterblickten. Es waren die Augen eines skrupellosen und machtzerfressenen Mannes, der ihn benutzt hatte – wie er auch die anderen Dashinim als Figuren in seinem Inrah-Spiel benutzte!

Koshul schloß stöhnend die Augen und spürte, wie Dunkelheit Besitz von ihm ergriff. Ruhig bereitete er sich vor, der Sturmherrin gegenüberzutreten und Rechenschaft abzulegen. Seine letzten Gedanken galten Daysha.

17. Kapitel

Hier ist ein verborgener Einstieg in die Kechans, den weder du noch deine Leute je gefunden haben! Damit verrate ich dir eines der größten Geheimnisse der Diebesgilde«, sagte Djamilla ernst.

Sie trat in den halbzerfallenen Eingang des Hauses am Flußufer und schob zwei nur lose befestigte Bretter beiseite. Dahinter gähnte eine dunkle Öffnung. Die Diebin befreite sich von dem hinderlichen Rock und dem Kopfschleier, schlüpfte ohne Zögern in das Loch. Das lange Schleiertuch war nun um die Hüften gebunden. Djamilla bedeutete Ilnamar, ihr zu folgen.

Sie gelangten in einen dämmrigen Raum. Nachdem sich Ilnamar an das schwache Licht gewöhnt hatte, stellte er fest, daß es durch Ritzen im löchrigen Dach auf den Steinboden fiel.

»Das war einmal das Haus eines wohlhabenden Mannes. Die Küche besitzt einen Zugang zu den Kechans«, flüsterte Djamilla und deutete auf ein dunkles Loch im Boden. Ein verrostetes Gitter lag daneben. »Besser, du zündest eine Lampe an. Der Weg nach unten ist sehr schlüpfrig.«

Der Boden des Raums war mit einer Schicht aus Unrat, Trümmern und Knochen bedeckt. Ilnamar hörte das Rascheln von Ratten und anderem Getier. Er stellte die Lampe auf das unterste Bord eines Steinregals und entzündete den Docht, während Djamilla in dem Loch verschwand.

Ilnamar überdachte ihre Lage. Noch am Vortag hatten sie sich einige Meilen vor Rashdul von den Flüchtlingen getrennt und so getan, als wollten sie sich auf das Landgut eines entfernten Verwandten zurückziehen. In Wirklichkeit hatten sie sich zu einem ehemaligen Stadtgardisten begeben, der zurückgezogen als Viehzüchter in den Vorbergen des Aschubim lebte, seitdem seine Schwerthand in einem Kampf verkrüppelt worden war. Er hatte die Pferde seines ehemaligen Vorgesetzten ohne Fragen aufgenommen und ihn mit neuer Kleidung und Nahrung versorgt. Djamilla hatte sich solange in einem kleinen Wäldchen versteckt, um Gerede zu vermeiden. Ilnamar erinnerte sich an Djamillas seltsamen Blick, mit dem sie die Frauenkleidung betrachtete, die er ihr gebracht hatte – aber die sonst so spitzzüngige Diebin hatte keine Einwände erhoben und ihre Rolle als Bauernmädchen gespielt, bis sie die Stadt in der Mittagssonne leuchtend vor sich liegen sahen. Schließlich hatte Djamilla ihn auf einem zugewucherten Pfad am Mhanadi entlang zu dieser Ruine geführt.

Er nahm die Lampe auf, als das Licht gleichmäßig brannte. Sie leuchtete zwar nicht so hell wie eine Fackel, aber sie genügte für ihre Zwecke und war weniger leicht zu bemerken.

Djamilla tauchte bis zur Hüfte aus dem Loch auf und gab Ilnamar ein Zeichen, daß die Luft rein war. Dünne Lederhandschuhe, an denen fettiger Schmutz klebte, schützten ihre Hände.

Er reichte ihr stumm die Lampe, als sie ihn mit einem Handzeichen darum bat. Unwillkürlich wollte er nach seinem Schmuck greifen, aber dann hielt er inne und erschauderte. Jetzt, da er um die dunkle Kraft des Steins wußte, wollte er sie nicht mehr einsetzen, sondern sich statt dessen auf seine eigenen Fähigkeiten verlassen.

Djamilla verschwand in der Tiefe, um Ilnamar Platz zum Hinabsteigen zu machen.

Die Wände und Decken des Kechans glitzerten feucht, und der Boden war knöcheltief mit Unrat bedeckt. Pfützen kündeten davon, daß dieser Gang in der

Regenzeit unter Wasser gestanden hatte. Durch Ritzen fiel hier und da Licht, aber es gab auch viele dunkle Abschnitte, die Ilnamars Blick nicht durchdringen konnte.

Die Diebin gab Ilnamar ein Zeichen, ihr zu folgen. Geschmeidig und fast lautlos wanderte sie durch den Gang, der kaum Windungen aufwies und leicht abzufallen schien. Einmal wich sie geschickt einem Schwall Wasser aus, der durch einen Schacht in den Kechan hinabgestürzt kam.

Nach vielen hundert Schritten mündete ihr Weg in einen größeren Gang, der auf einer Seite einen zwei Fuß breiten Steg zum Gehen bot. Daneben floß träge ein bräunlicher Strom schlammigen Wassers durch das steinerne Bett. Im Wasser trieben Abfälle, faules Obst, tote Ratten und sogar ein aufgedunsener Hundekadaver.

Ilnamar horchte auf, als er plötzlich Stimmen vernahm. Auch Djamilla blieb stehen und hob den Kopf, um zu lauschen. Ihre freie Rechte legte sich auf den Griff eines Wurfmessers.

Sie senkte die Lampe und wartete. Vor ihnen führten drei Stufen zu einem Quergang, während der Steg, auf dem sie standen, vor einer Mauer endete. Um dem weiter geradeaus führenden Tunnel zu folgen, müßte man durch das Wasser waten. Nur wenn es keinen anderen Ausweg mehr gab, würde Djamilla in diese Brühe springen! Sie schritt über die drei Stufen bis zum Quergang und sah sich um.

Die Stimmen wurden leiser und verstummten schließlich. Erleichtert atmete Djamilla auf und bedeutete Ilnamar, daß sie die Gefahr für überstanden hielt. Wenn sie ihr Orientierungssinn nicht trog, befanden sie sich ohnehin in der Nähe des Basars und mußten besonders wachsam sein, weil dieser Bereich der Kechans fast so belebt sein konnte wie der Platz über ihnen. Irgendwo plätscherte wieder Wasser einen Schacht hinab, und in der Ferne erklang schrilles Gekreische. Schritte näherten sich und verhallten wieder.

Eine Menge zwielichtiger Gestalten benutzte die Kechans. Djamilla rief sich den Grundriß dieses Bereichs ins Gedächtnis. Irgendwo mußte es ein geeignetes Versteck für sie geben, in das sie sich zurückziehen und ihre weiteren Pläne gegen die Dashinim besprechen konnten. Der Platz sollte fernab der Diebeshöhlen liegen. Wie wäre es mit …

So wie das Madamaltor die Unter- von der Oberstadt trennte, gab es hier unten trennende Gitter und Klappen. Die Gänge reichten kaum bis zu den prunkvollen Palästen hinauf, und diese waren den Stadtwachen zudem bekannt. Wenn Djamilla es sich genau überlegte, war sie seit ihrem Abenteuer in dem Palast des Kaufherren Haman selten dazu gekommen, in die Oberstadt vorzudringen. Auch wollte sie einen weiten Bogen um die Stelle machen, an der sie damals mit dem Söldner Amehn um ihr Leben und die Beute gekämpft hatte.

Djamilla grinste. Wer hätte ahnen können, daß sie dem Mann, vor dem sie mehrere Male in die Kechans geflohen war, heute einen Teil ihrer Geheimnisse verriet?

Sie gab Ilnamar durch Gesten zu verstehen, daß sie über einen sicheren Weg nachdachte. Der Hadjiin und sie hatten verabredet, sich mittels Zeichensprache zu verständigen, um sich nicht durch ihre Stimmen zu verraten.

Schließlich entschied sie sich für die Grabhöhlen. Sie verließen den Hauptkechan, woraufhin der Lärm des Basars über ihnen langsam verebbte, und bogen in einen kleineren Gang ab, der vor Mauerresten und einem Durchbruch endete. Sie krochen hindurch und gelangten in ein modrig riechendes Gangsystem, durch das ein leichter Wind fuhr. Nischen in den Wänden bargen im Dämmerlicht der Lampe schaurige Gerippe, manchmal ragte sogar eine gelblich schimmernde Knochenhand aus dem Dunkel. Djamilla wußte, daß sich Ilnamar ay Shorn all das genau einprägte – eines Tages würde er dieses Wissen nutzen.

Sie passierten weitere Gänge und kleine Räume, die als Grabkammern genutzt wurden. Die unsauber behauenen Felswände zeigten, daß hier natürliche Höhlen miteinander verbunden worden waren. Der Weg führte ständig bergauf und bergab.

Ratten flohen vor den Eindringlingen und verschwanden in Löchern, die Djamilla und Ilnamar jetzt erst bemerkten. Hin und wieder war Schaben oder Klopfen zu hören, aber woher es kam, konnte Djamilla nicht feststellen. Sie ging langsamer, um sich zu orientieren, denn in diesen Bereich war sie noch nicht vorgestoßen. Er galt bei den Dieben, die ihn zu Mawuds Zeiten untersucht hatten, als unsicher. Zwei oder drei Langfinger hatten ihr Leben unter mysteriösen Umständen verloren.

Sie blieb an einer Wegkreuzung stehen.

Es war höchste Zeit, einen Unterschlupf zu suchen, ehe sie sich verliefen.

Gerade als Djamilla sich zu Ilnamar umdrehen wollte, trat jemand vor ihr um eine Biegung und klappte sofort die Abdeckung einer Sturmlaterne zurück. Helles Licht flammte auf. Djamilla griff nach einem ihrer Wurfmesser, konnte jedoch in dem blendenden Schein nichts erkennen. Sie hörte Schritte im Sand knirschen, das Schaben von Metall auf Metall und eine Stimme.

»Nun seht einmal an, Freunde – wenn das keine Überraschung ist. Das Kätzchen Djamilla ist freiwillig zu uns zurückgekehrt! Willst du dich mir nicht unterwerfen, wilde Rose? Ich habe auch einen guten Platz in meinem Harem für dich!«

Nadan! Bei allen Listen des göttlichen Phex, was machte dieser elende Kerl hier? Ihn konnte sie jetzt am allerwenigsten gebrauchen! Und soweit sie erkennen konnte, standen hinter ihm vier andere Schurken aus der Diebesgilde ...

Hastig blickte sie zu Ilnamar hinüber, der noch immer im anderen Gang stand und lautlos seine Waffe gezogen hatte. Der Hadjiin war zwar ein guter Kämpfer – aber die Diebe waren in der Übermacht, und der Gang bot zwei von ihnen leicht nebeneinander Platz.

Nur eines erschien ihr sinnvoll. Sie deutete Ilnamar an, was sie vorhatte, während sie ihrem Rivalen antwortete: »Ich verzichte gerne auf die Ehre, Nadan, weil ich weiß, daß du die Potenz Rhamun al Khars hast! Außerdem will ich einen anderen Mann beglücken!«

Sie lachte spöttisch, schleuderte ihr Wurfmesser nach der Lampe und wirbelte blitzschnell herum, um ihr Heil in der Flucht zu suchen. Nadan brüllte hinter ihr vor Wut auf. Es war ihr Ziel, ihn in seiner männlichen Ehre zu kränken, um seinen Jähzorn zu wecken. Sein Verstand wurde dann von Gefühlen umnebelt, die ihn unvorsichtig machten.

Doch zuerst mußte sie Abstand von ihm und seinen Leuten gewinnen. Ilnamar ay Shorn schloß schnell zu ihr auf und rannte neben ihr den Gang entlang, der sich mehrmals wand und dann teilte.

Doch sie konnten ihre Verfolger nicht abschütteln. Der feinkörnige Sand, der den Boden bedeckte, zeigte deutlich ihre Spuren, und zum Verwischen blieb keine Zeit.

Heftig atmend erreichten Ilnamar und Djamilla eine kleine Halle. Durch Löcher und Risse in der Decke fiel Licht auf trockene Holzsplitter und mumifizierte Körperteile zwischen zwei Steinplattformen. Auf einer der beiden lag ein Körper. Ein ungewöhnlich kühler Wind zog durch die Ritzen und verursachte ein schauriges Heulen.

Djamilla nahm den Toten nur aus den Augenwinkeln wahr. Sie stürzte zu dem Gitter, das den anderen Ausgang versperrte, und rüttelte wütend an den Eisenstäben, die sich keinen Fingerbreit bewegten.

»Verdammt!« keuchte sie und starrte auf ein in die Felswand eingemeißeltes Symbol, das unter anderem einen Löwenkopf zeigte.

Ihnen blieben nur noch einige Augenblicke, um zu entscheiden, was sie tun sollten. Hastig suchte Djamilla nach einem Öffnungsmechanismus und entdeckte diesen auf der anderen Seite des Fallgitters. So sehr sie sich auch bemühte, sie konnte ihn nicht erreichen.

Ilnamar ay Shorn war in der Mitte des Raums stehengeblieben und schließlich auf die freie Plattform gesprungen. »Da oben ist eine weitere Öffnung!« rief er und deutete mit der Spitze des Kunchomers über die Tür. »Es sieht nach einer Plattform und einem Schacht aus, die nachträglich in den Stein gehauen wurden!«

Djamilla eilte zu ihm. Bevor sie Ilnamars Entdeckung in Augenschein nehmen konnte, fiel ihr Blick auf den Toten.

Sie stieß einen leisen Schrei der Überraschung aus.

In diesem Moment tauchten Nadan und seine Kumpane am Eingang auf und verteilten sich blitzschnell in der Halle, um Ilnamar und die Diebin einzukreisen.

Nadan lachte, als er Ilnamar ay Shorn erkannte.

»Bei den Schatten der Nacht! Der Bluthund von Rashdul ohne den Schutz seiner Wachen!« rief er höhnisch. »Das wird ein doppelter Triumph für uns. Packt ihn euch!«

Ilnamar sprang von der Steinplatte und nahm die Herausforderung an. Stahl klirrte auf Stahl. Djamilla wirbelte herum, als ein Messer dicht neben ihrem Kopf vorbeiflog. Sie sah Nadan auf sich zukommen.

Nun gut! Wenn das Schicksal verlangte, daß sie sich jetzt schon ihrem Rivalen stellte, dann sollte es so sein!

Die einzige Möglichkeit zu fliehen war ihnen ohnehin versperrt.

Um die Hände für die Wurfdolche freizubekommen, schleuderte Djamilla die Öllampe zu Boden, wo sie in mehrere Teile zerbrach. Dicht vor den Füßen der Diebin schlugen plötzlich Flammen hoch und stoppten Nadans Angriff. Er wich einen Schritt zurück und beobachtete voll Entsetzen, wie sich das brennende Öl der Lampe auf dem Boden verteilte. Flammen züngelten über den Untergrund und fanden in dem trockenen Holz Nahrung.

Djamilla sprang wieder vor, riß ein brennendes Holzstück hoch und stieß es einem Dieb, der sie umgangen hatte und sich nun von hinten auf sie stürzen wollte, mitten ins Gesicht. Der Mann brüllte auf und hielt sich die Hände vors Gesicht. Gleichzeitig stürzte sich Nadan mit einem Wutschrei auf Djamilla und riß sie zu Boden.

Sie strampelte wie wild, um Nadan von sich abzuschütteln. Um die Kämpfenden herum stieg beißender weißer Rauch auf, der von dem stetigen Luftzug in der kleinen Halle verteilt wurde. Nadan schlug Djamilla den Holzscheit aus der Hand, ehe sie ihm damit mehr als nur die Haare versengen konnte, und mühte sich, seine Gegnerin am Boden zu halten. Beiden stieg der dichte Rauch in die Nase und trieb ihnen Tränen in die Augen.

Irgendwo stöhnte und hustete ein anderer Dieb. Doch auch dieses Geräusch wurde – wie alle anderen Kampfeslaute – übertönt, als sich das Fallgitter plötzlich rasselnd bewegte. Es hob sich.

Djamilla verpaßte Nadan, der einen Augenblick abgelenkt wurde, einen Faustschlag ins Gesicht und nutzte den Moment seiner Benommenheit, um ihn von sich zu stoßen. Erst dann warf sie einen Blick auf den offenen Durchgang, durch den vier Schatten auf sie zueilten.

Sie rappelte sich vom Boden auf, denn es waren beileibe keine Freunde, die in den Kampf eingriffen!

Sie mußte Ilnamar warnen, der noch immer in einen Kampf mit zweien der Diebe verstrickt war. Einen seiner Gegner hatte er schon zu Boden geschickt. Nadan und der andere Mann, dem sie das Gesicht verbrannt hatte, mußten sich bereits der neuen Gegner erwehren.

»Dashinim«, schrie sie und hustete heftig, weil sie zuviel Rauch eingeatmet hatte. Die beiden anderen Krallenträger waren auf Djamilla aufmerksam geworden und kamen auf sie zu. Sie wich an eine Wand zurück und entdeckte dabei die Sturmlaterne, die achtlos in den Eingang gestellt worden war.

Sie schlug dem ersten Anstürmenden die schwere Lampe an den Kopf. Glas splitterte, Scherben flogen umher. Der Mann ging stöhnend zu Boden. Djamilla huschte davon – es gelang ihr, Ilnamar und seine Gegner zwischen sich und die Dashinim zu bringen.

Der Hadjiin warf einen raschen Blick auf die Diebin, als diese an seiner Seite auftauchte. Ihre Kleidung war angesengt und schmutzig, Kratzer zogen sich über Arme und Gesicht. Aber sie deutete hastig auf das offene Tor, als fünf weitere Männer in den Raum stürzten. Das war eine gewaltige Übermacht, selbst wenn die Diebe nun gezwungen waren, auf Ilnamars und Djamillas Seite zu kämpfen. Ilnamar trieb seine Gegner auf die Dashinim zu. Der Rauch, der das Atmen schwer machte und in der Kehle brannte, hing als fast undurchdringlicher Nebel im Raum. Die Neuankömmlinge mußten sich erst zurechtfinden. Sie blieben am Eingang stehen. Ilnamar nutzte diesen Augenblick des Zögerns, um an der Seite Djamillas auf den anderen Ausgang zuzueilen. Drei Männer lösten sich aus dem Rauch und setzten den Fliehenden nach, als sie die Absicht der beiden erkannten.

Ilnamar wollte sich nicht in einen weiteren Kampf

verwickeln lassen. Sein Blick fiel auf den Hebel, der den Mechanismus des Fallgitters blockierte. Er betätigte ihn und sah, wie es zwischen ihnen und den anderen hinunterrasselte und sich die Dornenspitzen tief in den Sand gruben.

Der Hadjiin packte die Diebin am Arm und zog sie mit sich. Sie mußten die wenige Zeit nutzen, die ihnen blieb. Jederzeit konnten auch auf dieser Seite Verfolger auftauchen.

Sie folgten dem Gang, der einen Knick nach links machte. Der Boden wurde felsig, in den geglätteten Wänden fanden sich keine Nischen. Nach einer weiteren Biegung stießen sie auf eine Holztreppe, die nach oben führte. Von oben waren Schritte zu hören. Ilnamar zerrte die Diebin mit sich in den Hohlraum unter den Stiegen. Atemlos warteten sie ab, während weitere Männer die Stufen hinabpolterten und den Gang hinuntereilten.

Erst jetzt blieb Zeit zum Denken. Was hatte Djamilla gerufen? Dashinim? Ilnamar wurde heiß. Wenn es stimmte, was sie sagte, dann waren sie genau in die Höhle des Löwen geraten und hatten den Schlupfwinkel des Geheimbundes früher gefunden, als Ilnamar lieb war.

»Woher wußtest du, wer die Männer sind?« fragte er leise.

»Durch den Toten! Er war der narbige Mann, dem ich das Amulett stahl! Und wo sonst sollten sie ihn aufbahren? Denn das Zeichen an der Wand war deutlich: Den Löwenkopf in der Nähe des Gitters umgaben fünf Ovale wie auf den Amuletten!« wisperte Djamilla. Dann deutete sie nach oben. »Bleibt uns jetzt noch Zeit, darüber zu reden? Wir können nur noch in eine Richtung vorstoßen!«

Ilnamar ließ sie los und nickte ihr zu. Wie recht sie hatte …

18. Kapitel

Djamilla huschte die Stufen hinauf, während Ilnamar ihre Flucht nach unten sicherte. Sie stellte fest, daß die Treppe in einem Raum endete, der durch einige Lampen erhellt wurde. Das Zimmer war leer. Ein umgestürzter Schemel lag neben einem kleinen Tisch auf dem Boden, und eine Tür an der gegenüberliegenden Wand stand weit offen.

Djamilla eilte, dicht gefolgt von Ilnamar, hinüber zur Tür.

Sie blickte vorsichtig in den Quergang vor ihnen und zog sich dann mit pochendem Herzen wieder zurück. Er war leer, aber sie konnte eine Ausbuchtung auf der linken Seite, die von einem Feuer erhellt wurde, nicht einsehen. Das Metall einer Winde blinkte dort im Schein der Flammen. Der rechte Weg führte nach wenigen Schritten in einen weiteren Raum.

Solange sie noch abgelenkt sind und mit Nadan und seinen Kumpanen kämpfen, können wir ungesehen einen Fluchtweg suchen! dachte sie und blickte zu Ilnamar hinüber, dem sie ein entsprechendes Zeichen gab. Er erwiderte grimmig ihren Blick und machte nun seinerseits den Vorstoß. Behende schlich er den Gang hinunter, Djamilla folgte ihm dichtauf.

»Kommt nur nicht zurück, ihr Schakale!« murmelte sie. Einmal hatte sie das Gefühl, daß sie nicht allein hier oben waren, aber sie entdeckte niemanden, obgleich sie sich nach allen Seiten umsah und lauschte.

Lichtgloben magischer Art erleuchteten den großen, von Säulen gestützten Raum, den sie betraten. Bis auf einige an den Seitenwänden befestigte Tücher war die

Halle leer. Im Schatten von zwei Säulen versuchten die Eindringlinge den Raum weiter auszuspähen und eine andere Tür zu entdecken. Djamillas scharfe Augen erkundeten im Dämmerlicht die Vorhänge. Waren nicht dort, wo sie endeten, zwei feine Risse zu erkennen?

Als sie Ilnamar darauf aufmerksam machen wollte, stutzte sie. Es lief ihr kalt den Rücken hinunter, als sie den Kopf zur Seite drehte.

Jemand hatte die Tücher beiseite geschoben und war lautlos aus einem verborgenen Gang getreten. Er streckte eine behandschuhte Hand aus und drückte einen silbern schimmernden Hebel herunter. Wie durch Geisterhand schoben sich zwei Steinplatten vor den Eingang der Halle und verschlossen ihn. Durch das leise Knirschen wurde auch Ilnamar aufmerksam. Er drehte sich um und starrte auf den fremden Mann. Seine Kleidung war von dunkelroter Farbe wie auch der Turban, dessen Ende nach Novadi-Art das Gesicht verbarg und nur die Augen freiließ. An einem schwarzen Ledergürtel baumelte ein Kunchomer in einem schmucklosen Gehänge. Doch wenn etwas Djamillas Blick fesselte, so waren es die sechs Juwelen, die an einer silbernen Kette befestigt auf der Brust des Fremden lagen. Eine Fassung des Geschmeides war noch ohne Stein.

Das Katzenblut!

Djamilla biß sich auf die Lippen und musterte Ilnamar, der wie erstarrt schien. Nur in seinen Augen zuckte es.

Der Verschleierte bewegte sich lautlos – wie auf Samtpfoten – von Ilnamar und der Diebin fort. Dann machte er eine einladende Geste.

»Ich heiße Euch willkommen – Hadjiin«, sagte er mit ruhiger, wohlklingender Stimme. Djamilla spürte, wie sie abschätzig gemustert wurde. »Und Eure Begleiterin, Djamilla-Azila, die Königin der Diebe, wenn ich mich nicht täusche.«

Er lachte leise auf. »Wer hätte das gedacht – Ihr, Ilnamar ay Shorn, und Eure größte Gegenspielerin...«

Djamilla beobachtete, wie Ilnamar in die Mitte des Raums trat und den Verschleierten betrachtete. Beherrscht stand er dem Mann gegenüber, der kein anderer als der Krallenherr sein konnte. Sie blieb bei einer Säule stehen und hatte das Gefühl, daß ihr die Haare zu Berge ständen. Es roch förmlich nach Magie – es stank danach! Die Steine des Katzenblutes glühten unheimlich auf. Sie fühlte sich wie eine gefangene Maus, mit der die Katze spielte, und der schnurrende Unterton, den der Verschleierte seiner Stimme gab, verstärkte ihre Ahnung noch.

Der Mann war sich seiner Sache sicher – sehr sicher...

»Ich grüße Euch, Krallenherr!« erwiderte Ilnamar. »Wollt ihr, nachdem Ihr wißt, wer ich bin, Euch weiterhin unter einer Maske verstecken, anstatt Euer Gesicht zu zeigen, wie es unter Kriegern üblich ist?«

Er sah sich um. Djamilla wußte, daß er damit rechnete, daß der Krallenherr nicht allein war und seine Kumpane nur darauf lauerten einzugreifen.

Wieder lachte der Krallenherr. »Ihr seid ein wahrer Hadjiin, stolz und ehrenhaft. Jeder andere hätte versucht, mich zu töten, sobald er mich sah, aber Ihr wartet ab.«

Er schwieg einen Augenblick.

»Dennoch habt ihr beide mich enttäuscht. Ihr seid offen in die Falle gelaufen, die ich euch stellte. Ihr habt die Köder geschluckt, die ich ausgeworfen habe, und seid ihren Hinweisen gefolgt, ohne darüber nachzudenken, daß sie falsch oder vergiftet sein könnten! Wo bleiben der Einfallsreichtum und die Listigkeit der Königin der Diebe, wo der messerscharfe Verstand des Kommandanten? In Hayabeth hat einer meiner Männer euch verraten, wo wir sind, auch wenn er dafür starb...« Er berührte einen Stein des

Katzenblutes. Djamilla merkte sich genau, wie er es tat.

»... und in Al'Tamur hat euer junger Freund den Fehler begangen, sich nicht umzusehen. Seine Gebeine verrotten jetzt zwischen Felsen des Aschubim. Hilfe von Euren Brüdern, Hadjiin, könnt ihr nicht erwarten.«

Wut stieg in Djamilla hoch und ließ sie die Fäuste ballen. Dieser Mann verhöhnte sie beide! Sie war sich sicher, daß er log. Doch sie riß sich auf Ilnamars stumme Weisung zusammen und starrte weiterhin auf den Krallenherrn, der an der Stirnwand auf und ab ging und sie scheinbar nicht beachtete. Er strotzte vor Selbstsicherheit. Djamilla juckte es in den Gliedern, ihn anzuspringen und ihm mit dem Dolch zu zeigen, daß auch er Fehler beging.

»Damit könnt Ihr uns nicht beeindrucken«, warf Ilnamar ein und wurde sogleich von dem Krallenherrn unterbrochen.

»Nicht so ungeduldig, junger Freund! Ich bin noch nicht fertig.« Er wandte sich Djamilla zu. »Ich habe dein Gesicht schon einmal gesehen. Wie der arme Schmied in Narjeh, der mir Nachricht sandte. Oder war es das Antlitz deiner Schwester, kleines Mädchen?«

Er lachte grausam, so daß Djamilla sich nicht länger beherrschen konnte. Sie sprang vor und mußte zusehen, wie seine Hand lautlos vorschnellte und seine Fingernägel ihr Hemd zerrissen und die Haut ritzten. Schnell warf sie sich zurück und entging so der schlitzenden Krallenhand. Sie taumelte zurück und fiel zu Boden. Damit sie diesen Fehler nicht noch einmal begehen konnte, stellte sich Ilnamar vor sie.

Die Diebin sprang wieder auf und blieb schweratmend stehen. Sie spürte, wie die Wut in ihr brodelte, aber diesmal war sie klüger.

»Ihr konntet mich einmal reizen!« stieß sie hervor.

»Damit habt Ihr Euch verraten!« Sie deutete auf die Schnitte in ihrer Kleidung und stellte sich neben Ilnamar. »Ihr spielt mit uns wie die Katze mit einer Maus!«

»Klug erkannt, mein Kind. Es war ein Inrah-Spiel, euch in Sicherheit zu wiegen und vorauszuahnen, wann ihr nach Rashdul kommen und uns finden würdet. Ich bin der Windkönig, der all eure Züge vorausahnte und der seine Männer, wie auch die Diebe, als seine Figuren zog. Aber jetzt hat die Partie ein Ende. Ihr habt verloren.« Der Krallenherr blickte Ilnamar herausfordernd an und streckte eine Hand aus. »Gebt mir den Stein, Hadjiin, um uns allen Unheil zu ersparen! Ich meine das Juwel, das Ihr unter Eurem Hemd tragt – das siebte Katzenblut!«

Der Hadjiin ließ sich nichts anmerken. Er blieb ruhig stehen und wartete ab. Djamilla rang nach Luft.

»Nein!« schrie sie. »Wenn er das siebte Katzenblut besitzt, kann er allen seinen Männern die Kräfte verleihen, die er zur Zeit nutzt!«

»Die Haimamudim schwatzen viel Unsinn, aber ein Funke Wahrheit ist immer in ihren Geschichten. Du hast ihnen gut zugehört, Mädchen.« Der Krallenherr ließ seine Hand wieder sinken, als Ilnamar seinerseits das Wort ergriff: »Wenn Ihr das Katzenblut besitzt, was wollt Ihr dann tun? Die Hadjiin endgültig vernichten? Meine Brüder sind zu viele, als daß Ihr sie mit Euren Männern auslöschen könntet!«

»Dieser Angelegenheit werde ich mich zuwenden, wenn es an der Zeit ist. Ich werde meine Zeit nicht mit unwichtigen Dingen verschwenden, die sich vielleicht ohnehin bald von allein lösen, wenn meine Verbündeten das Mhanadital überschwemmen wie eine rächende Flut. Die Schlacht am Szinto war ein Zeichen, wie auch der Fall von Unau. In Rashdul wird Tar Honak einen treuen Verbündeten finden, der ihm den Rücken gegen Mherwed stärkt.«

Einen Augenblick herrschte Schweigen im Raum. Ilnamar ay Shorn liefen kalte Schauer über den Rücken, als er den Vermummten anstarrte. Dieser Mann war ein Verräter und Usurpator. Die Zeichen der letzten Jahre hatten es angedeutet – ein kluger Stratege führte die Dashinim und hatte sie gezielt morden und angreifen lassen. Er griff nach der Macht über Rashdul, doch mit welchem Anspruch?

Ein schrecklicher Verdacht keimte in Ilnamar auf. Erst seit wenigen Generationen waren die Ahnen der Shanja Herrscher über Rashdul, aber es gab noch immer Angehörige edler Familien in der Stadt, die ihre Ahnenreihe bis in die Tage der diamantenen Sultanate zurückführen konnten – oder es zumindest behaupteten. Der Krallenherr mochte einer solchen Sippe entstammen, doch wer war er? Welcher Sheik war in den letzten Jahren durch seine Tatkraft aufgefallen? Etwa Fasul ibn Rachman al Yeshar, der große Kriegsheld, den er sehr bewunderte?

Er starrte den Krallenherrn an und versuchte ihn zu erkennen, doch der Mann machte es ihm nicht leicht. Er schien sich über das Entsetzen der beiden zu amüsieren.

»Sträubt Euch nicht länger, Ilnamar ibn Julik. Ich werde Euch am Leben lassen, damit Ihr meinen Triumph mitverfolgen könnt, bevor ich Euch zu Euren Brüdern zurücksende. Ich weiß, daß ich Euch nicht überzeugen kann, mir zu folgen, mit Eurem Ehrgefühl steht Ihr Euch selbst im Weg!

Aber wie sieht es mit dir aus, Königin der Diebe? Ich würde dich reich beschenken – und vielleicht sogar in meinen Harem aufnehmen und dir ein angenehmes Leben bieten.«

Djamilla lachte hell auf. »Neben der Shanja vielleicht, damit Ihr Euch rühmen könnt, einen Harem voller Fürstinnen zu haben? O nein, ich behalte lieber meine Freiheit!«

»So wird dich die volle Härte der Gerechtigkeit des wahren Fürsten von Rashdul treffen!« verspottete sie der Krallenherr.

Solange der Fremde mit der Diebin beschäftigt war, blickte sich Ilnamar vorsichtig um. Noch immer konnte er keine verborgene Tür entdecken, hinter der die Dashinim lauern mochten, die jederzeit in den Raum stürmen konnten.

Bei Rastullahs Weisheit – war der Krallenherr so wahnsinnig oder selbstsicher, daß er glaubte, sie alleine besiegen zu können? Noch immer grübelte Ilnamar darüber nach, wer der Mann sein mochte. Die Stimme kannte er wohl, konnte sie aber nicht einordnen.

Plötzlich unterbrach der Krallenherr den hitzigen Wortwechsel mit Djamilla, trat einige Schritte zurück und murmelte unverständliche Worte. Die Leuchtgloben erloschen mit einem Mal und hüllten den Raum in undurchdringliche Dunkelheit.

»Ich sehe und höre euch so gut, als wäre dieser Raum hell erleuchtet«, erklang die Stimme des Krallenherrn. »Ich weiß, wo ihr steht und was ihr jetzt tut – es nutzt nichts, mit deinem Dolch um dich herum in die Luft zu stechen, kleines Mädchen. Du wirst mich nicht kommen hören, denn ich bin wie ein Schatten!«

Ilnamar bewegte sich nicht von der Stelle. Er rief sich die Lehren seiner Meister über den blinden Kampf ins Gedächtnis. Er mußte den Angriff spüren. Nicht hören, nicht sehen – sondern seinem Gefühl folgend abwehren.

Er hörte Djamillas Schmerzensschrei.

»Wo bist du, Krallenherr? Bist du nicht nur zu feige, dich mir zu zeigen, sondern auch, mich anzugreifen? Komm und stell dich einem würdigen Gegner! Ich bin es doch, den du willst!«

Er schloß die Augen und konzentrierte sich auf seine Umgebung. Es war beklemmend, einen Gegner weder zu hören noch zu spüren. Mit welcher Waffe griff der andere an?

Ein schwacher Lufthauch streifte Ilnamars Wange. Wendig wich der Hadjiin dem vermeintlichen Schlag aus. Seine freie Hand zuckte zu seinem Juwel, während er die Klinge des Kunchomers schützend vor sich hielt. Er hatte die unheilvolle Magie nicht mehr verwenden wollen, aber nun zählte nur noch, wie schnell und geschickt er sich bewegen konnte.

Der Schmerz kam von hinten, mit lähmender Wucht wie der Hieb eines Raubtiers. Krallen durchbohrten Ilnamars Hemd und gruben sich tief in die Haut, rissen brennende Wunden in sein Fleisch. Als er herumwirbelte, war der Krallenherr schon nicht mehr hinter ihm, wie er dessen spöttischem Lachen entnehmen konnte.

»Spürst du den Hauch der Katze, Hadjiin? Lautlos und schmerzhaft sind meine Hiebe. Bevor ich dich töte, werde ich dich verstümmeln!«

Die Magie der Steine verschluckte also nur die Geräusche seiner Bewegungen, nicht seine Stimme.

Ilnamar hörte den Spott in den Worten des Krallenherrn deutlich, aber er ließ sich von ihm nicht zur Unachtsamkeit verleiten. Leicht geduckt wich er einer von der Seite geführten Attacke aus und stolperte dabei fast über Djamilla.

Er hatte die Diebin vergessen! Wie schwer waren ihre Wunden? Angestrengt lauschte er in die Dunkelheit und vernahm ihr schmerzerfülltes Keuchen.

»Versuche, dich zur Wand zurückzuziehen!« zischte er ihr zu. Mehr konnte er nicht für sie tun. Sich bewegen – das war die einzige Möglichkeit, es dem Krallenherrn schwerer zu machen. Ilnamar begann zu tänzeln und den Raum Schritt um Schritt zu durchmessen. Einmal konnte er die Nähe eines menschlichen Körpers spüren. Beim Hauch eines erneuten Hiebes sprang er zur Seite. Dabei stieß er mit einer Schulter heftig gegen eine der Säulen und stöhnte auf. Er hatte sich verschätzt. Dafür wurde er mit einem weiteren Hieb des Krallenherren bestraft, der seine Deckung durchbrach und seine Gewänder an der Seite zerfetzte.

Instinktiv hieb Ilnamar in die Richtung, aus der der Angriff gekommen war, und hörte an dem Schmerzenslaut, daß der Krallenherr getroffen war. Noch einmal stieß er zu, aber seine Klinge fuhr nur durch Luft. Einen Moment spürte er, wie Zorn in ihm aufwallte, aber mit der Disziplin der Hadjiin beherrschte er sich.

Dennoch konnte das Spiel nicht ewig so weitergehen.

Djamilla hörte nur die Bewegungen und Laute, die Ilnamar verursachte. Sie war seinem Rat gefolgt und hatte sich an eine Wand zurückgezogen. Wie sollte sie auch eingreifen? Der Krallenherr war nur zu hören, wenn er sprach, und er schien in der Dunkelheit sehen zu können, was ihm noch größere Vorteile verschaffte. Nur so hatte er Djamilla von hinten erwischen und ihr eine tiefe Wunde an der Schulter und dem Rücken versetzen können, einen Hieb, der ihr noch immer die Tränen in die Augen jagte und bei jeder Bewegung zu spüren war. Wie tief der Schnitt war, konnte sie nur schätzen – wenn sie ihren Rücken betastete, spürte sie die Feuchtigkeit ihres Blutes.

Als ob sich die Pranke eines Raubtiers in ihre Schulter gegraben hätte. Djamilla durchfuhr es plötzlich siedendheiß. Das Katzenblut! Die magischen Fähigkeiten des Krallenherren, die sich als sehr wirkungsvoll herausgestellt hatten …

Er bewegte sich lautlos wie eine Katze, schlug mit einer Pranke zu, sah und hörte wie ein Raubtier, vielleicht aber hatte er auch entsprechende Schwächen? Was hatten Ilnamar und sie schon zu verlieren, wenn sie auf Möglichkeiten sann, diese zu nutzen?

Wie sie das Licht entfachen konnte, wußte sie nicht. Sie erinnerte sich zwar, daß diese magischen Lampen durch bestimmte Worte aktiviert werden konnten, aber sie war schließlich keine Zauberin.

Djamilla stieß ein ärgerliches, unterdrücktes Keuchen aus und grübelte weiter, wobei sie sich hinter einer Säule duckte. Sie schloß die Augen und dachte fieberhaft nach. Vor ihrem inneren Auge sah sie spielende, raufende, fressende Katzen. Sie sah sie fauchen, die Pfote zur Abwehr erhoben. Ein Gedanke durchzuckte sie: Katzen haßten schrille Töne!

Djamilla tastete über ihre Schärpe und ihren Gürtel und nestelte schließlich eine verbogene Messingflöte hervor, die sie irgendwann auf ihrer Reise stibitzt hatte, um in Übung zu bleiben. Sie hielt das Instrument an die Lippen und hauchte leicht hinein. Der Ton war schwach, und nachdem er verklungen war, herrschte Totenstille im Raum.

Djamilla blies stärker hinein. Ein durchdringendes Pfeifen schrillte auf, so hoch, daß sie es kaum hören konnte. Auf den Krallenherren allerdings hatte das Geräusch eine verheerende Wirkung.

Ein gequältes Keuchen erfüllte den Raum. Djamilla konnte sich förmlich vorstellen, wie der Mann die Hände gegen seine Ohren preßte – bis er es schaffte, das Katzenblut, das ihm das empfindliche Gehör gab, zu deaktivieren.

Sie bemühte sich, den Ton nicht zu unterbrechen, während sie sich mühsam aufrappelte und trotz der stechenden Schmerzen im Rücken auf den Krallenherrn zutaumelte. Ein erneutes Stöhnen verriet ihr, daß er zum Greifen nahe war. Sie holte tief Atem durch die Nase und blies noch einmal kräftig in das Metallrohr, während sie die andere Hand ausstreckte und dabei gegen den Rücken ihres Gegners stieß. Blitzschnell glitt ihre Hand nach oben und ertastete den Verschluß der schmalen Silberkette. Doch sie hielt sich nicht damit auf, ihn zu öffnen, sondern riß verzweifelt an der Kette, woraufhin der Krallenherr sich ein letztes Mal schmerzhaft krümmte und plötzlich blindlings nach hinten schlug. Djamilla stöhnte auf und ließ die Flöte fallen, hielt aber die Kette fest umklammert. Um den wilden Hieben des Mannes auszuweichen, wich Djamilla zurück und hängte sich mit ihrem Gewicht an die Kette, die mit einem Ruck riß. Djamilla verlor den Halt und prallte rücklings auf den Boden. Ein Tritt des Krallenherren traf sie in die Magengrube. Der Schmerz, der Djamilla durchschoß, raubte ihr fast die Sinne, aber sie umklammerte die Steine und sah im selben Augenblick den Krallenherren als geisterhafte Erscheinung über sich.

Der Mann taumelte blindlings durch den Raum, dann erklang wieder seine Stimme, und Djamilla krümmte sich zusammen, als das aufflammende Licht der Globen sie blendete. Sie versuchte, die Juwelen zu verbergen, als sie Schritte und Scharren hörte.

Auch Ilnamar war geblendet, doch seine Augen gewöhnten sich schnell an das Licht. Nur wenige Augenblicke waren vergangen, seit Djamilla einen hellen sirrenden Ton erzeugt hatte – der den Krallenherrn zu lähmen schien und auch Ilnamar wie eine heiße Nadel in die Ohren gefahren war. Dann hatte sie sich wie eine Wilde auf den Mann gestürzt. Ilnamar erkannte schnell, was Djamilla getan hatte: Der Mann trug die Juwelen nicht mehr. Kurzentschlossen berührte auch Ilnamar seinen Stein und spürte, wie die unnatürliche Geschmeidigkeit von ihm wich. Dann sprang er zwischen den Krallenherrn und die Diebin, die sich stöhnend am Boden wand.

»Nun zeigt mir, wie gut Ihr ohne Eure Magie seid, Krallenherr!« rief er und richtete seinen Kunchomer gegen den Vermummten, der nun seinerseits in einer wütenden Bewegung seinen Krummsäbel zog.

Ilnamar wehrte die Attacke mit Leichtigkeit ab und verhinderte gleichzeitig, daß sich der Mann Djamilla nähern konnte, die sich langsam aufrichtete und zu einer Säule taumelte. Die Juwelen hatte sie längst in ihr Hemd gestopft, in der blutigen Rechten hielt sie einen Wurfdolch.

Der Hadjiin wehrte einen weiteren Hieb des Krallenherrn ab und ging nun seinerseits zum Angriff über. Schon nach diesem kurzen Schlagabtausch hatte er erkannt, daß der Mann kein ausgebildeter Kämpfer war. Er mochte sich zwar einige Kenntnisse angeeignet haben, aber er schien nicht oft gekämpft zu haben.

Schließlich drängte Ilnamar ihn gegen eine Wand und hebelte ihm die Waffe aus der Hand. Der Krallenherr wich zur Seite und stürzte auf die Nische zu, aus der er gekommen war. Seine Hand langte nach dem kleinen Hebel, mit dem er die Halle verschlossen hatte, doch ehe er ihn hinaufziehen konnte, traf ihn Djamillas Dolch in die Schulter.

Ilnamar setzte ihm nach und richtete die dreieckige Spitze des Kunchomers gegen den Hals des Mannes. Mit einem Stoß würde er ihm eine tödliche Wunde zufügen können.

Aber der Krallenherr war noch nicht bereit aufzugeben. Er zerrte eine kleine Phiole aus seiner Schärpe und schleuderte den Inhalt gegen den Hadjiin, der unwillkürlich zurückwich. Weißlicher Staub senkte sich zu Boden. Die Flügel des Steintors öffneten sich einen Spalt, und erregte Stimmen waren dahinter zu hören. Hände versuchten, es weiter aufzuschieben.

Ilnamar stürzte wieder vor und wehrte den Dolch ab, den der Krallenherr plötzlich in der Hand hielt. Ohne Widerstand durchbrach die Klinge die Deckung seines Gegners und bohrte sich in dessen Brust. Röchelnd taumelte der Mann von dem Hebel fort und prallte gegen die Wand, an der er zusammensackte.

Ilnamar drückte den Hebel mit aller Kraft nach unten, doch die Dashinim waren so klug gewesen, einen Keil zwischen die Torflügel zu legen, so daß sie sich nur bis auf eine halbe Handbreit schlossen. Wie lange die Dashinim brauchen würden, um das Tor weit genug zu öffnen, war nicht abzusehen. Selbst wenn Ilnamar es schaffte, den ihm unbekannten Mechanismus zu blockieren, würden sie über kurz oder lang in den Raum eindringen.

Djamilla hatte sich inzwischen neben den Krallenherrn gekauert und ihm das Tuch vom Gesicht gerissen. Das Gesicht des Mannes war grau und von Schmerz verzerrt, er versuchte röchelnd nach ihr zu greifen, aber seine Bewegungen erlahmten langsam.

»Nach mir werden andere kommen… und mich rächen!« stieß er hervor und lächelte Ilnamar ay Shorn noch einmal an. »Glaubt nicht, daß ihr gewonnen habt. Es ist nichts verloren… Möge Tar Honak euch beide in Borons finsterstes Reich schicken…«

Dann verdrehte er seine Augen, der Atem erstarb.

Ilnamar starrte ausdruckslos auf den Toten hinunter. Ihn erfüllte eine eiskalte Ruhe.

Tarsul ibn Machmeid war also der Krallenherr!

Der Berater und Hofastrologe der Shanja hatte in den vergangenen Jahren heimlich seine Fäden gesponnen und gleichzeitig jedermann vorgegaukelt, daß er ein getreuer Untertan der Shanja und des Fürstenhauses von Rashdul sei.

Der Lärm an der Tür ermahnte Ilnamar, daß ihnen nicht allzuviel Zeit blieb. Obgleich der Kopf der Dashinim jetzt tot war, ein Opfer seiner Machtgier und Selbstüberschätzung, waren seine Männer noch immer gefährlich genug. Wie leicht konnte sich ein anderer zum Anführer des Geheimbundes aufschwingen und das Werk des Hofastrologen fortführen!

Das galt es zu verhindern, doch jetzt war nicht die Zeit dazu. Ilnamar und Djamilla kamen allein nicht gegen zwei Dutzend oder mehr Männer an! Sie waren beide verletzt, und das Mädchen schien am Ende ihrer Kräfte zu sein. Also blieb nur der Rückzug, solange sie noch die Zeit dazu hatten.

Er berührte Djamilla an der Schulter. »Wir müssen diesen Ort verlassen, ehe die Dashinim durchbrechen und Hilfe holen!« sagte er knapp, während er die Nische, aus der der Krallenherr getreten war, mit prüfendem Blicken genauer untersuchte.

Djamilla erhob sich stöhnend, nachdem sie den Toten vollständig durchsucht hatte. Ilnamar wußte nicht, ob sie etwas an sich genommen hatte, aber er hatte ohnehin andere Sorgen. Er überprüfte die Wand und fand schließlich, was er gesucht hatte: Ein Stein schwang zur Seite und gab eine niedrige Öffnung preis. Gebückt schlüpften Ilnamar und Djamilla hinein. Sie standen in einem dunklen Gang.

»Laß uns den Krallenherrn in den Gang hier schaffen!« flüsterte Djamilla. »Wenn sie seinen Leichnam nicht finden, können sie kaum ahnen, was geschehen ist!«

Ilnamar stimmte ihr mit einem Kopfnicken zu und kehrte noch einmal zurück, um die Leiche herbeizuzerren. Djamilla streckte ihm die Hand entgegen. »Leihe mir für einen Moment deinen Stein«, bat sie.

»Was willst du damit?« fragte Ilnamar. Mißtrauen flammte in ihm auf. Sie war trotz allem eine Verbrecherin, und sie kannte die Macht des Katzenblutes. Mit ihm würde sie unüberwindlich sein, wenn sie die Macht über die Diebe zurückgewann, und statt der Dashinim würden die Schurken eine Gefahr für die Ordnung in Rashdul sein. Die Stadt würde von ihnen beherrscht werden.

Einen Augenblick starrte er Djamilla in die Augen, als er seine Hände in die Gewänder des Toten krallte. Wütend zog er ihn durch das Loch und achtete darauf, keine zu deutliche Blutspur zu hinterlassen. Djamilla folgte ihm und drückte die Tür wieder zu, so daß sie in der Dunkelheit standen.

Er hörte das Knirschen von Eisen auf Stein und ihr Keuchen. »Die Erbauer dieses Schlupfwinkels haben sogar hier an sichernde Riegel gedacht!« stieß Djamilla hervor. »Komm und hilf mir, der hier sitzt besonders fest!«

Ilnamar gab seine Suche nach Fackelhalterungen und Fackeln auf und tastete sich an ihre Seite. Djamilla schien sehen zu können, denn sie packte ihn am Handgelenk und führte seine Finger zu der Stelle, an der die Vorrichtung war. Der Hadjiin mußte einige Kraft einsetzen, um den Riegel zu verschieben.

»Bitte, leih mir den Stein, ich schwöre dir hoch und heilig bei den Zwölfen, daß ich ihn nicht für mich verwenden werde. Aber wenn wir hier lebend rauskommen wollen, müssen wir die Steine gebrauchen!« erklang die Stimme der Diebin neben ihm. »Du siehst hier nicht die Hand vor Augen, aber wenn die Dashinim diesen Gang kennen, dann wird uns in seinem Verlauf eine Übermacht erwarten! Wir können nicht sicher sein, daß sie diese Öffnung hier nicht finden. Wir wissen nicht einmal, ob das Schlupfloch der einzige Eingang ist! Bitte!« drängte sie.

Ilnamar griff nach der Lederschnur, zögerte einen Moment und zog sie dann über den Kopf. Einen Moment barg er den Schmuck in den Händen, dann legte er ihn in Djamillas Hände, obgleich der Argwohn wieder in ihm aufstieg.

Eine Weile hörte er nur, wie sie neben ihm stand und etwas mit den Händen bearbeitete. Schon wollte er eine Frage stellen, als ihn ein seltsames Gefühl ergriff. Er sah Djamilla in einem schwachen grünlichen Licht, vermochte aber jede Einzelheit ihres Körpers und der Kleidung zu erkennen. Um ihren Hals lag eine Kette mit sieben von innen heraus glühenden Edelsteinen. Hinter ihr lag verkrümmt die Leiche des Krallenherrn.

»Ich glaube, ich muß mich auf denjenigen besinnen, den ich in den Zauber mit einbeziehen will«, murmelte sie. Ilnamar zuckte zusammen, als ihre Stimme unerträglich laut wurde, und er vernahm noch mehr Stimmen.

Die Wände schienen plötzlich aus Pergament zu sein. Er konnte durch sie hindurch vielerlei Geräusche hören: Schritte, Gemurmel, Scharren und das Knarren und Quietschen ineinander verzahnter Räder.

»Sie schaffen es, das Tor zu öffnen! Wir sollten nicht hier stehenbleiben!« raunte Djamilla und ging ein paar Schritte. Sie taumelte leicht, obgleich sie wie Ilnamar spüren mußte, daß die Macht des Katzenblutes ihre Bewegungen erleichterte. Der Hadjiin stützte sie.

Gerade, als er sich mit ihr zurückziehen wollte, horchte er auf. Eine Stimme erhob sich über das Gemurmel. Offensichtlich versuchte einer der Dashinim-Meister, die Männer gezielt einzusetzen.

Der Mann war daran gewöhnt, Befehle zu geben! Und er kannte ihn. Er hatte ihn immer bewundert und seine Erfolge geachtet – Fasul ibn Rachman!

Bei Rastullah, dieser Mann war ein Dashinim?

Erschüttert wich Ilnamar mit Djamilla weiter in den Gang zurück. Ihm blieb keine Zeit darüber nachzudenken, warum dieser aufrechte Mann zu einem Verräter geworden war. Er mußte sich schnellstens mit Kohrim in Verbindung setzen. Der Hauptmann würde seinen Worten auf jeden Fall Glauben schenken!

19. Kapitel

Ich kann mich nicht so einfach über meine Befehle hinwegsetzen!« erklärte Kohrim al Hazat und bewegte unruhig die Hände. »Ich glaube dir, was du sagst, aber es fällt mir nicht leicht: Die Dashinim, die euch Hadjiinim schon so lange zu schaffen machen, hier in Rashdul? Und zwei Männer aus dem Kreis um die Shanja sollen ihre Anführer sein? Sie sollen sich mit Tar Honak verbündet haben?« Er rang die Hände. »Gerechte Götter!«

Ilnamar schlug mit der Faust auf den Tisch. »Jeder Augenblick, den wir hier zerreden, gibt den Dashinim die Möglichkeit zu verschwinden oder sich auf einen Angriff vorzubereiten!

Hör mir zu – ich übernehme die volle Verantwortung für alles und werde mich dem Urteil der Shanja und ihres Wesirs Sheik Almut stellen, wenn der Plan mißlingt! Genügt dir das, um mir zu folgen? Ich habe schon mit meinem Nachfolger gesprochen – er dringt bereits in die Kechans ein. Nun brauche ich dich, um die Falle zu schließen. Stell mir nur zwanzig deiner Männer zur Verfügung!«

Ilnamar redete eindringlich auf den Mann ein und warf immer wieder einen Blick nach draußen, um nach dem Stand des Madamal festzustellen, wieviel Zeit vergangen war.

Am späten Nachmittag waren er und Djamilla in die Kechans eingedrungen, nun war die Mitternachtsstunde weit überschritten. Vielleicht eine Stunde war verstrichen, seit sie den Geheimgang an einem höchst ungewöhnlichen Ort verlassen hatten – im Palast des

Tarsul ibn Machmeid. Durch die Macht der Juwelen waren sie zwischen den schlafenden Frauen des Verräters und an den Wachen unbemerkt vorbeigeschlichen und hatten die Mauern überwunden, um sich dann zu trennen. Djamilla versteckte sich mit dem Katzenblut in einem verlassenen Haus nahe des Mhanadi, während Ilnamar sich zum Hauptquartier der Stadtwache begeben und seinen Nachfolger über alles aufgeklärt hatte. Ein Arzt hatte seine Wunden notdürftig behandelt und ihm ein stärkendes Mittel verabreicht, bevor er sich zu Kohrim begeben hatte, den er nun herausfordernd anblickte. »Zwanzig deiner Männer! Mehr benötige ich nicht!«

In Kohrims Gesicht arbeitete es. Der Mann rang mit sich – zum einen glaubte er Ilnamars eindringlichen Worten, zum anderen zögerte er, Befehle zu mißachten. Schließlich nickte er.

»Zwanzig Männer! Und ich werde dich begleiten!«

Ilanamar atmete hörbar auf. Endlich!

Es gab einen Aufruhr im Hause Tarsul ibn Machmeids, als Kohrim und der Hadjiin Einlaß begehrten. Ohne lange mit der Erstfrau des Astrologen oder den Wächtern zu verhandeln, drangen sie in das Gebäude ein. Ilnamar führte die zwanzig ausgesuchten Kämpfer durch den Geheimgang bis vor die verschlossene Tür und gebot ihnen dann Schweigen. Nun wünschte er sich fast, das Katzenblut bei sich zu haben, um durch die Wände lauschen zu können – aber er verwarf den Gedanken wieder, als er auf die Leiche des Krallenherrn sah.

Sie öffneten die Tür vorsichtig und blickten in eine leere, nur von Kampfspuren gezeichnete Halle. Keine Geräusche außer denen, die sie selbst verursachten, waren zu hören. Das alles konnte ein Trick der Dashinim sein.

Ilnamar trat als erster in die Halle und hielt sich dicht

an der Wand. Vorsichtig pirschte er sich bis ans Tor – doch auch aus den anderen Räumen drang kein Laut.

Die Dashinim hatten die Wandbehänge heruntergerissen. Die Tür, die dort verborgen gewesen war, stand eine Handbreit offen.

Ilnamar gab den anderen Zeichen, ihm in die Halle zu folgen und auszuschwärmen, als er plötzlich eine Stimme aus dem Raum hörte.

Sie klang schwach und zittrig, aber er und Kohrim erkannten sie sofort.

»Ich habe euch erwartet!«

Die beiden Hauptleute betraten den Raum gemeinsam, der nur von einer kleinen Öllampe erhellt wurde. Ilnamar ließ sich eine der mitgeführten Fackeln reichen und leuchtete den Raum aus. Er war nicht sehr groß. Ein Drittel füllte ein schwerer Eichenholztisch aus, dahinter stand ein schwerer Stuhl mit hohem Rücken und breiten Armlehnen. Auf ihm saß Fasul ibn Rachman.

Ilnamar empfand mit einem Mal keinen Haß mehr auf den Mann, der ihn so bitter enttäuscht hatte. Er sah nur noch einen müden, alten und von den Hoffnungen seines Lebens enttäuschten Krieger vor sich. Erst jetzt fiel ihm der umgestürzte Pokal auf dem Tisch auf. Der restliche Wein bildete eine blutrote Lache auf dem Holz.

Fasul lächelte.

»Ich habe mir selbst den Tod eines Verräters gegeben, nicht den eines Kriegers. Ja, in dem Wein war Gift. Ich spüre, wie es mit jedem Pulsschlag weiter zu meinem Herzen vordringt«, sagte er matt.

»Ihr wart ein großer Sohn Rashduls.« Ilnamar trat an den Tisch heran und blickte auf ihn hinab. »Ihr wurdet von allen Kriegern als Held geschätzt und geachtet. Warum habt ihr all das verraten?«

»Das ist eine berechtigte Frage, junger Mann«, erwiderte Fasul mit stockender Stimme. »Ihr sollt Antwort darauf erhalten.« Er hob seinen Kopf, um Ilnamar und Kohrim in die Augen zu sehen.

»Ich hatte gehofft, die Dashinim durch mein Beispiel auf ehrenhafte Wege zu bringen. Ich brauche euch nicht zu sagen, wie wir handelten, was wir taten, ihr wißt es selbst gut genug. Rachegelüste und Zorn beherrschten uns, bis Tarsul ibn Machmeid seinem Vater als Krallenherr nachfolgte. Er sprach davon, die Dashinim wieder zu dem zu machen, was sie einst waren. Ich stimmte dieser Idee und der Suche nach dem Katzenblut, den heiligen Juwelen, zu. Würde die Löwengarde von Rashdul im rechten Moment aus der Vergessenheit auferstehen, wäre all die Schande getilgt, die wir in den Jahren als geheimer Bund auf uns luden. Wir hätten unsere Vorväter mit Stolz erfüllt, denn wir alle waren Nachfahren jener Neunundvierzig, die Rashdul in Zeiten der Not verteidigten, bis sie verraten wurden.

Ich hoffte, in den Männern die Ideale zu stärken, die die Löwengarde im Dienst für die Herrin Rondra stets eingehalten hatte. Sie waren euren hehren Zielen nicht einmal unähnlich, Hadjiin!

Aber der Krallenherr hatte Pläne, die ich erst jetzt durchschaue. Er benutzte die Dashinim und mich, um seine Machtgelüste nach dem Thron zu stillen. Ich fand die Schriften, die beweisen, daß er sich mit Tar Honak verbündet hatte – und ich Narr brachte ihm zuvor noch Pläne aus Mherwed, die er an den Feind weitergab.

Nun verstehe ich auch, warum er Euch, Ilnamar ibn Julik, alleine stellen und des Juwels berauben wollte. Das siebte Juwel hätte ihm Macht über uns alle verliehen …«

Der Mann sank auf seinem Stuhl zusammen. Er hatte Mühe, bei Bewußtsein zu bleiben und die Hand zu heben, um auf ein Regal zu deuten. »Dort findet ihr seine Aufzeichnungen, die euch alles enthüllen.« Er atmete schwer und schloß die Augen. »Meine Eide gegenüber den Dashinim und meine Ehre als Krieger geboten es, die anderen Männer fortzuschicken, damit sie sich retten konnten.

In allem anderen habe ich jedoch versagt. Möge die Löwin in aller Härte gerecht zu mir sein«, wisperte er kaum noch verständlich, dann sank sein Kopf zur Seite.

Kohrim drehte sich um und nahm die erwähnten Rollen an sich. Ilnamar betrachtete den Toten ausdruckslos.

Wieder war den Dashinim ein schwerer Schlag versetzt, ihr Schlupfwinkel gefunden und ein schwerwiegender Verrat verhindert worden, aber der Hadjiin hatte seinen Auftrag nur unvollständig erfüllt. Die Krallenträger waren führerlos und in die Flucht geschlagen, aber noch nicht endgültig besiegt. Selbst wenn sie Jahre brauchten, um sich neu zu bilden und ihre Morde zu begehen – sie waren noch nicht vom Antlitz Deres verschwunden und würden sich eines Tages rächen wollen.

Er mußte sich so bald wie möglich nach Shalat begeben und dem Großmeister Bericht über die Ereignisse erstatten. Er wußte, daß er sich selbst eine Strafe für sein Versagen auferlegen mußte ...

Einer der Gardisten tauchte in dem Raum auf und schreckte Ilnamar aus seinen Gedanken. Er bestätigte den Verdacht des Hadjiin: Sie hatten nur noch einige Leichen gefunden – Tote aus dem Kampf mit den Dieben aber sonst war das Versteck leer.

Sie hatten drei Viertel der Männer in dem unterirdischen Versteck zurückgelassen, um sich mit Ilnamars Nachfolger zu treffen. Auch dieser hatte keinen Erfolg melden können. Seine Männer hatten nur zwielichtiges Gesindel aufgreifen können, aber keinen Krieger, der ein Dashinim sein konnte. Fasul ibn Rachman hatte seinen Geheimbund gerettet.

»Wir werden wachsam sein. Wenn die Verräter glauben, in ihr Versteck zurückkehren zu können, dann haben sie sich getäuscht«, erklärte Kohrim al Hazat. »Sobald Ilnamar ay Shorn und ich der Shanja Bericht …«

»Du wirst unserer erhabenen Fürstin Bericht erstatten«, unterbrach ihn der Hadjiin. »Ich habe die erste Pflicht gegenüber meinem Orden.«

»Aber du hast den Krallenherren enttarnt und unschädlich gemacht! Dir gebührt der Ruhm!«

Ilnamar ay Shorn schüttelte den Kopf. »Du weißt, daß ich nicht danach strebe. Laß es dein Verdienst sein, ich habe nur einen Auftrag meines Ordens erfüllt!«

Dabei ließ er es bewenden. Die beiden anderen konnten ihn nicht umstimmen. Der Hadjiin war fest entschlossen, die Stadt noch an diesem Tag zu verlassen. Sie verzichteten schließlich darauf, ihn länger festzuhalten.

Ilnamar dachte mittlerweile wieder an Djamilla-Azila und das Katzenblut in ihrem Besitz. Glücklicherweise hatte Kohrim nicht danach gefragt. Bevor er ging, mußte er die Diebin noch einmal aufsuchen – und feststellen, ob sie das Band des Vertrauens, das sich zwischen ihnen entwickelt hatte, schon zerstört hatte.

Djamilla kauerte an einem Fenster des von Ranken überwachsenen und von Palmen und Zypressen umgebenen Hauses und blickte auf den träge dahinströmenden Mhanadi, der in der untergehenden Sonne rötlich schimmerte. Ihr Körper schmerzte, und sie fühlte sich matt und fiebrig.

»Fast so blutrot wie diese Steine«, wisperte sie und hielt die Kette mit den sieben Rubinen in ihren Händen. »Wenn ich sie behalte, könnte ich in kürzester Zeit die Stadt beherrschen. Meine Diebe und ich wären unbesiegbar, und die Shanja der Diebe würde zugleich die Herrscherin der Stadt werden.« Sie lachte leise. »Es bliebe alles in der Familie! Im Grunde habe ich dasselbe Anrecht auf den Thron wie Eshila …«

Sie grinste schief.

»Aber was bliebe mir dann vom Leben? Die Furcht, daß eines Tages ein anderer käme, einer wie Nadan? Die Verantwortung über eine ganze Stadt? Das habe ich niemals gewollt«, murmelte sie. »Ich will das tun, was ich möchte, und an nichts gebunden sein, und ich habe ein Leben ohne Gefahren immer langweilig gefunden. Warum soll ich unbesiegbar sein, wenn ich die Herausforderung liebe? Das Katzenblut brauche ich nicht!«

»Ich habe deine Worte gehört, und sie erfüllen mich mit Stolz auf dich, Djamilla-Azila!«

Sie fuhr herum. Die heftige Bewegung ließ sie schwindeln, aber sie erkannte Ilnamar ay Shorn in der Tür des kleinen Raums, den sie sich als Versteck ausgesucht hatte. Ihre Hände mit dem Schmuck sanken in den Schoß.

»Du hast dir viel Zeit gelassen. Ich wäre fast verhungert und verdurstet«, seufzte sie.

»Ich habe alles Nötige mitgebracht, Essen, Wasser, Medizin für die Wunden und neue Kleidung. Das wenigstens bin ich dir schuldig.«

Er kauerte sich neben sie und legte das mitgebrachte Bündel zur Seite. »Die Dashinim haben ihren Schlupfwinkel verlassen und sich in alle Winde zerstreut...«, begann er und erzählte ihr die Geschehnisse der letzten Nacht, während er ihr Brot, Schafskäse, ein paar Datteln und Wasser reichte und die Wunden zu behandeln begann.

Djamilla lauschte Ilnamars Worten, während sie trank und kaute und seine Hände auf ihrer Haut spürte. Sie war geneigt, die Augen zu schließen und zu träumen, aber das Brennen der Wunden holte sie immer wieder in die Wirklichkeit zurück.

Ilnamar verarztete sie geschickt, reichte ihr zuletzt eine Phiole, deren Inhalt erfrischend roch. »Ein Heiltrank«, erklärte er, »der aus dem beschlagnahmten Inhalt einer Satteltasche stammt.«

Seine Stimme besaß einen ironischen Unterton, der Djamilla aufhorchen ließ. Aber sie fragte nicht, wie er an den Trank gekommen war, sondern schluckte die belebende Flüssigkeit. Tatsächlich setzte die Heilung schlagartig mit einem angenehm warmen Kribbeln ein. Djamilla stöhnte überrascht, atmete aber tief und erleichtert ein, als die Schmerzen und die Müdigkeit schwanden.

»Ich danke dir, Ilnamar.« Dann sah sie ihn fragend an. »Was aber soll nun mit den Steinen geschehen?«

Sie wog die Juwelen in der rechten Hand und zog sie zurück, als Ilnamar danach greifen wollte.

»Wir müssen sie der Shanja übergeben. Sie soll über sie verfügen.«

»Das gefällt mir nicht!« Djamilla schüttelte sich. »Die Shanja ist auch nur ein Mensch, und Menschen sind ihre Berater. Was ist, wenn sie sie für ihre Zwecke benutzen? Sollten wir nicht die Gelegenheit nutzen, das Katzenblut ein für alle Mal aus der Welt zu schaffen?«

Sie konnte sich nicht vorstellen, was Ilnamar dachte. Sein Gesicht blieb ausdruckslos.

»Wie stellst du dir das vor?« fragte er langsam.

Djamilla blickte auf den Fluß hinunter. »Wir werfen sie einzeln in den Mhanadi. Der Schlamm wird sie verschlucken, und dann ist es an den Göttern zu entscheiden, was mit ihnen geschieht. Schließlich sind es ihre Juwelen!«

Ilnamar nickte bedächtig. Nach einer Weile hellten sich seine Züge auf. »So soll es sein. Sie waren lange genug in den Händen der Menschen. Nur wenn es die Götter so wollen, kehren sie zu ihnen zurück.«

Ilnamar schleuderte den letzten Stein weit hinaus in den Mhanadi und verfolgte die Flugbahn mit seinen Augen. Dann wandte er sich Djamilla zu, die dicht neben ihm stand.

»Nun ist die Zeit des Abschieds gekommen«, sagte er

ruhig. »Ich werde noch in dieser Nacht Rashdul verlassen, um mich nach Shalat zu begeben. Ich muß Bericht erstatten und sehen, welche Aufgaben mich dann erwarten.«

»Gerade jetzt wo wir beginnen, uns so gut zu verstehen«, antwortete Djamilla. Täuschte er sich, oder schimmerten Tränen in ihren Augen? »Ich hatte gehofft, du nähmest deinen alten Posten wieder ein, und bliebest in Rashdul. Dann ...«

»Djamilla!« Er faßte sie sanft an den Schultern. »Ich bin ein Hadjiin, und ich kann meine Gelübde weder vergessen noch verraten. Es ist besser so, denn jetzt, da ich Djamilla-Azila hinter der Königin der Diebe kennen- und schätzengelernt habe, wüßte ich nicht, wie ich mich dir gegenüber verhalten sollte! Ich kann meine Wesenszüge nicht verleugnen. Könntest du das?« Er schüttelte den Kopf. »Ebensowenig wie ich!«

»Du hast mit allem recht«, erwiderte sie tonlos. »Ich kann mir nicht vorstellen, etwas anderes zu sein als das, was ich bin, zumindest jetzt noch nicht. Geh besser, ehe der Abschied noch schwerer wird!«

Ilnamar beugte sich vor und hauchte ihr einen Kuß auf die Stirn.

»Du warst eine Weggefährtin, auf die ich stolz sein kann. Ich werde das, was wir erlebten, nie vergessen.«

Damit löste er sich wieder von ihr. Djamilla blieb wie gebannt stehen und blickte ihn mit traurigen Augen an. Tränen zogen glänzende Spuren über ihre Wangen.

»Ich liebe dich«, flüsterte sie leise und senkte den Kopf.

»Ich weiß!« Ilnamar ay Shorn drehte sich um und entfernte sich mit schnellen Schritten.

Epilog

Djamilla lächelte, als sie über die mitternächtlichen Straßen schlenderte und den kühlenden Nachtwind auf ihrer Haut spürte. Sie hatte festgestellt, daß die Bewohner sich auf eine mögliche Belagerung vorbereiteten, denn von Tag zu Tag kamen mehr Flüchtlinge aus dem oberen Mhanadital nach Rashdul. In einem Gewaltmarsch hatten die al'anfanischen Truppen Al'Tamur erreicht und erobert. Djamilla fragte sich, wie es Ilnamars Familie ergangen sein mochte, und dachte einen Moment an den Hadjiin, der seine Ordensburg bald erreicht haben mußte. Ob er mit seinen Brüdern in den Krieg ziehen würde?

Sie lächelte böse, als sie an einen anderen Thronräuber dachte. Es würde ihr ein Vergnügen sein und sie von anderen Gedanken ablenken, Nadan zu zeigen, wer der Überlegenere war. Ein junger Dieb hatte ihr verraten, daß Nadan noch lebte und in den Diebeshöhlen seine Wunden pflegte.

Lächelnd legte sie eine Hand auf ihre Brust. Unter dem Oberteil waren zwei fünfeckige Juwelen verborgen, die Katzenblut-Steine der Lautlosigkeit und Geschmeidigkeit. Sie hatte statt ihrer zwei Kiesel in den Fluß geworfen. Nun war sie wirklich einer Katze gleich, und die Diebe würden sie zu Recht al Fhelya nennen.

Sie gedachte die Steine nicht lange zu behalten. Wenn sie ihren Zweck erfüllt hatten, sollte der alte Stromvater mit den Göttern ausfechten, was mit dem Katzenblut geschah. Sie sandte einige stumme Worte an Phex und atmete tief ein.

Dann horchte sie auf. Trug der Wind nicht ein Weinen heran? Das Schluchzen eines Kindes oder eines Mädchens? Ihre scharfen Augen fanden schnell, was sie suchten.

Ein junges Mädchen kauerte auf den Stufen eines kleinen Brunnens und hatte sich eng an die Steine gepreßt. Ihre zerfetzte Kleidung verriet Djamilla, daß sie einer der Straßenbanden in die Hände gefallen sein mußte, die in den Abendstunden die Stadt durchstreiften und besonders in diesem Viertel der Unterstadt auf hilflose und lohnende Beute lauerten.

Als Djamilla näher kam, kauerte sich das Mädchen noch mehr zusammen und wimmerte leise. »Geht weg, bitte. Ich habe nichts ... ich habe ... nichts mehr ...«

Djamilla lächelte. »Wer sagt denn, daß ich etwas von dir haben will? Was machst du eigentlich in diesem Teil der Stadt? Weißt du nicht, daß es hier ziemlich gefährlich ist?«

»I-ich kenne mich hier nicht aus. Ich komme aus den Bergen.«

»So?« Djamilla zog eine Augenbraue hoch. Bei Phex, ein dummes, unwissendes Bauernmädchen! Es hatte vielleicht geglaubt, hier in Rashdul seinen Prinzen zu finden. Aber die lebten jenseits des Madamaltores.

»Und wo sind deine Angehörigen? Haben sie dich vergessen, nachdem sie ihre Waren auf dem Basar oder an der Karawanserei verkauften?«

»Nein!« Zum ersten Mal sah das Mädchen auf. Das Licht des Madamal erhellte ihre braungebrannten, aber feinen Züge, in denen Djamilla Ähnlichkeiten zu einer ihr sehr vertrauten Person entdeckte.

»Ich bin mit einem Mann gekommen, der mich nach Rashdul mitnahm. Aber er wurde in den Kanälen ermordet! Ich wollte nicht länger bei meiner Sippe bleiben, und mein Halbbruder lebt hier.« Die Stimme wurde ein wenig hoffnungsvoller und verlor ihren weinerlichen Ton. »Vielleicht, edle Herrin, könnt Ihr mir helfen, ihn zu finden. Er heißt Nadan.«

Djamilla begann zu lachen und warf den Kopf in den Nacken.

Das konnte doch kein Zufall sein! Sie warf dem Madamal einen leidenden Blick zu, ehe sie sich wieder beruhigte. Hattest du deine Finger im Spiel, Schattenbruder? fragte sie sich in Gedanken und streckte dann die Hand aus.

»Ich kenne mich hier ganz gut aus, und du kannst mit mir kommen. Ich zeige dir, wie eine Frau in Rashdul überlebt. Und deinen Bruder finden wir …«

Djamilla grinste listig. Vielleicht wußte die Kleine ja Dinge über ihren Bruder, mit denen sie Nadan ärgern konnte.

Dann atmete sie tief ein.

Sie zog das Mädchen, das kräftiger war, als es aussah, auf die Beine und legte ihr einen Arm um die Schultern. Sie würde sie eine Weile unter ihre Fittiche nehmen und vielleicht eine Freundin gewinnen. Gemeinsam verließen sie den Brunnenplatz und verschwanden in den Schatten einer Gasse.

Djamilla blickte nur noch einmal zurück und lächelte zum Madamal hinauf.

Es galt, eine Stadt und einen Thron zurückzuerobern!

Anhang

Erklärung aventurischer Begriffe

Die Götter und Monate

1. Praios = Gott der Sonne und des Gesetzes – entspricht Juli
2. Rondra = Göttin des Krieges und des Sturmes – entspricht August
3. Efferd = Gott des Wassers, des Windes und der Seefahrt – entspricht September
4. Travia = Göttin des Herdfeuers, der Gastfreundschaft und der ehelichen Liebe – entspricht Oktober
5. Boron = Gott des Todes und des Schlafes – entspricht November
6. Hesinde = Göttin der Gelehrsamkeit, der Künste und der Magie – entspricht Dezember
7. Firun = Gott des Winters und der Jagd – entspricht Januar
8. Tsa = Göttin der Geburt und der Erneuerung – entspricht Februar
9. Phex = Gott der Diebe und Händler – entspricht März
10. Peraine = Göttin des Ackerbaus und der Heilkunde – entspricht April
11. Ingerimm = Gott des Feuers und des Handwerks – entspricht Mai
12. Rahja = Göttin des Weines, des Rausches und der Liebe – entspricht Juni

Die Zwölf = Die Gesamtheit der Götter
Der Namenlose = Der Widersacher der Zwölf

Maße, Münzen und Gewichte

Meile = 1 km
Schritt = 1 m
Spann = 20 cm
Finger = 2 cm

Dukat (Goldstück) = 50 DM*
Silbertaler (Taler, Silberstück) = 5 DM*
Heller = 0,5 DM*
Kreuzer = 0,05 DM*
Unze = 25 g
Stein = 1 kg
Quader = 1 t

Himmelsrichtungen

Osten (Rahja), Süden (Praios), Westen (Efferd), Norden (Firun)

Begriffe, Namen, Orte

Alveran = Wohnort der Götter
Angroschim = av. Wort für Zwerg
Bausch = aventurische Stoffart, baumwollähnlich
Dere = die Welt
Gareth = Hauptstadt des Mittelreiches
Golgari = der Totenvogel, Borons Bote
Götterlauf = poet. für 1 Jahr
Kechans (die) = altes Kanalsystem unter den Straßen Rashduls
Khom = Wüste im südlichen Zentralaventurien
Khunchom = Stadt in Südaventurien
Khunchomer = 1. Bewohner Kunchomers, 2. breiter Krummsäbel
Mhanadi = Fluß in Südostaventurien
Mherwati = Eselrasse
Mittelreich (Neues Reich) = größter av. Staat
Novadis = Anhänger Rastullahs
Praiosscheibe = Sonne
Rashdul = Stadt am Mhanadi in Südostaventurien
Rastullah = der Eingott der Novadis (av. Wüstenbewohner)
Satinav = Dämon der Zeit
selemitisch = Selem ist eine Stadt in Südaventurien
Shadif = Pferderasse der Tulamiden
Tar Honak = Herrscher über Al'Anfa, Gegner der Novadis
Tulamiden = av. Volksstamm, Wüstenbewohner
Zwölf, die Zwölfe = kurz für die Zwölfgötter

---

* Neue DSA-Regeln sehen einen realistischeren Umrechnungsfaktor vor. Hiernach ist der Dukat ca. DM 250,– wert. Auch die anderen Münzwerte sind entsprechend anzuheben.

HEYNE BÜCHER

Anne McCaffrey

Der Drachenreiter (von Pern)-Zyklus

Pern ist ein von den Menschen besiedelter Planet, der in einem periodischen Zyklus immer wieder von einer Katastrophe heimgesucht wird, welche nur für die Drachen und ihre Reiter ungefährlich ist, für alle anderen Kolonisten jedoch eine tödliche Gefahr bedeutet. So helfen die Drachenreiter den Bewohnern von Pern in dieser schlimmen Zeit. Doch sobald die Katastrophe überstanden ist, sind diese heldenhaften Einsätze schnell vergessen, und die Drachenreiter ernten wenig Dank.

Die Welt der Drachen
06/3291

Die Suche der Drachen
06/3330

Drachengesang
06/3791

Drachensinger
06/3849

Der weiße Drachen
06/3918

Drachentrommeln
06/3996

Moreta - Die Drachenherrin von Pern
06/4196

Nerilkas Abenteuer
06/4548

Drachendämmerung
06/4666

Die Renegaten von Pern
06/5007

Die Weyr von Pern
06/5135

Wilhelm Heyne Verlag
München